절대검해

11

絕對劍解

한성수 신무협 장편소설

ORIENTAL FANTASY STORY & ADVENTURE

dream
books
드림북스

절대검해 11
신마좌에 도전하는 자들!

초판 1쇄 인쇄 / 2012년 8월 17일
초판 1쇄 발행 / 2012년 8월 27일

지은이 / 한성수

발행인 / 오영배
편집팀장 / 권용범
책임편집 / 편집부
펴낸 곳 / (주)삼양출판사 · 드림북스

주소 / 서울특별시 강북구 송천동 322-10호
대표 전화 / 02-980-2112 팩스 / 02-983-0660
편집부 전화 / 02-980-2116 팩스 / 02-983-8201
블로그 / blog.naver.com/dreambookss

등록번호 / 제9-00046호
등록일자 / 1999년 3월 11일

ⓒ 한성수, 2012

값 8,000원

ISBN 978-89-542-4873-0 (04810) / ISBN 978-89-542-4130-4 (세트)

* 지은이와 협의하에 인지는 생략합니다.
* 잘못된 책은 구입한 곳에서 바꾸어 드립니다.

한성수 신무협 장편소설
ORIENTAL FANTASY STORY & ADVENTURE
11
신마좌에 도전하는 자들!
절대검해
dream books
드림북스

절대검해
11

목차

101장

그의 목적은 마도천하(魔道天下)!

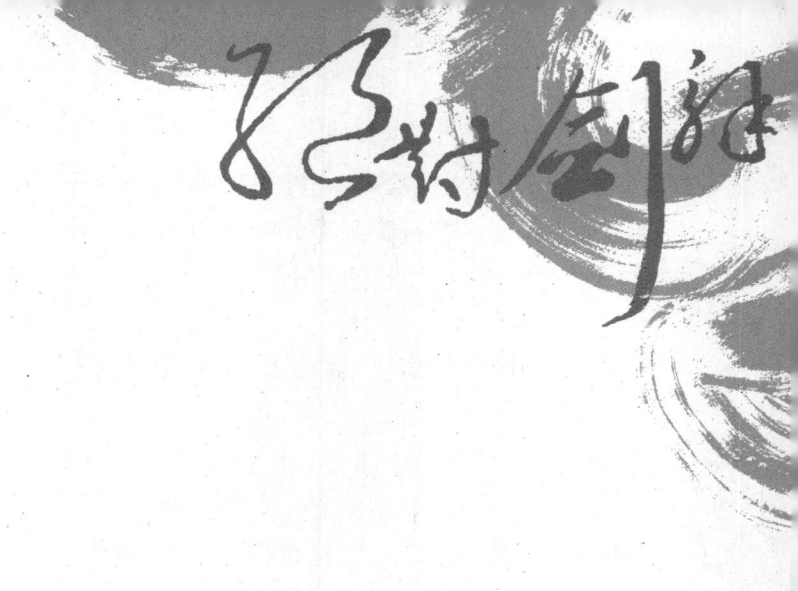

뇌운의 철사자 진여상은 예전처럼 철가면을 쓰고 있었
다.

다행이다. 얼굴 한가득 드리워져 있는 무료함을 숨길
수 있으니까.

그녀는 이번 마성궁 탈환 작전에서 휘하의 뇌왕열화녕
단과 함께 선봉을 맡아서 종횡무진 대활약을 펼쳤다. 마성
궁 주변에 부친 진강이 설치해 놓은 뇌왕진천가의 방어 프
대 전부를 없애서 초반 공성전의 승기를 확실하게 진마성
교 쪽으로 돌려놓았다.

그로 인해 그녀의 위상은 현재 완전히 달라졌다.

총군사 금모연이나 승천북리가의 삼태상과 자리를 함께 함은 물론 교주 북리사경과 패마 종리곽의 대결을 바로 코앞에서 지켜보게 되었다. 최고위층이라 할 수 있는 사령부에 속하게 된 것이다.

하나 그녀는 그다지 큰 만족을 느끼지 못했다.

오히려 불만스러웠다.

지난 한 달간 엄청난 병장기와 물량, 인명을 투입하고서 고작 대장전으로 승부를 결하게 된 눈앞의 현실. 무림에서는 일반적이라 할 수 있는 최종적인 해결책에 짜증이 치솟아 올랐다.

'쳇! 이럴 거면 뭐하러 그렇게 죽기 살기로 싸운 거람? 그냥 처음부터 둘이서 맞붙어서 승부를 내지…… 응?'

그런데 갑자기 두 절대고수의 대결이 멈췄다.

내심 투덜거리고 있던 진여상의 눈에 이채가 어렸고, 그녀의 주변 역시 웅성거리기 시작했다. 그만큼 잔뜩 고조되었던 대장전의 중단은 이해가 가지 않았다. 이제 와서 다른 변수가 등장할 이유가 없었기 때문이다.

그때 서로를 향해 쏟아 내고 있던 막대한 기경과 살기를 거둔 두 절대고수가 약속이라도 한 듯 같은 곳을 바라봤다. 마치 무언가 자연재해에 준하는 불가해한 일이라도 벌어진 것처럼 그리했다.

맞다.

곧 진짜 불가해한 일이 벌어졌다.

양쪽 진영 합쳐서 이천이 넘는 대병력!

그 도산검림(刀山劍林) 속으로 한 여인이 자박자박 걸어오고 있었다.

한 떨기 순백의 백합과 같은 자태!

전신을 백색 궁장으로 휘감고, 은빛의 관을 머리에 썼으며, 얼굴을 은색 주렴으로 가린 여인의 모습은 그야말로 신비, 그 자체였다.

순식간에 이천이 넘는 군세를 뒤흔들었다.

흡사 마력처럼 모두를 빠져들게 만들었다. 경세적인 무공이나 경국지색(傾國之色)의 미모를 전혀 드러내지 않고서도 말이다.

'우와!'

진여상이 내심 감탄을 터뜨렸다.

자신도 모르게 느닷없이 모습을 드러낸 여인에게 빠져들었다. 여태까지의 짜증이나 불만은 이미 기억조차 나지 않았다. 그만큼 여인의 출현은 놀라웠다.

그때 곁에 서 있던 금모연이 백색쌍마안을 한 차례 회전시키곤 신음처럼 말했다.

"며, 멸천마후가 어째서 이곳에 나타났단 말인가……."

'멸천마후? 그럼 예전에 교주님하고 화끈하게 사귀었다는 전대의 천마신교 제일 미녀잖아! 헤에?'

진여상 역시 여인이다.

무공이나 실적을 중시하긴 하나 소문에도 관심이 많았다. 특히 교주 담대광과 멸천마후 천기신혜간의 격렬한 사랑과 이별은 꽤나 상세하게 알고 있었다. 두 사람의 연애가 워낙 특별해서 웬만한 연정(戀情) 소설보다 흥미로웠기 때문이다.

잠시뿐이었다.

곧 뭔가 조치를 취하기 위해 움직이려던 금모연이 백색 쌍마안을 하얗게 탈색한 채 굳어 버렸고, 진여상 또한 마찬가지였다.

느닷없이 머릿속으로 파고든 기묘한 강제력!

순식간에 두 사람을 아무것도 할 수 없게 만들었다. 사고(思考)를 정지시켜 버렸다.

단지 두 사람뿐이 아니다.

전혀 그렇지 않았다.

동일한 일이 삽시간에 확산되었다. 북리사경과 종리곽을 중심으로 양쪽에 나뉘어 있던 이천여 군세 전부에게로 말이다. 이미 한 여인의 불가해한 매력 정도로 정의 내릴 수 있는 상황은 아니게 된 것이리라.

그사이 천기신혜는 묵묵히 거리를 좁혀 왔다. 마치 환상 그 자체라도 되는 것처럼 다가왔다. 도대체 무슨 심산인지 짐작조차 못 하겠다.

그때 침묵 속에 충격을 완화시키고 있던 북리사경이 종리곽을 돌아보며 말했다.

"역시 자네는 효웅이었군."

"뭐?"

"솔직히 인정하겠다. 멸천마후와 연합한 이번의 한 수는 정말 대단했다."

종리곽의 전신에서 잦아들었던 패기가 구름처럼 넘실거리며 일어났다. 순식간에 그의 장대한 몸이 몇 배나 커진 것 같다. 그런 환상까지 보이게 했다.

"북리사경! 제멋대로 날 평가하려 하지 마라! 나와 멸천마후는 연합하지 않았으니까!"

"그런가?"

"그렇다! 그리고 애초에 내가 그녀와 손을 잡았다면 어찌 이런 식으로 등장시키겠느냐? 마성궁을 공격하는 네놈의 배후를 멸천마후가 공격하기만 해도 이번 싸움은 손쉽게 끝났을 것이다!"

"딴은 그렇군."

그 말과 동시였다.

갑자기 북리사경이 여전히 제법 거리가 멀리 떨어져 있는 천기신혜에게 외쳤다.

"멸천마후, 적당히 하시오! 이 이상 가까이 다가든다면 나도 결코 좌시하진 않을 것이오!"

그의 목적은 마도천하(魔道天下)! 13

종리곽 역시 소리쳤다.

"멸천마후, 나 역시 북리사경의 말에 동감이오! 나와 그의 대결이 끝날 때까지 당신은 조금 멀리 떨어져 있는 편이 좋겠소!"

그러자 거짓말처럼 천기신혜가 걸음을 멈췄다.

두 절대고수의 협박이 통한 것일까?

그렇지 않다는 건 곧 밝혀졌다.

은색 주렴 안쪽에 자리한 그녀의 붉은 입술이 가벼운 호선을 그렸다.

"안타깝게도 두 분의 부탁은 수용할 수 없네요. 나는 두 분의 싸움을 말리기 위해 이곳에 온 것이니까요."

북리사경과 종리곽이 누가 먼저라 할 것 없이 소리쳤다.

"그건 안 될 말이오!"

"이제 와서 싸움을 말리겠다니? 멸천마후, 도가 지나친 참견은 용서할 수 없소!"

천기신혜 역시 단호했다.

"권주는 사양하고, 벌주를 마시겠다는 건가요? 그럼 두 분은 이제부터 내게 얼마든지 무력행사를 하세요. 나는 손님이니 두 분이 함께 손을 쓴다 해도 굳이 탓하진 않겠어요."

북리사경과 종리곽의 안색이 각기 분노로 일그러졌다.

천마신교를 대표하는 절대고수들!

비록 천기신혜 역시 그러하다 하나 감히 두 사람의 연수합격을 감당할 수 있을 리 만무하다. 그런 광오한 말은 교주 담대광이라 해도 쉽게 내뱉을 순 없을 터였다.

"멸천마후여! 광오함이 지나치구나!"

"멸천마후! 내 인내심을 시험하려 하지 마시오!"

천기신혜는 개의치 않았다.

자신을 향해 폭발적으로 증폭된 두 절대고수의 분노어 그다지 관심이 없다는 듯 그녀는 대꾸조차 없이 다시 걸음을 옮겼다.

안하무인 그 자체다!

누가 봐도 철저할 만큼 북리사경과 종리곽은 무시당했다. 자신들에게 충성을 맹세한 이천여 수하들 앞에서 그런 꼴을 당했다.

그런데 이게 어찌된 일인가!

분노에 젖은 두 절대고수와 달리 그들의 이천여 군세는 별다른 반응을 보이지 않았다.

침묵으로 일관했다.

여태까지 자신들이 목숨을 바쳐서 따르던 주군들이 철저하게 조소당하고, 무시당했는데도 전혀 분노하지 않았다. 얌전하게 눈앞의 현실을 수용하고 있었다.

부조리함! 어긋남! 일그러짐!

그 모든 일들이 천기신혜의 출현과 함께 한꺼번에 이천여 군세에게 밀어닥쳤다. 옭아매었다. 어떤 일도 할 수 없게 만들었다.

뒤늦게 그 같은 사실을 깨달은 북리사경의 눈 깊은 곳에서 불꽃이 튀어나왔다.

'마심마화멸신공! 멸천마후는 그 악마의 마공을 이미 펼쳤다! 믿을 수 없게도 이곳에 모인 이천여 군세 전부를 자신의 수중에 넣은 것이야! 종리곽은 이 사실을 인지하고 있는가?'

북리사경이 종리곽을 살폈다.

당황감이 오만한 사내의 얼굴에 머물러 있다. 자신보다 천기신혜에 대해 파악하지 못하고 있음이 분명해 보인다.

그렇다면 아직 기회는 있다!

재빨리 그 같은 판단을 내린 북리사경이 종리곽에게 전음으로 말했다.

[종리곽, 멸천마후는 지금 마심마화멸신공을 펼치고 있다!]

[마심마화멸신공? 그건 그냥 풍문으로나 떠도는 무공이 아니었나?]

[나도 얼마 전까진 그렇게 생각하고 있었다. 그러나 전날 마성궁을 방문한 멸천마후가 펼친 마심마화멸신공에 내상을 당할 뻔했었다.]

[그럼 별거 아니잖아?]

[그 별거 아닌 마공에 현재 자네의 군마각과 내 진마성교의 이천 군세가 모두 장악당했다. 아직까지 그걸 못 느낀 건 아닐 테지?]

[……]

침묵은 짧았다.

곧 종리곽이 짜증 나는 표정으로 줄곧 북리사경을 노리고 있던 겁멸광폭류의 패도를 거둬들였다. 일단 천기신혜를 상대하는 게 우선이란 판단을 내린 것이다.

그러자 북리사경이 내심 안도하며 고개를 끄덕여 보였다.

그리고 그 역시 혈마조검경의 발동을 늦췄다. 일촉즉발이나 다름없던 종리곽과의 승부를 잠시 뒤로 미뤘다.

그러자 다시 걸음을 멈춘 천기신혜!

그녀가 은색 주렴 안쪽에서 만족스런 미소를 머금은 채두 사람에게 말했다.

"합리적인 판단이에요. 그럼 우리, 자리를 옮기도록 하죠. 계속 나와 함께 있는 건 두 분의 수하들에겐 좀 가혹한 일일 테니까요."

'역시 마심마화멸신공을 펼쳤구나!'

'진짜 그사이 이곳에 모인 이천여 군세 전부를 단숨에 장악했다는 건가? 진정 눈으로 보고도 믿기 힘든 일이로

구나!'

짧은 순간 공포에 가까운 경계심을 천기신혜에게 느낀 두 사람이 천천히 고개를 끄덕여 보였다.

그럴 수밖에 없었다.

인정하긴 싫지만 현재 이곳을 장악한 건 천기신혜였으니까.

그러자 천기신혜가 다시 미소를 지은 채 가볍게 신형을 공중으로 띄워 올렸다.

스으!

하늘의 천녀처럼 바람을 타고 날아올랐다.

처음, 두 사람의 대결을 막기 위해 모습을 드러냈을 때처럼.

스슥! 슥!

북리사경과 종리곽 역시 그 뒤를 따랐다. 그들 중 누구도 향후 벌어질 전개에 대한 답을 갖고 있지 못했다.

"크헉!"

"아학! 아학!"

천기신혜와 북리사경, 종리곽이 자리를 뜬 것과 동시였다.

거의 숨이 넘어가는 신음과 함께 금모연과 진여상이 의식을 회복했다.

물론 그들만 그런 일을 경험했을 리 없다.

곧 양쪽 군세 소속 수십 명가량의 고수급들이 같은 증상을 호소하며 고통스러워했다. 천기신혜가 펼친 마심마화멸신공의 후유증을 제대로 앓고 있는 것이다.

그런 상황에서도 가장 먼저 이성을 회복한 금모연이 백색쌍마안을 몇 차례나 회전시키며 북리사경을 찾았다. 최우선적으로 그의 안위를 확인해야만 했다.

"교주님은?"

"허억! 허억!"

"교주님을 찾아라! 어서! 지금 당장!"

"아, 알겠어요."

그나마 정신을 차린 진여상이 고개를 힘겹게 대답하고 사패호위신장을 불러들었다. 그들과 함께 북리사경을 찾기 위한 수색대를 몇 개나 조성시켰다.

마찬가지의 상황은 군마각 쪽에서도 일어났다.

종리곽의 오른팔이자 군사인 백면낭심 서자후는 소뢰음사의 주지인 천룡상인에게 부축된 채 숨을 헐떡거렸다. 머릿속이 지진이라도 난 것처럼 뒤흔들리고 있었다. 짧은 사이 몇 차례나 토악질을 했다.

그나마 불문의 일종인 서장 밀종의 일맥을 대성한 천룡상인의 도움이 컸다. 그가 불어 넣어 준 소뢰음사의 호심공 덕분에 가까스로 정신을 차릴 수 있었다. 그리고 곧바로 뇌리를 스친 건 주군 종리곽의 안위였다.

"처, 천룡상인, 각주님은 어찌 되셨소이까?"

"그건 빈승도 잘 모르겠소이다. 정신을 회복한 지 얼마 되지 않는지라……."

"그럼 뭘 하는 거요! 당장 각주님의 안위를 확인해야 지!"

"그리하지요."

천룡상인이 어색하게 대답한 후 눈매를 살짝 가늘게 만들어 보였다.

본래 그가 속한 소뢰음사는 북리사경의 승천북리가와 사이가 좋았다. 그의 요청으로 천마신교의 배후를 압박하려 했을 정도였다.

다만 지금 소뢰음사의 장문 영부는 종리곽에게 뺏긴 터.

그의 명령에 의해 맹우(盟友)였던 북리사경의 진마성교를 정벌하는 어처구니없는 일에 동원되었다. 생각해 보면 기구하고 기가 막힌 운명에 처했다고 할 수 있었다.

'그러니 지금이야말로 본사의 운명을 결정할 순간일지도 모른다! 현재 본사의 제자들보다 군마각 마인들의 상태가 훨씬 나쁘니까 진마성교와 합세한다면 이들을 일거에 전멸시킬 수 있을 것이다!'

생각하면 할수록 괜찮다.

종리곽이 실종된 상태이니 더 고민할 필요도 없을 것
같았다.

한데, 바로 그때 서자후의 헐떡이는 목소리가 들려왔
다. 뒤늦게 천룡상인이 떠올린 생각에 신경이 미친 것이리
라.

"천룡상인…… 현재 행방불명이 된 건 각주님뿐은 아니
란 걸 잊지 마시오!"

"예? 그게 무슨……."

"진마성교주 북리사경 역시 각주님과 마찬가지로 멸천
마후님과 함께 사라졌다는 거요!"

"……아!"

"그리고 멸천마후님의 애제자인 종리철극 공자는 각주
님의 후계자이시오! 만약 천룡상인 당신이 이때 딴마음을
품는다면 소뢰음사는 아예 서장에서 자취를 감추게 될 수
도 있다는 걸 명심하고 행동하셔야 할 것이오!"

"무, 물론입니다. 어찌 빈승이 각주님을 배신하겠소이
까? 지금 곧바로 수색대를 편성하겠소이다."

"잘 하시오!"

서자후가 다시 한 차례 쐐기를 박고 비틀거리며 진마성
교 진영을 향해 걸어갔다.

운기조식이 급한 상황!

그에겐 더욱 급한 일이 있었다. 자신들과 비슷한 공황

상태에 빠져 있을 진마성교 진영에서 발작적인 공격을 가해 오지 않게 만들어야만 했던 것이다.

그러자 때마침 그와 마찬가지의 생각을 한 금모연이 진마성교 진영에서 모습을 드러냈다.

비틀! 비틀!

휘청! 휘청!

지난 한 달여간 온갖 지략과 전술을 다해 공성전과 수성전을 펼쳤던 두 모사가 힘겹게 걸어서 양 진영의 중간에 도착했다. 그렇게 얼굴을 맞대게 되었다. 바로 조금 전까지 주군인 북리사경과 종리곽이 생사존망을 건 대장전을 벌이려 했던 장소에서 말이다.

서자후가 먼저 포권해 보였다.

"삼가 군마각의 서자후가 마계금가의 금모연 가주를 뵈오이다!"

금모연의 백색쌍마안이 한 차례 회전을 보였다.

"과연 천하는 넓고 인재는 계속 나온다고 했던가? 군마각에 그대 같은 기재가 웅지를 품고 있었으리라곤 전혀 생각지 못했네."

"과찬이 지나치십니다. 지금은 양군을 잠시 뒤로 후퇴시켜 각자 급한 불부터 끄는 게 어떻겠습니까?"

"동의하겠네."

"그럼 세부적인 사항에 들어가도록 하시죠."

"다른 건 필요 없고, 양군 모두 마성궁만 비워 두도록 하세나."

"그건…… 곤란합니다. 제 미거한 지모로 금 가주님을 마성궁의 지형지물과 성벽 없이 상대할 자신은 없으니까 요."

"지나친 겸양은 비례라 했네. 하지만 자네가 그렇게 마성궁에 의지하고 싶다면 마음대로 하시게. 어차피 교주님만 돌아오신다면 그따위 변방의 성 따위엔 관심이 없으니까 말일세."

'마성궁을 버리고 곧바로 신마성궁으로 진격이라도 하겠다는 뜻인가? 하긴 진마성교주 북리사경만 홀로 돌아온다는 건 각주님과 멸천마후가 이미 그에게 패했다는 뜻. 굳이 마성궁 같은 곳에 미련을 둘 이유는 없을 테지. 하지만 그렇다 해도 저들과 같이 대본영을 구축해 놓지 않은 우리에게는 마성궁이란 성채가 반드시 필요하다!'

내심 빠르게 금모연의 내심을 추측한 서자후가 얼른 허리를 숙여 보였다.

"금 가주님의 양보에 감사드립니다. 그럼 곧바로 저희는 마성궁으로 물러가 보겠습니다."

"그러시게. 그리고……."

"……."

잠시 말끝을 흐려서 서자후의 시선을 잡아끈 금모연이

백색쌍마안을 다시 회전시키며 말했다.

"……다음에 만날 때는 서로 전력을 다하도록 하세. 승자가 누가 되던지 간에 말일세."

'여태까지의 공성전은 전력을 다한 게 아니었다는 뜻인가?'

내심 이를 악문 서자후가 고개를 끄덕여 보였다.

"물론입니다. 언제 저 같은 놈이 금 가주님 같은 대모사와 지략을 겨룰 수 있겠습니까?"

"하하, 대모사라니! 태상마군님이 들으실까 겁나는 말을 하는군."

"설마 천 리도 더 멀리 떨어진 이곳에서 벌어진 일을 그분이 아시겠습니까?"

"그렇게 자신하진 마시게. 태상마군님의 이목은 천 리가 아니라 만 리 밖까지도 뻗어 있으니까 말일세."

"……."

그 한마디로 서자후의 입에 빗장을 건 금모연이 천천히 신형을 돌려 자신의 진영으로 돌아갔다.

시간은 충분히 끌었다.

이만하면 기민하고 머리 좋은 진여상이 수색대 편성을 끝마치고 출발했을 터였다. 소뢰음사의 주지인 천룡상인에게도 밀지가 전해졌을 테고 말이다.

'허허, 지금 내가 할 수 있는 일은 여기까지가 고작인

가? 이젠 교주에게 맡기는 것 외엔 도리가 없을 터!'

교주 북리사경의 무위!

한 치의 의심도 없이 믿고 있었다.

방금 전 멸천마후 천기신혜가 등장해 마심마화멸신공이란 말도 안 되는 마공을 펼치기 전까진 분명 그랬다.

그래도 여전히 금모연은 믿었다. 믿고 싶었다. 북리사경의 복귀를 말이다.

그 믿음을 바탕으로 지모를 짜냈다.

북리사경에게 승리를 가져다줄 필승의 지모를.

＊　　＊　　＊

털썩!

귀마 매종경이 갑자기 쓰러졌다.

바싹 말라붙은 입술과 백발이 다 된 산발.

고작 한 달 새에 그의 외모는 완전히 변해 있었다.

늙고 추레해졌다.

절대고수답게 잘 유지되었던 젊음을 깡그리 잃고 완전히 노인이 되었다. 자신의 본래 나이만큼 노화가 진행된 거다.

이유는 자명하다.

여전히 그의 백 보 뒤에 머물러 있는 담대광.

그의 흐릿한 그림자가 주는 압박감이 매종경을 이렇게 변모시켰다. 내상은 점차 심해져서 이젠 돌이킬 수 없는 상황이 되었고, 정력(精力) 역시 완전히 고갈되어 몇 개나 되는 병에 걸렸다.

주변을 배회하는 사신(死神)의 그림자!

여태까지와 같은 환상이 아니다.

진짜 그의 주변으로 검은 그림자가 이리저리 흔들리고 있었다.

독수리!

수일 전부터 그에게서 느껴지는 죽음의 기운을 감지하고 따라다니는 대머리 독수리가 하늘을 배회하고 있다. 그의 뒤를 쭈욱 쫓다가 바닥에 쓰러진 걸 보고 주변 하늘을 빙글거리며 선회하기 시작한 것이다.

"허억! 허억! 빌어먹을! 축생 주제에 감히 내 몸을 뜯어 먹겠다고 머리 위를 날아다니고 있다니……."

부들!

바닥을 디딘 손에 힘을 주고 신형을 일으키려던 매종경이 전신을 떨었다.

등을 짓누르고 있는 종리철극.

그 거대한 몸이 끔찍할 정도의 무게로 그를 짓누르고 있었다. 마치 태산 같은 바위에 짓눌린 것처럼 전혀 힘을 쓰지 못하게 했다.

그래서 몇 차례나 몸을 버둥거리고서야 매종경은 종리철극으로부터 빠져나올 수 있었다. 진기의 흐름이 원활치 못한 현 상황에선 감히 여태까지처럼 들어 올릴 엄두조차 낼 수가 없다. 진짜 징하게도 무겁다.

그러자 바로 그때였다.

계속 공중을 맴돌고만 있던 대머리 독수리가 날카로운 울부짖음과 함께 떨어져 내렸다.

날카로운 발톱을 들이밀었다. 놈이 진짜 노리고 있었던 건 바로 잘린 팔뚝으로부터 점차 썩어 가기 시작한 종리철극의 커다란 몸뚱이였던 것이다.

"이 미물이!"

매종경이 분노성과 함께 대머리 독수리를 향해 장력을 날렸다. 건강했던 과거와는 비교조차 되지 않는 위력!

그래도 대머리 독수리를 놀라게 하는 데는 충분하다.

퍽!

순간적으로 대머리 독수리가 장력에 휘말려 공중으로 다시 날아올랐다. 펄럭거리는 날개 중 하나가 축 처졌다. 장력에 부러진 듯싶다.

그러자 그 순간을 놓치지 않고 날아든 돌멩이!

"꾸엑!"

이미 부상을 당해 시원찮게 날갯짓을 하던 대머리 독수리가 단말마와 함께 바닥으로 떨어져 내렸다. 백 보 밖에서 있던 담대광의 수중으로 말이다.

'또! 또! 빼앗아 가는가!'

매종경이 울컥한 표정으로 담대광 쪽을 바라봤다.

그가 급격히 쇠약해진 이유 중 하나가 바로 이거다. 지난 한 달 동안 줄곧 담대광에게 사냥감을 빼앗겨서 거의 제대로 된 식사를 할 수 없었다.

먹지 못하고, 자지 못하고, 쉬지 못하고…….

이 삼고(三苦)의 지옥 속에서 그는 서서히 죽어 가고 있었다. 종리철극의 썩어 가는 몸과 함께 말이다.

그때 담대광이 보란 듯이 요리를 시작했다.

큼지막한 대머리 독수리를 자신의 삼매진화로 순식간에 익혀서 한 점 한 점 뜯어 먹었다. 매종경에게 또다시 미칠 듯한 지옥을 선사했다.

그래도 매종경은 움직이지 않았다.

그는 잠시 내력을 운기하며 시간을 보냈다. 담대광이 식사를 끝낸 후 평소처럼 살점이 조금 남은 뼈다귀를 던져 주길 기다리기 위함이었다. 이젠 거의 하루 종일 혼절해 있는 종리철극을 살리기 위한 어쩔 수 없는 선택이었다.

그러자 과연 잠시 후 뼈다귀 몇 개가 날아왔다.

이번에는 웬일로 제법 살점이 많이 남은 것도 하나 섞여 있었다.

투둑! 툭!

얼른 손을 뻗어 뼈다귀를 집어든 매종경이 게 눈 감추 듯 두 개를 뜯어 먹었다. 닷새 만에 먹는 고기다. 조금이라도 체력을 비축하기 위해 최선을 다해야만 했다.

그리고 남은 한 개.

잠시 고민스런 표정을 짓고 있던 그가 한숨과 함께 종리철극의 입을 벌렸다. 의식을 잃어버린 종리철극의 입에 씹은 고기를 손가락으로 넣어 주기 위함이었다.

그렇게 식사가 끝났다.

이젠 다시 움직여야 할 때였다.

얼마 남지 않은 마성궁을 향해서 말이다.

'하지만 그곳에 가면 진짜 멸천마후를 볼 수 있는 것일까? 아니, 그보다 교주는 그녀를 만나서 무슨 짓을 할 것인가?'

감숙에 들어선 후 종종 그를 괴롭히던 의문.

미칠 듯한 허기가 조금 가시자마자 다시 불쑥 떠오른다. 그를 괴롭히기 시작한다.

아니다.

지금 그런 걸 생각해선 안 된다. 해답도 없는 고민으로 시간을 보내선 안 될 터였다.

"끄응!"

먹여 준 고기의 절반을 도로 토해 낸 종리철극을 어깨에 힘겹게 들쳐 멘 매종경이 천천히 걸음을 옮기기 시작했다.

조금 운기하고 음식 섭취를 했다고 바로 몸 상태가 회복될 리 없다. 여전히 죽을 것 같았다.

그래도 걷는다.

마성궁에 도착할 때까진 쉴 수 없다.

그러자 담대광 역시 움직이기 시작했다. 오랜만의 포식으로 만족한 듯 배를 어루만지곤 매종경을 추격했다. 입가에 기름기가 번질거리고 있었다.

마성궁을 삼백 리가량 앞둔 어느 이름 모를 벌판에서 벌어진 일이었다.

*　　*　　*

모산(茅山).

황량한 모래 바람이 휘몰아치는 산봉에 도착한 삼 인의 절대고수.

아니다.

그런 표현보다는 초인이라 함이 옳겠다.

기라성(綺羅星)처럼 많은 천하의 고수들 중에서도 현재 그들은 단연코 가장 밝은 빛을 발하고 있을 터이니까.

사락!

천기신혜가 긴 치마를 살짝 추어올리곤 널따란 바위 위

에 먼저 착석했다.

한 폭의 백의 미녀도랄까?

바위 위에 앉은 그녀의 미태는 절대적이었다. 얼굴의 반면을 가리고 있었으나 어느 누구도 그걸 부인할 수 없을 터였다. 그냥 그렇게 인지되었다.

북리사경과 종리곽 역시 그 범주에서 벗어나진 못했다.

'여전히 대단한 미태로구나! 내 부동심을 흐트러지게 만들 만큼 말이야……!'

'제기랄, 정말 징그럽게 예쁘구나! 교주님이 어째서 그렇게 총애를 했는지 그냥 확실하게 이해가 가!'

살짝 뜨거워진 두 사내의 시선에 천기신혜가 피식 웃어보였다. 얼굴의 반면을 가리고 있는 은색 주렴이 살짝 흔들림을 보인다.

"두 분에게는 폐를 끼치게 되었군요."

북리사경이 차갑게 말했다.

"합당한 이유가 있어야만 할 것이오!"

종리곽 역시 그다지 좋은 표정은 아니다.

"이번에는 우마령이 너무 심했소! 도대체 무슨 의도로 우리의 싸움에 끼어든 것이오?"

천기신혜의 시선이 두 사람을 향했다. 삽시간에 영혼을 빨아들일 듯 아름다우나 당최 무슨 생각을 하는지 알 수 없다. 읽어 낼 수 없는 눈빛이다.

"곧 천마대제전이 열릴 거예요. 두 분은 그곳에 참가할 자격이 있고요. 이 이외에 다른 이유가 필요한 가요?"

북리사경의 눈빛이 더욱 차가워졌다.

아니, 그보다는 흉험해졌다고 함이 옳을 터였다. 당장이라도 천기신혜를 베어 버릴 것만 같다.

"역시 그런 의도였군!"

"그런 의도라?"

고개를 살짝 갸웃해 보인 천기신혜의 눈빛이 가벼운 장난기를 담았다.

"그 의도란 건 좌마령이 패마 천좌를 마성궁 탈환이란 명목으로 죽이고, 그의 군마각을 비롯한 군세를 몽땅 흡수하려는 걸 말하는 건가요?"

"뭐라!"

종리곽의 전신에서 흉험한 패기가 폭발적으로 일어났다.

당장이라도 북리사경과 미뤄 놨던 생사박투를 재개할 것 같다. 그만큼 압도적인 살기였다.

그러나 천기신혜가 이번엔 그에게 말했다.

"패마 천좌도 비슷한 생각을 하고 마성궁으로 진격해 온 거 아닌가요? 성녀의 요청까지 거부하고 말이에요."

"그, 그건······."

잠시 당황한 표정이 되었던 종리곽이 곧 장대한 어깨를

으쓱해 보이곤 인정했다.

"……뭐, 그런 거지. 그런데 우마령은 그사이 성녀 주변에도 사람을 심어 놨었던 건가?"

"태상마군을 상대하려면 어쩔 수 없는 일이지 않겠어요?"

"하긴, 그도 그렇겠군. 그런데 그 태상마군이 과연 순순히 천마대제전을 열려고 하겠소? 교주님의 생사는 아직도 오리무중인 데다 후계자를 자처하는 자까지 나타났다고 하던데……."

"그래서 오히려 태상마군은 천마대제전을 열 수밖에 없을 거예요. 더 이상 천마신교의 분열을 용인할 수 없을 테니까요."

북리사경이 말했다.

"그건 어째서 그렇지? 아직 강남의 정파 세력은 황산천사련과의 싸움에 정신이 없어서 감히 천마신교의 분열을 이용할 엄두조차 낼 수 없을 텐데?"

"그래요. 분명 여태까지는 그랬어요. 하지만 곧 그 강남의 싸움이 끝난다면 어찌될까요?"

"강남의 싸움이 끝난다는 건 천사련이 정파 세력에게 패한다는 뜻이오?"

"그 말대로예요. 곧 강남문파연합과 정파 무림맹이 손을 잡고서 천사련의 중심인 황산 정벌에 나설 거예요."

"어떻게 갑자기 그렇게 되었는지 궁금하군? 정파 무림맹의 총군사 제갈묘재와 강남문파연합의 검왕 모용척은 견원지간(犬猿之間)이라 했거늘."

"적의 적은 친구라 했어요. 그 두 사람에게 더 큰 적이 나타난 거겠지요."

"더 큰 적?"

"황제예요."

종리곽이 놀라 소리쳤다.

"황제!"

천기신혜가 미미하게 고개를 끄덕여 보였다.

"예. 황제가 드디어 황군을 움직일 결심을 굳힌 것 같아요. 강남을 사교도 천지로 만든 천사련의 세력 확장을 난(亂)으로 규정하고서 말이에요."

북라사경의 표정이 심각해졌다.

"그렇다면 말이 되는군. 모든 게 설명돼."

종리곽이 말했다.

"뭐가 다 설명된다는 거냐? 나는 아직 이해하지 못했다!"

천기신혜가 대신 설명해 줬다.

"황제가 황군을 동원하는 건 무림을 아예 없애겠다는 의지예요. 천사련을 없애는 동시에 아마 정파 무림맹과 강남문파연합, 사천정의련도 횡액을 피할 수는 없을 거예요."

"그렇군! 그래서 그 정파의 겁쟁이 녀석들은 더 이상 자기들끼리 싸우는 걸 포기하고 일치단결해서 황군의 개입이 있기 전에 천사련을 제거할 수밖에 없게 된 거로군."

"맞아요. 하지만 황제가 그것만으로 과연 만족할까요?"

"만족하지 않으면?"

북리사경이 여전히 심각한 얼굴로 말했다.

"황제가 여전히 황군을 투입하기 위해 억지를 부린다면 정파 녀석들이 꺼내 들 패는 단 하나밖에는 없다."

천기신혜가 받아 말했다.

"마교 정벌!"

종리곽의 안색 역시 심각해졌다.

"그 버러지 같은 것들이 감히 본교를 치러 몰려온다는 거요? 마천대전 때 몰살당할 뻔한 것들을 교주님이 살려 주셨는데, 감히 그런 짓을 하겠다고!"

천기신혜의 눈빛이 조금 차가워졌다.

"정파만의 힘으론 힘들겠지만, 황제의 황군 수십만이 함께한다면 충분히 가능한 일이겠지요."

"황군 수십만! 그럼 국경은 누가 지키고?"

"글쎄요? 그런 것까지 생각할 만큼 이성적인 황제라면 이런 말도 안 되는 짓은 벌이지 않았겠죠."

"제기랄! 내가 당장 그 망할 황제를 죽이러 가겠다! 그놈만 죽이면 다 해결될 일이잖아!"

북리사경이 고개를 저어 보였다.

"종리곽, 너는 태극무검선제가 아니다! 그리고 지금 중요한 건 그보다 태상마군의 흉중이고."

"태상마군의 흉중? 그 음흉한 늙은이야 당연히 교주님을 찾아 나서든가……."

거친 목소리로 말을 잇던 종리곽의 표정이 침잠되었다. 갑자기 천기신혜가 한 말의 의미를 명확하게 파악하게 된 까닭이었다.

"……아니면 천마대제전을 열겠군. 아무리 신교가 강하다 해도 신마좌가 빈 상태로 정파 연합군과 황군을 동시에 상대할 수는 없을 테니까."

천기신혜가 말했다.

"뿐만 아니라 태상마군은 이번 기회에 평생 원하던 마도천하를 이루려 할 거예요."

"마, 마도천하?"

"예, 그는 정파와 황군의 연합 세력을 모두 멸한 후, 완전무결한 마도천하를 이룰 생각을 하고 있을 거예요. 역대 어떤 마도인도 이룬 적이 없던 그 대업을 말이에요."

"……."

"하지만 저는 그 대업을 태상마군이 이루는 걸 절대 용납할 수 없어요. 두 분은 어떤가요?"

북리사경과 종리곽의 안색이 딱딱하게 굳었다. 피할 수 없는 선택의 순간이 왔음을 깨달았기 때문이다.

태상마군 소리산과 멸천마후 천기신혜!

절대 함께할 수 없는 두 사람 중 누구와 한편이 되어 천마신교의 신마좌를 노릴지 말이다. 그리고 뒤이어 떠오른 또 다른 깨달음!

'여기서 우마령의 말을 거부하면 죽는다! 그녀는 어떤 수단을 사용해서든 자신의 본심을 안 반대자를 살려 두지 않으려 할 것이다!'

'제기랄! 외통수에 걸렸구만! 절대로 벗어날 수 없는 외통수에 걸리고 말았어!'

거의 동시였다.

서로를 바라본 북리사경과 종리곽이 한숨과 함께 천기신혜에게 고개를 숙여 보였다.

"우마령, 나 역시 태상마군과 함께할 마음은 없소!"

"태상마군과 나는 한 하늘을 함께할 수 없을 만큼 원수지간이오! 그가 마도 역사에 남을 영웅이 되는 걸 도울 생각은 눈곱만큼도 없는 게 당연하지 않겠소!"

천기신혜가 빙긋 미소 지었다.

"두 분의 의견은 잘 알겠어요. 그럼 이제 함께 천마대제전에 대해 대화를 나눠 볼까요? 먼저 말씀드리자면, 저는 천마대제전에 참가할 의향이 없어요."

북리사경과 종리곽의 입이 크게 벌어졌다.

"……!"

"……!"

그 후 대화는 무척 빠르게 진척되었다. 두 사람이 전적으로 천기신혜의 말에 동의하기 시작한 까닭이었다.

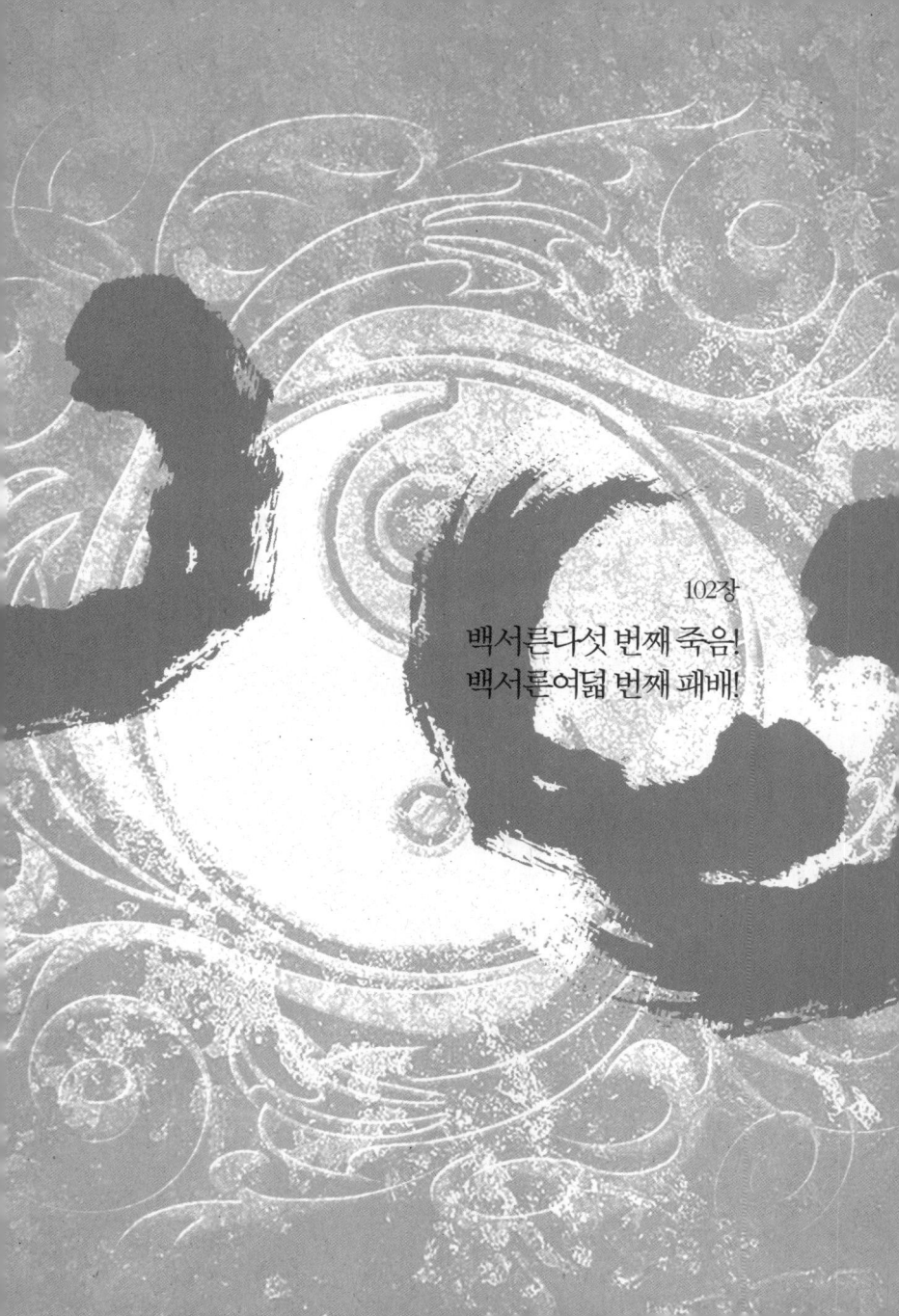

102장
백서른다섯 번째 죽음!
백서른여덟 번째 패배!

　신마성궁.

　마뇌각의 삼 층, 태상마군 소리산의 집무실에 손님이
찾아든 건 정오를 살짝 넘긴 시각이었다.

　근 육 년 만의 만남.

　소리산과 자리를 함께한 뇌왕진천가주 화천마군 진강이
정중하게 허리를 숙여 보였다.

　마도인답지 않게 답답할 만큼 충후해 보이는 얼굴에 담
겨 있는 표정은 일종의 숭배에 가깝다. 그가 목숨을 바쳐
충성하는 대상이 누구인지는 쉽사리 알 수 있을 터.

　소리산이 미미하게 고개를 저어 보였다.

"허허, 진강 자네는 여전히 변함이 없구만. 정말 사람을 홀리기 쉬운 좋은 표정이야."

"송구스럽습니다."

"송구스러울 것까지야 있겠나? 자네의 그런 장점을 높이 사서 내 중책을 맡겼던 것이니까."

"……."

자신이 내린 명령에 따라 배교자란 비난을 감수한 채 일족과 함께 진마성교에 투신했던 수하에게 하는 말 치고는 심하다. 노골적인 비꼼의 감정이 느껴질 정도였다.

그래도 진강은 침묵했다.

표정 하나 흐트러짐이 없다.

그의 무공이나 화공 능력보다 소리산이 더욱 높게 평가한 우직함과 충성스러움은 그대로였다. 그냥 보고만 있어도 자신의 목숨을 맡기고 싶을 만큼.

그러나 소리산은 진강을 잘 알고 있었다. 그가 이 같은 얼굴을 한 채 얼마나 많은 사람을 죽였고, 죄책감조차 느끼지 못했는지 말이다.

타고난 감정 결핍자!

그게 바로 눈앞의 진강이란 사내의 정체였다.

역대 뇌왕진천가의 혈족들과 마찬가지로 그 역시 어린 시절의 대부분을 화기와 함께 보냈고, 중간에 사고를 당했다. 화약 제련을 하던 중 폭발이 일어나 감정과 관련된 몇 가지 능력을 완전히 잃어버린 것이다.

그 결과 어린 시절부터 그에 의해 자행된 추악한 사건, 사건들!

우연찮게 어린 진강의 상태에 대해 눈치챈 소리산은 꽤 많은 시간을 들여 그를 훈련시켰다. 감정이 결핍된 그에게 충후한 표정을 지을 수 있게 해 줬고, 자신의 욕구를 남에게서 감추는 방법 역시 가르쳤다. 후일 반드시 크게 쓰일 때가 있으리라 생각한 까닭이었다.

'쯔쯧, 그렇게 북리사경에게 물을 먹인 것까지는 좋았는데, 하필 뇌운의 철사자가 그놈에게 넘어가 버리다니! 제 딸자식까지 가차 없이 버리리라곤 예측하지 못했거늘⋯⋯.'

오랜만이다.

이런 식으로 예측을 벗어난 일은.

딸인 뇌운의 철사자 진여상을 버리고 자신에게 돌아온 진강을 바라보며 소리산이 내심 고개를 저어 보였다. 꽤 오래 봐 왔지만 그의 이런 비인간적인 모습에는 도통 정이 가지 않는다. 흡사 영혼이 없는 인간을 보는 것만 같다.

그런 상념도 잠시뿐이었다.

곧 평상심을 회복한 소리산이 자신의 다구에 찻물을 따르곤, 말했다.

"진강, 뇌운의 철사자가 이끄는 뇌왕열화병단에 대해

얼마나 파악하고 있는가?"

"하나에서 열까지 모든 걸 파악하고 있습니다."

"그 아이의 측근에 자네 사람을 박아 놓았다는 뜻이구만."

"그렇습니다."

"그럼 그 아이 문제는 그렇다 치고. 사흘의 말미를 줄 터이니, 뇌왕진천가의 전열을 정비해 뇌극봉에 가 주게나."

"이틀이면 족합니다."

"어째서 그곳에 가야 하는지 묻지 않는 것인가?"

"포대를 정비해서 내전에 대비하시려는 게 아니시겠습니까? 뇌극봉에 대규모의 포대를 설치한 후 천마충천사방진을 풀어 버리면 단숨에 승기를 장악하실 수 있을 테니까요."

"허허, 역시 진강 자네와는 대화하기가 편해서 좋아. 그럼 부탁하도록 함세."

"예, 강녕하십시오."

다시 고개를 숙여서 인사를 한 진강이 집무실을 벗어났다. 나타날 때와 마찬가지로 한 점의 군더더기도 보이지 않는 퇴장이었다.

후룩!

진강을 눈빛만으로 배웅하며 찻물을 한 모금 마신 소리

산이 갑자기 혼잣말처럼 중얼거렸다.

"성녀는 진강을 어찌 생각하시는가?"

"제 의견을 묻는 건가요? 아니면 절 시험하고 싶으신 건가요?"

"좋을 대로 생각하시게."

소리산의 말에 스르륵 소리와 함께 그의 뒤에 위치한 책장이 이동하며 성녀 진리가 모습을 드러냈다.

지존성화림에서 붙잡히던 때와 다름없는 모습.

천공의 성좌처럼 아름다운 미목을 한 차례 반짝인 그녀가 고개를 갸웃하며 말했다.

"진강 가주는 아마 태상마군님이 가장 믿고 있는 심복일 거예요. 어쩌면 목숨마저 맡길 수 있을지도 모르죠."

"그는 충직한 사내지."

"그런 것을 태상마군님이 믿으실 것 같지 않군요."

"하면 뭘 믿는다고 생각하는 것인가?"

"그를 파악하고 있는 자기 자신! 그게 바로 태상마군님이 가장 신뢰하는 것이에요."

"허허!"

소리산이 자못 유쾌한 듯 미소 지었다.

오늘 진리는 진강이란 사내를 처음 봤다. 그에 대해 알고 있는 것이라곤 천마신교 내부에 도는 소문 정도일 터였다.

근데 이런 판단을 내렸다.

확신을 갖고서 소리산에게 말하고 있었다.

그때 진리가 그의 미소를 사라지게 했다. 예상치 못한 일격을 가한 것이다.

"어쩌면 진강 가주는 태상마군님의 제자일지도 모르겠군요. 세상의 어떤 자도 모르게 거둬들인 비밀 제자 말이에요. 적어도 진강 가주는 그리 믿고 있을 거예요."

"그럼 나는 달리 생각하고 있다고 생각하는 것인가?"

"그냥 조금 쓰기 쉬운 장기말 정도? 태상마군님에게 진강 가주는 세상의 다른 자들과 마찬가지의 용도에 불과할 거예요. 그래서……."

"거기까지만!"

"……제가 실례를 범한 건가요?"

"항상 그렇게 솔직할 필요는 없다네."

"다른 사람에겐 이렇게 말하지 않아요."

"그렇군. 내게 뭔가 바라는 게 있는 것이구만?"

"거꾸로 말하시고 계시네요. 오히려 태상마군님이야말로 제게 바라는 게 있지 않나요?"

"허허, 벌써 거기까지 파악한 것인가? 좋군! 좋아!"

미소와 함께 연달아 고개를 끄덕여 보인 소리산이 그제야 진리에게 시선을 던졌다.

마뇌각 전체를 장악한 그의 압도적인 패도!

그 강력한 기운에 꽁꽁 묶인 진리를 귀엽다는 듯 바라봤다. 다른 자를 대할 때와는 묘하게 다른 인간적인 표정과 함께였다.

"그럼 내 묻겠네. 자네는 내 제자가 되는 것에 대해 어찌 생각하는가?"

"진짜 성녀를 제자로 받아들이실 생각이세요?"

"안 된다는 법이 있는가?"

"저야 모르죠. 하지만 이 사실이 밖으로 드러나면 태상마군님의 적이 늘어나게 될 거예요."

"어차피 내 적은 천하에 무수히 많다네. 다시 몇이 더 생긴다 한들 크게 문제 될 건 없다네. 그리고……."

잠시 말끝을 흐린 소리산이 묘한 미소와 함께 어깨를 가볍게 추어 보였다.

"……나도 불사(不死)는 아니라네. 괜찮은 재목을 발견했으니, 후계자를 키우고 싶은 욕심이 생기는 건 인지상정(人之常情)인 셈이야."

"인지상정이라……."

"뭐, 바로 결정할 필요는 없네. 아직 시간은 충분하니까."

"절 옴짝달싹도 못 하게 할·시간이 충분하단 뜻이겠죠?"

"거기까지 알고 있다면 적당히 재시게나. 곧 이곳 신가성궁으로 거센 바람이 불어 올 것이네. 그때가 되면 자네와 이렇게 시간을 보내는 여유도 쉽게 낼 수 없을 걸세."

'자신만만하기는!'

진리가 소리산을 향해 살짝 눈을 흘겼다. 세상의 모든 걸 알고 있고, 제 뜻대로 할 수 있다는 그의 이런 자신감이 짜증 났다. 어떻게든 확 뒤엎어 버리고 싶었다.

칠음절맥의 저주에서 벗어난 천무지체!

황제를 폐위시킨 태극무검선제와 신마대제 담대광의 패도적인 피가 발현하기 시작한 진리는 이미 과거의 연약한 소녀가 아니었다. 천마신교를 상징하는 지존성화를 지키는 성녀였고, 냉철하게 천하의 대세를 읽을 수 있는 지혜의 소유자였다.

당연히 눈앞의 대모사 소리산에 대한 감정이 남다를 수밖에 없다.

짜증과 감탄!

진리는 경계심과 뒤섞여 가슴속에서 울컥 치솟아 오른 그에 대한 감정의 편린을 지그시 억눌렀다.

지금 당장은 그리해야만 한다. 그리 생각했다.

스르륵!

한마디 말도 없이 책장 안에 마련된 자신의 방으로 돌아간 그녀가 기관을 움직였다. 책장을 본래대로 되돌린 후 소리산이 한 제안에 대한 검토에 들어간 것이다.

후륵!

그러거나 말거나 소리산은 여전히 차를 즐길 뿐이다. 따뜻한 찻물로 늙은 노구를 데우며 언제나와 마찬가지로 신비롭고 음흉한 미소를 지어 보이고 있었다.

*　　　*　　　*

신마성궁의 외곽.

자연발생적으로 생겨난 저자 거리는 이를 테면 밤에만 피는 장미라 할 수 있었다.

저자 한복판에 자리 잡은 온갖 종류의 기루 덕분에 이곳은 항상 낮보다 밤이 훨씬 붐볐다. 적어도 수십 배 정도의 유동 인구 차이가 있다고 할 수 있었다.

어둠이 장막처럼 다가올 무렵.

수십 개의 기루에서 일제히 밝혀지는 홍등의 물결.

이곳 저자를 대표하는 광경이라 할 수 있었다. 신마성궁에 적을 둔 온갖 종류의 사마외도(邪魔外道)들이 대체로 좋아하는 광경이기도 했다.

그런데 한 달 전부터 사정이 바뀌었다.

수십 개 기루의 대표격인 춘홍루를 소교주 신마무적성 소진엽이 거처로 삼은 까닭이다. 그로 인해 파도처럼 거센 변화의 물결이 몰려들기 시작한 것이다.

평소 한산하던 시각.

주변이 온통 환한 정오 무렵임에도 불구하고 저자는 온 갖 종류의 사람들로 넘쳐나고 있었다. 밤이 되어 저자의 한복판에 자리 잡은 기루와 유곽에 현란한 홍등이 내어걸 리지도 않았음에도 그러했다.

당연하달까?

그렇게 몰려든 사람들을 상대하는 상인들과 거간꾼들의 좌판 역시 여기저기 펼쳐져 있었다. 신마성궁에서도 가장 금전 감각이 뛰어난 저자 상인들—대부분 중원이나 변방 의 하오문(下午門)이나 사파(邪派) 출신들이다.—이 갑작스 레 온 대목을 놓칠 이유가 없는 까닭이었다.

골목을 돌 때마다 와자지껄 떠들어 대는 목소리들!

"자자! 마도의 영웅들께서는 잠시만 걸음을 멈추시고, 이곳을 주목해 주십시오! 여기 춘홍루의 정원을 상세하게 그려놓은 지도가 있습니다! 단돈 은자 석 냥!"

"웃기는 소리! 춘홍루를 들어가 보지도 못한 자가 그린 지도를 어찌 믿을 수 있단 말입니까? 여기 다년간 춘홍루 에서 일했던 석소삼 녀석이 그린 지도가 있습니다! 은자로 두 냥 닷 푼만 내십시오!"

"개소리! 개소리들! 여기 춘홍루에서 오 년간 기녀를 했 던 춘앵 소저가 손수 그려 주신 내부 상세도가 있습니다! 심미안(審美眼)이 있는 마도의 영웅님들이라면 진품이 무엇인지를 대번에 아실 수 있을 것입니다!"

맹렬하게 손에 들린 조잡한 지도를 펄렁거리는 거간꾼들의 눈에는 살기마저 감돌았다.

어떻게든 붙잡아야만 한다!

반드시 손님을 끌어들여서 돈을 뜯어내고 말 테다!

그런 결의가 눈빛마다 감돌았다. 만약 그들의 앞을 분분히 헤치며 걸어가는 자들이 하나같이 흉험한 마도 고수들만 아니었어도 단연코 강매에 나섰으리라. 아니면 강도로 돌변해서 속곳 하나 남김없이 뜯어먹었을지도 모르겠다.

그런 난장판을 몇 차례나 헤치고 나서야 춘홍루는 모습을 드러냈다. 오늘도 새벽부터 장사진을 친 신마성궁 무인들의 속을 태우며 굳게 대문을 닫아걸고 있었다.

아니다.

딱히 그런 것만도 아니었다.

대문 옆으로 나 있는 작은 문 앞에 모여 있는 무인들의 모습이 그 같은 상황을 웅변한다. 아예 가능성이 없다면 어찌 이렇게 많은 자들이 열기 가득한 표정을 한 채 문 앞에서 서성대고 있겠는가.

그러다 보니 싸움질도 심심찮게 벌어진다.

"씨발, 진짜 여기서 기다리면 춘홍루 안에 들어갈 방도가 생기긴 하는 거요?"

"그걸 내가 어찌 알아? 나도 우연찮게 소문을 듣고 온 건데……."

"쌍! 그딴 소문만으로 날 끌어들였다는 거요!"

"끌어들이긴 누가 끌어들여! 네놈이 굳이 따라오겠다고 바짓가랑이를 붙잡고 늘어졌잖아!"

"그래서 나한테 빨아먹은 술값이 얼만데! 당장이라도 춘홍루 안에 들어갈 수 있게 해 줄 것처럼 호언장담을 씨불이더니만!"

"그래서 술 좀 사 준 게 아깝다는 거냐? 내 지금이라도 여기 토해 낼까? 토해 내?"

"그럴 필요 없수! 내가 배에 칼빵을 내서 돌려받을 작정 이니까!"

"그래. 하자, 해! 누가 겁난다더냐!"

말싸움이 곧 생사를 겨루는 박투로 변했다.

차창! 창!

각자 병기를 뽑아 든 자들이 어우러져 싸우기 시작했 다. 살벌하게 싸워 댄다.

당연히 그들뿐일 리 없다.

그런 싸움은 오늘만 해도 대여섯 차례나 벌어졌고, 죽 어서 시체로 변한 자까지 있었다. 참 마도인답다.

그때 다시 시작된 싸움에 눈을 희번덕거리며 각자 돈을 걸던 무인들의 일각에서 작은 소란이 일어났다.

여태까지와는 다른 종류다. 분쟁이 아니라 극심한 흥분으로 인해 벌어진 소란이란 점에서 말이다.

끼익!

갑자기 그들을 춘홍루로 불러 모은 소문의 중심인 작은 문이 열렸고, 곧 주변의 이목이 집중되었다. 놀랍게도 방금 전까지 죽기로 싸우고 있던 자들까지 분쟁을 멈췄다.

그리고 기대와 흥분에 찬 중얼거림이 흘러나온다. 침을 꼴깍거리며 작은 문을 바라본다.

"드, 드디어!"

"들어갈 수 있는 건가? 진짜 신마무적성 소진엽 소교주님을 직접 볼 수 있는 거야?"

"그보다 나는 도마 사마무군 천좌님을 뵙고 싶은데? 그분이야말로 진짜 마도제일도라고 하시던데……."

"나는 진짜 영웅 중의 영웅이신 마검혈풍영 철무정 대주님을 뵙고 싶다! 그분에게 인사한 후 반드시 패왕혈검단에 들어가고 싶다구!"

완전히 흥분에 찬 표정과 목소리들이다.

오랫동안 신마성궁에서 자취를 감췄던 마도 영웅들의 자태를 볼 수 있다는 생각에 완전히 도취한 듯싶다. 몇몇 다른 기질을 드러낸 자도 있었으나 압도적일 만큼 많은 다수가 그와 비슷한 표정을 하고 있었다.

그러나 곧 그들의 표정이 변했다.

시큰둥해졌다.

작은 문을 통해 밖으로 나온 염소수염의 쥐새끼 같은 용모.

아예 영웅과는 동떨어진 작고 왜소한 장소량의 모습에 완전히 김이 새 버렸다. 특히 과거 장소량과 알던 자들일수록 그 같은 변화는 극심했다.

"뭐야? 군마각에서 기생하던 장소량이잖아?"

"군마각? 내가 알기론 마뇌각에서 모사 노릇을 하다가 쫓겨났다고 들었는데?"

"뭐야? 완전히 동가식서가숙(東家食西家宿)이잖아? 그런 자가 어째서 춘홍루에서 나오는 거지?"

"이번에는 신마무적성 소교주님한테 붙은 건가? 그렇다면 그분의 안목도 그다지 대단한 건 아닌 거 아냐?"

작은 목소리들이 아니다.

아예 대놓고 소리치는 격이다.

그만큼 신마성궁을 떠나기 전 장소량의 위치는 아주 나쁜 쪽에서 확고부동했다. 주변 분위기로 볼 때 짧은 시일 내에 바뀔 수 있을 만한 여지는 없어 보인다.

삐직!

장소량의 이마에 작은 혈관이 튀어나왔다. 이런 반응에는 익숙하나 오늘은 야유의 정도가 조금 더 심하다. 특히 동쪽에서 밥을 먹고, 서쪽에서 잔다는 말에는 울컥한 감정마저 느꼈을 정도였다.

　그러나 장소량이 곧 표정을 평상시와 다름없이 되돌리
곤 한껏 위엄을 담은 목소리로 외쳤다.

　"줄을 서시오! 줄을 서!"

　무인들의 눈에 이채가 어렸다. 근래 신마성궁에 은연중
떠돌았던 소문에 이런 말은 없었다. 잠시 이해가 가지 않
는다.

　"줄?"

　"줄을 서야 하는 거야?"

　물론 개중에는 눈치가 빠른 자들도 있다. 그런 자들이
다른 무인들이 웅성거리는 사이 재빨리 장소량 쪽으로 달
려갔다.

　후다닥!

　후다다다다닥!

　그러자 뒤늦게 웅성대던 자들 또한 달리기 시작했다.
일제히 장소량을 향해 육탄 돌격해 갔다. 그 숫자만 거진
백여 명!

　"으헉!"

　삽시간에 목숨의 위협을 받는 상황이 된 장소량이 기함
을 터뜨렸다. 그의 무공이 현재의 십 배쯤 된다 해도 백
명이나 되는 무인들의 육탄 돌격을 막아 낼 순 없었다. 어
이없는 개죽음을 당하게 생겼다.

그러나 그때 대경실색한 장소량의 앞에 천마강시가 떨어져 내렸다. 그사이 주인인 소진엽보다 장소량과 가까워진 그녀가 호위역을 자청하고 나선 것이다.

장소량의 표정이 환해졌다. 근래 천마대전의 수호신인 사신마령을 보고 천마강시에게 붙여 준 이름을 있는 힘껏 부른다.

"묘랑(猫娘)! 죽여선 안 된다!"

"카아!"

반가움에 장소량에게 한 차례 울음을 터뜨린 묘랑이 벼락같은 혈강기를 일으켜 연달아 쏟아 냈다. 그래서 광란의 육탄 돌격을 해 오고 있는 무인들 앞에 커다란 고랑을 만들어 냈다.

"으헉!"

"허억!"

"으아아아!"

가장 눈치 빠르게 움직였던 맨 앞줄의 자들이 고랑에 걸려 앞으로 자빠졌다. 워낙 전력을 다해 달려오다 당한 일이라 피할 수가 없었다.

그리고 뒤이어 무너진 이 열과 삼 열들…….

그나마 무공이 뛰어난 자들은 재빨리 경공을 펼쳐서 대참사를 피할 수 있었으나 그리 많은 숫자는 아니었다. 워낙 전력을 다해 내달렸고, 숫자가 많았기 때문이다.

번뜩!

장소량이 매의 눈으로 그렇게 대참사를 피한 자들을 확인했다. 그런 자들을 골라내는 것이 요즘 그의 주요 임무 중 하나였던 것이다.

'대충 십여 명 정도인가? 그래도 오늘은 제법 숫자가 되는구만.'

내심 고개를 끄덕인 장소량이 묘랑에게 히죽 웃어 주곤 대참사를 피한 자들에게 말했다.

"굳이 줄을 세울 필요도 없겠구만. 자네들은 나를 따라오도록 하게나."

"이거…… 시험이었습니까?"

"그냥 일 차 시험 통과라 생각하게나."

"일 차!"

어느새 장소량의 곁으로 이동해 혈기 어린 눈빛을 번뜩이고 있는 묘랑을 보고 합격자들이 기함을 터뜨렸다. 그녀에게서 느껴지는 강렬한 압박감에 완전히 쫄아 버린 것이다.

하지만 그들은 신마성궁에 속한 무인이었고, 무공 실력에 은연중 자부심을 가지고 있었다.

비록 묘랑이 천마강시란 희대의 마물이긴 하나 계속 겁만 먹고 있을 순 없었다. 애초에 그 정도의 담량이 없었다면 신마성궁에 밀어닥친 새로운 물결의 일원이 되기 위해

춘흥루를 찾지도 않았을 터였다.

단숨에 마음을 결정한 그들이 우르르 장소량의 뒤를 따랐다.

"우워어!"

"우, 우리는 어쩌라고!"

뒤에서 여전히 인(人)의 산(山)을 이룬 자들이 연신 낑낑대고 있었으나 누구 하나 신경 쓰지 않았다. 돌아보며 말을 섞는 자조차 없었다.

끼익―쾅!

그렇게 잠시 열렸던 작은 문이 다시 굳게 닫혔다.

*　　　　*　　　　*

철무정의 얼굴은 평소와 다름없이 무심했다.

흡사 강철로 만들어진 조각상 같다.

눈앞에서 벼락이 떨어진다 한들 이 철혈의 사나이를 동요하게 할 수는 없을 성싶었다.

그러나 지난 몇 달간 중상을 당한 그의 수발을 들어 온 홍교는 조마조마한 기분이었다. 이 강철 같은 사나이가 지금 매우 심하게 짜증 나 있는 상태임을 알고 있었기 때문이다.

'가뜩이나 부상 때문에 소교주님의 수련에서 제외되신

것 때문에 기분이 언짢으신데, 계속 이리 괴롭히고 있으니…… 언제 한 번 폭발하고 말지 싶구나!'

홍교의 평가는 상당히 정확했다.

아주 옳은 판단이었다.

진짜 철무정은 요 며칠 짜증이 한계에 이르러 있었다.

부상의 악화로 소진엽의 수련에서 배제된 후 그는 장소량의 도움을 받아 패왕혈검단의 전력 보충에 집중하고 있었다. 그동안 소진엽의 전력이 크게 확충되었다곤 하나 그의 친위대는 어디까지나 패왕혈검단이었다. 다시 큰 싸움이 벌어지기 전에 반드시 만전을 기해 놓아야만 했다.

그때 불쑥 끼어든 게 잔살묵검대주 묵검마객 천일해였다.

그는 예전처럼 철무정의 부장을 자처하더니, 부탁도 하지 않았는데 패왕혈검단의 전력 확충을 위해 최선을 다했다. 자신의 잔살묵검대를 내동댕이치고 헌신적으로 철두정과 장소량의 뒤를 따라다녔다.

하지만 항상 과함은 모자람만 못하다 했다.

천일해의 이 같은 열정은 곧 패왕혈검단의 본래 조장들과 잔살묵검대 조장들의 불만과 갈등을 야기했다. 철무정이 부상 회복에 중점을 두고 있는 사이 묘한 감정싸움이 양 부대에서 벌어지기 시작한 것이다.

물론 그 중심에 선 건 천일해였다.

그가 은연중 패왕혈검단에 잔살묵검대의 핵심 인물들을 꼽아 넣은 것을 계기로 양 부대 조장들의 사이가 크게 틀어졌다. 패왕혈검단과 잔살묵검대가 하나로 통합된다는 소문이 돌면서 서로에 대한 경계심이 확산되었다. 자존심과 적대감이 만연해 툭하면 서로 싸우게 되었다.

지금 역시 마찬가지다.

평상시처럼 천일해와 양 부대의 조장들을 중심으로 수련하던 중 다툼이 벌어졌다. 수련을 핑계 삼아 상대 부대를 향해 아낌없이 칼날을 날려 댔다.

몇 명의 수하들을 포박해 끌고 온 천일해가 송구스런 표정으로 보고했다.

"중상자가 둘에 경상자가 여덟. 모두 잔살묵검대 소속입니다."

"저들이 이번 일의 주동자들이겠군?"

"예."

철무정이 주동자로 지목된 자들을 살피다 눈살을 가볍게 찡그려 보였다. 그의 휘하 십 조장 중 한 명이자 전 창천검무대 출신인 상우춘을 확인한 까닭이었다.

"상우춘, 어떻게 된 일인지 설명해 보도록 하라!"

힐끔!

상우춘이 철무정의 뒤에 서서 도끼눈을 하고 있는 홍교를 살피곤 자라목을 한 채 말했다.

"그, 그것이 그러니까……."

"제대로 답해야만 할 것이다. 패왕혈검단의 군법상 동료끼리의 상잔(相殘)은 즉결 처형에 해당하니까."

냉정한 철무정의 말에 상우춘의 화술이 갑자기 늘어났다. 혀가 아주 민활해졌다.

"……단주님, 제 억울함을 바로 말씀 올리겠습니다! 그러면 모든 잘못이 여기 옆에 있는 잔살묵검대 삼조장 녀석에게 있음을 알게 되실 겁니다!"

"무슨 말도 안 되는!"

발끈하려던 잔살묵검대 삼조장이 천일해의 살벌한 눈빛에 얼른 입을 다물었다. 그럴 수밖에 없었다.

그러자 상우춘이 더욱 기세가 살아 말했다.

"요즈음 들어 잔살묵검대 녀석들이 꾸역꾸역 패왕혈검단에 들어오더니, 얼마 전부터는 아예 안하무인이 되었습니다. 마치 제 놈들이 본래부터 패왕혈검단이었던 것처럼 사사건건 저희 십 조장들에게 대거리를 해 대기 시작한 것입니다. 게다가 오늘은……."

잠시 분노 어린 표정을 지으며 숨을 고른 상우춘이 철무정의 무심한 재촉에 얼른 말을 이었다.

"……이 근본도 없이 굴러온 것들이 감히 단주님을 대주님이라 불렀습니다! 우리 잔살묵검대주님이라고 말입니다! 이게 당최 말이 되는 일입니까? 단주님은 우리 패왕혈검단의 단주님이란 말입니다! 우리 단주님이라고요!"

"……."

철무정이 묵묵히 상우춘을 바라보다 시선을 천일해에게 던졌다. 이런 현상의 주모자로 그를 지목한 거다. 확신을 가지고 추궁의 눈빛을 던졌다.

천일해의 얼굴에 당황감이 스쳤다.

그러나 곧 그가 당당하게 말했다. 전혀 물러설 수 없다는 의지를 드러냈다.

"단주님의 명대로 패왕혈검단을 확충하기 위해 어쩔 수 없는 조치였습니다."

"설명해 보게."

"단주님께서도 아시다시피 잔살묵검대의 자부심은 대단합니다. 갑작스레 타 부대로 전출을 명하게 되면 반발이 있는 게 당연하지 않겠습니까? 그래서 패왕혈검단으로 전출을 명한 무사들에게 단주님이 본래 잔살묵검대주셨고, 제 직속상관이셨음을 주지시킬 수밖에 없었습니다."

"단지 그런 것 때문에 이런 일련의 사태가 발생했다는 건가?"

"그, 그리고 어차피 잔살묵검대와 패왕혈검단은 하나로 합쳐져서 소교주님의 직속 친위대가 될 거라 약속했습니다. 그건 사실이지 않습니까?"

"감히!"

무심하던 철무정이 처음으로 감정을 드러냈다.

격노를 닮은 살기의 방출!

그 짧은 기세에 노출된 천일해와 각 부대 조장들의 안색이 단숨에 흙빛으로 변했다.

비록 중상을 당한 상태이긴 하나 철무정은 오히려 근래 무공 수준이 크게 진보한 상태였다. 기분의 변화만으로 뭇 소인배들을 제압하는 건 그리 어려운 일이 아니었다.

움찔움찔!

부들부들!

삽시간에 공포와 전율의 도가니 속에 빠져서 허우적거리는 꼴이 된 양 부대의 수하들을 철무정이 차갑게 바라봤다.

이 골치 아픈 자들을 어찌 처리할까 고민이 되었다. 지금 확실하게 군기를 잡아 놓지 않으면 후일 큰 문제로 발전할 소지가 있었기 때문이다.

그때 그의 넓은 시야 속으로 멀리 한 떼의 무인들을 데리고 춘홍루로 들어오는 장소량의 모습이 보였다.

'그렇군. 이런 골치 아픈 문제는 장 모사에게 맡기는 편이 낫겠어…….'

빠른 판단이 내려졌다.

그동안 장소량에게 쌓은 믿음의 소산이다.

역시 살짝 긴장한 표정이 된 홍교에게 시선을 돌린 그

가 말했다.

"홍 조장, 나는 지금부터 연공에 들어가야 하니, 장 모사에게 나머지 처리를 부탁한다고 전해 주게."

"바로 전하겠습니다."

"부탁하지."

홍교가 복명과 함께 장소량을 향해 신형을 날렸다. 그러자 뭔가 더 할 말이 있어 보이는 천일해에게 손을 들어 보인 철무정이 신형을 돌렸다. 더 이상 할 말이 없다는 뜻을 분명히 해 보인 것이다.

'그럼 소교주님의 연공이나 구경하러 가 볼까? 딱히 참관까지 하지 말라는 명령은 없었으니까.'

근래 보기 드물게 이기적인 결정과 함께 철무정이 얼핏 입가에 미소를 띠었다.

결국 그 역시 무인이다.

소진엽과 네 명의 초고수들 간의 연공과 절차탁마(切磋琢磨)를 구경하고 싶은 욕구를 끝내 참을 순 없었다. 이기적인 결정과 함께 아주 마음이 흥겨워졌다. 방금 전까지 가슴속을 가득 메우고 있던 짜증이 눈 녹듯 사라져 버렸다.

저벅! 저벅! 저벅!

그의 걸음이 점차 빨라져 가고 있었다.

*　　*　　*　장소량이 자신의 의지와는 관계없이 패왕혈검단과 잔살
묵검대, 양 부대의 징벌권을 획득했을 무렵이었다.
　춘홍루의 안뜰 깊숙한 장소.
　여러 개의 전각으로 에워싸여 완벽하게 외부와 차단된
연무장에서는 무시무시한 격전이 벌어지고 있었다. 지난
한 달 동안 무수히 많은 신마성궁의 무인들을 춘홍루로 불
러 모은 오 인의 격투가 대기를 후끈 달아오르게 했다.

　—소진엽 대 사 인의 고수!

　양손에 검과 도를 나눠 든 소진엽은 현재 도마 사마구
군, 혈월마도군 사마무기, 검마 주진모, 비마 뇌음신에게
완벽하게 포위되어 있었다.
　천마신교를 대표하는 칠마 중 삼 인과 십팔마군 중 일
인.
　그들이 합세한 연수합격은 상상만으로도 끔찍했다. 어
떤 초고수라 해도 단숨에 참살당해 버릴 게 뻔했다.
　소진엽 역시 마찬가지였다.
　그는 지난 한 달 동안 이들 사 인의 연수합격에 대항하
다 무수히 많은 패배를 경험했다. 하루 중 열 차례 이상

패배를 인정한 일도 있을 정도였다.

그나마 그동안 그가 무사할 수 있었던 건 다섯 사람 모두 내공을 사용하지 않았기 때문이다.

오로지 초식만의 승부!

그런 이점을 안고서 소진엽은 사 인의 연수합격에 어떻게든 빈틈을 만들어 내려 노력했다. 그 과정 속에 천마대전의 수호신인 사신마령의 연수합격을 파훼할 방도를 찾으란 게 태상마군 소리산의 조언이었기 때문이다.

그러나 곧 예기치 않은 일이 발생했다.

점차 소진엽을 연수합격하는 사 인 고수의 손발이 맞기 시작한 것이었다.

점차 강해지는 합공!

철벽처럼 변해 버린 차륜진형에 소진엽은 갈수록 빠르게 패배 선언을 해야만 했다. 온갖 방법으로 공방(攻防)을 펼치는 동안 사 인 고수의 합벽진은 상상을 불허할 위력을 발휘하게 되었다. 전혀 예기치 못했던 결과물이었다.

지금 역시 마찬가지다.

연달아 태극혜검, 지존성마검, 멸마도법을 사용해 돌파를 시도했던 소진엽은 앞을 가로막아 선 사마무기에게 패배 선언을 해야만 했다. 연수합격으로 인해 발이 묶인 뇌음신을 공격하다 사마무기에게 옆구리를 공격당해 백서른다섯 번째 죽음을 당한 것이다.

"졌다!"

양손을 추켜올린 소진엽의 패배 선언에 사마무군이 냉정하게 한마디를 덧붙였다.

"소교주님, 백서른다섯 번이 아니라 백서른여덟 번째 패배입니다. 세 번은 죽기 전에 투항하셨으니까요."

뇌음신이 인상을 써 보였다.

"소교주는 내가 우스워 보이는 건가? 어째서 툭하면 나쪽 위주로 공격하냔 말이야!"

주진모가 차갑게 말했다.

"그건 비마 자네가 툭하면 합벽진의 전열을 무너뜨리기 때문이다."

뇌음신이 주진모를 노려봤다.

"그건 네놈들이 너무 느려서가 아니냐? 도대체가 같이 손발을 맞추려 해도 굼벵이들처럼 느릿느릿 움직여 대니……."

"그 굼벵이들 덕분에 네 목숨을 몇 번이나 구한 건지는 알고 있는지 모르겠군."

"……검마! 나와 싸우자는 거냐?"

"얼마든지!"

차가운 주진모의 대답에 뇌음신이 살기를 풀풀 일으켰다. 당장이라도 연수합격을 포기하고 생사박투를 벌일 것 같은 모습이다.

그러자 사마무군이 둘 사이에 끼어들었다.

"검마! 비마! 쓸데없는 짓으로 시간을 낭비하지 마라! 방금 전 싸움에 대해 소교주님과 복기해야 하니까."

주진모가 눈살을 찌푸려 보였다.

"또 복기하는 건가?"

"물론이다. 그러기 위한 수련이니까."

"그래 봤자……."

무심히 말을 잇던 주진모가 입을 다물었다. 사마무군과 뇌음신, 사마무기의 시선이 일순간 흉악하게 변한 걸 눈치챈 까닭이었다.

'……이해할 수 없군. 하나같이 지닌 무력만큼이나 자존심 강한 자들이건만 소교주란 자에게는 맹목적일 만큼 충성을 바치고 있으니 말이야!'

지난 한 달여간.

소리산의 명에 의해 소진엽의 수련을 돕게 된 주진모는 침묵 속에 관찰을 게을리 하지 않았다. 소진엽이란 사내의 그릇과 무공, 인망 등을 하나도 빠짐없이 파악하기 위함이었다.

그러나 곧 그는 의아한 감정에 빠졌다.

소진엽의 무공은 그의 예상을 상당히 웃돌았다. 일대일로 붙는다면 절대 승리를 장담할 수 없을 정도였다. 적어도 소교주라 자부할 만한 실력은 되었다.

하지만 단지 거기까지일 뿐이었다.

그 이상을 소진엽은 보여 주지 못했다. 신마성궁에 일으킨 풍운의 중심으로서 가져야만 하는 강렬한 위광과 지도력을 전혀 느낄 수가 없었다.

그런데 어째서 이런 자에게 이만큼 많은 군마(群魔)가 모여든 것일까? 왜 지금처럼 절대적인 충성을 바치고 있는 것일까?

이해가 가지 않는다.

그의 상식으로는 납득할 수 없었다.

그래서 그는 잠시 더 참기로 했다. 소진엽과 한 달째 계속되고 있는 이 쓸데없는 연공에 참여할 작정을 한 것이다. 필시 자신이 아직 파악하지 못한 무언가가 소진엽이란 사내에겐 있을 테니까.

그렇게 주진모가 평소처럼 다시 침묵에 들어갔을 때였다.

이번에 소진엽을 죽인 최대의 공로자인 사마무기가 자못 거만한 표정을 한 채 떠들어 대기 시작했다. 평상시처럼 복기에 들어간 것이다.

"소교주님, 그러니까 거기서 그렇게 맹목적으로 파고드시면 안 되시는 겁니다! 찰나간이지만 뒤가 완전히 비어 버리고 마니까요!"

"그렇군."

"고개만 끄덕이시지 마시고요! 이번으로 벌써 다섯 번째 똑같은 수법에 당하셨잖습니까?"

"그런가?"

"당연하죠! 제가 같은 말을 몇 번이나 해 드렸고만. 설마 그동안 패하는 데 익숙해지신 건 아니시죠?"

"……."

소진엽이 대답 대신 눈살을 찌푸려 보였다.

진짜 사마무기의 말처럼 그동안 패하는 데 익숙해져 버리고 만 것일까?

그런 것이 아니었다.

그는 단지 혼란스러워졌을 뿐이었다. 갑자기 느껴진 강렬하고 무자비하고, 매우 익숙한 존재감 때문에.

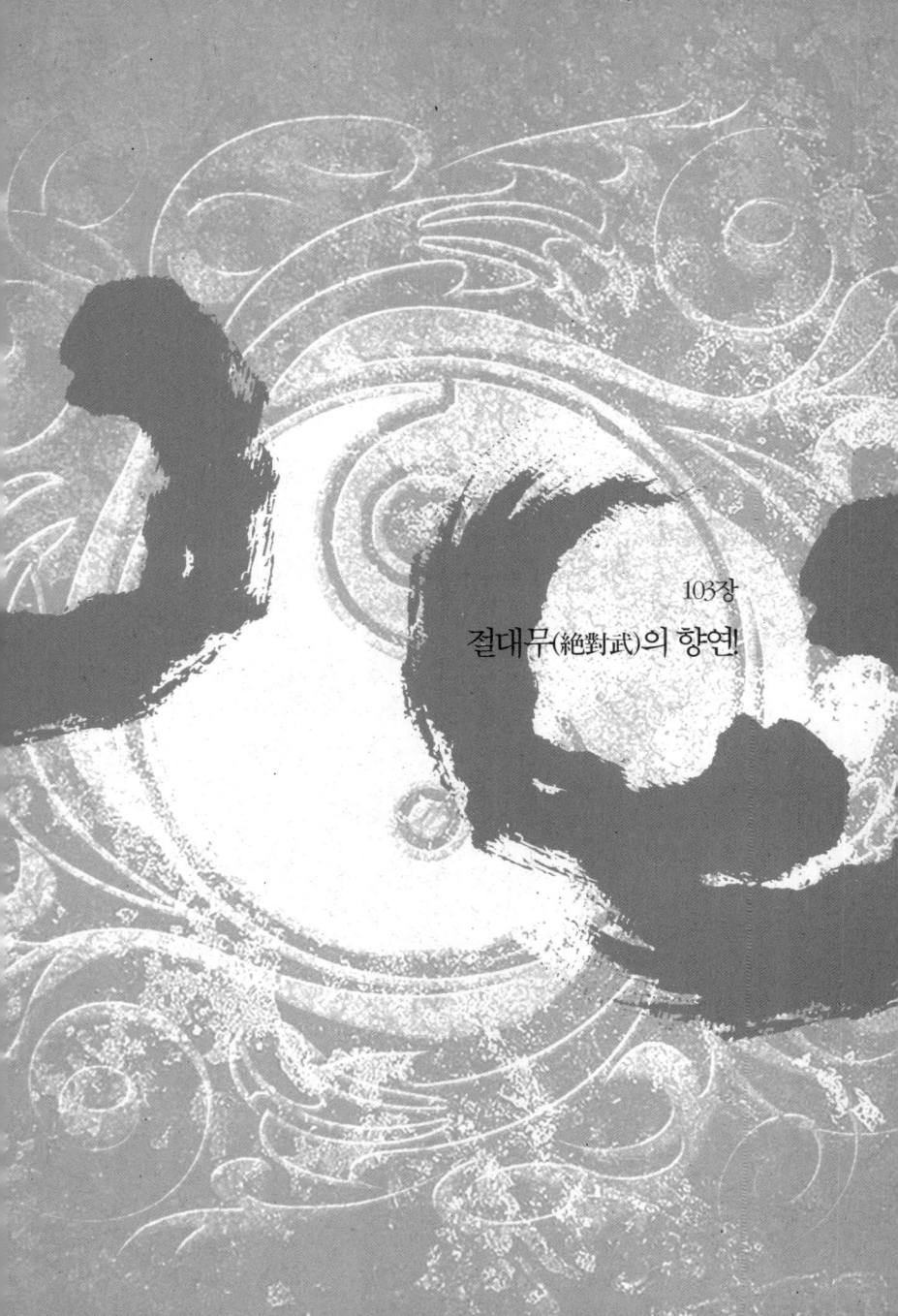

103장
절대무(絶對武)의 향연!

춘홍루의 지붕 위.

언젠가부터 흐릿한 그림자가 머물러 있었다.

보통 사람의 눈에는 전혀 보이지 않는 모습. 인세에 존재해선 안 될 마신이라 할 수 있는 존재.

그러나 곧 섬뜩한 마안이 떠오른다.

아무것도 없던 공간에 두 개의 광구(光球)를 만들어 내더니, 곧 나이를 짐작할 수 없는 준수한 외양을 형성한다. 신마대제 담대광이 다시 신마성궁으로 돌아온 것이다.

'자알 논다! 아주 제대로 태상마군 늙은이한테 휘둘리고 있지 않은가!'

뇌까림의 대상은 당연히 소진엽이다.

그가 사 인 고수의 연수합격에 연패를 거듭하는 모습을 보고 자신이 부재한 사이 벌어진 일을 대부분 유추할 수 있었다.

그럴 수밖에 없다.

과거 담대광 자신 역시 소리산에 의해 소진엽과 비슷한 수련을 거듭한 적이 있었기 때문이다. 사 인 고수의 연수 합격의 수준은 그때보다 조금 더 강해진 것 같지만.

어찌 됐든 그런 이유로 담대광은 단숨에 지금 소진엽이 겪고 있는 문제점을 파악해 냈다. 대부분 그 역시 과거 경험한 바 있었던 일이라 이해가 쉬웠다.

물론 이제 와서 그런 과거지사를 그대로 인정할 만큼 솔직한 담대광은 아니었다.

까닥! 까닥!

어느새 지붕 위에 자리를 잡고 누워서 완벽한 관전 태세를 갖춘 그의 꼬인 발끝이 연신 움직였다.

미묘하게 계속되는 변화!

무공에 대한 견식이 높은 자가 본다면 대경실색하고 말리라.

정마사패(正魔邪覇)의 무수히 많은 절학들이 담대광의 발끝에서 일어나서 찬연한 꽃을 피워 댔다. 현란하고 화려한 꽃봉오리를 만개하고 있었다. 소진엽을 옴짝달싹 못 하게 한 사 인 고수의 연수합격을 파괴할 수 있는 무수히 많은 수법들이 나타났다 사라지기를 반복하고 있는 것이다.

그러다 담대광의 마안에 짜증의 기색이 확 치솟아 올랐다.

소진엽이 백서른다섯 번째로 죽은 것과 동시의 일이었다. 그의 어이없는 패배 선언에 화가 났다. 자신의 하나밖에 없는 제자는 정말 쥐꼬리만큼의 재능도 없는 놈인 것 같다. 말 그대로 상등신이었다.

'이런 닭대가리보다 못한 놈을 봤나! 백서른다섯……이 아니라 백서른여덟 번이나 져 놓고서 아직까지 저만한 연수합격조차 파훼하지 못한단 말인가? 우리 귀여운 아리 아가였으면 이미 저놈들을 깨끗이 승복시킨 후 천마대전으로 향했을 터인데……!'

담대광이 인정한 천무지체인 진리다.

그녀의 빼어남을 알기에 소진엽의 재능 부족이 더욱 두드러져 보였다. 그동안 그의 도움과 그 자신의 부단한 노력, 연이은 기연으로 무공이 급신장하긴 했으나 여전히 부족했다. 천마신교의 교주만이 오를 수 있는 천마대전의 신마좌는 결코 자격 없는 자에게 자신을 허락지 않는 까닭이었다.

그래도 그동안 쌓인 정(情)이 어디 가는 게 아니다.

은연중 사 인 고수에게 무시를 당하기 시작한 소진엽의

모습에 담대광이 발끈했다. 꽤 오랫동안 소진엽과 함께하는 사이 그와 자신을 동일시하게 된 듯싶다.

담대광이 다리를 풀고 자세를 바로 했다.

언제 한심한 표정으로 진리와 비교하며 소진엽을 깠냐는 듯 마안에서 불꽃이 활활 솟아오른다.

'이런 후레자식 같은 것들이 감히 내 제자를 무시해? 당장 버르장머리를 고쳐 놓아 주마!'

언제나와 같이 즉흥적이고 독단적인 결정이다.

그와 함께 담대광이 소진엽에게 접속했다. 그의 뇌리 속에 벽력같은 노성을 터뜨리면서 말이다.

'우웃!'

소진엽은 갑작스럽게 이뤄진 담대광과의 강제 접속에 내심 기함을 터뜨렸다.

앞서 어느 정도 촉은 있었다.

오랫동안 함께해 왔던 담대광의 느낌을 강하게 받았다.

그래서 잠시 혼란스러워하고 있었다. 항상 집중하던 패배 후의 복기에 신경이 분산될 정도로 말이다.

그런데 이런 느닷없는 강제 접속이라니!

[이놈아! 지금 당장 '천마충천, 사방마계'에 들어가서 이 썩을 것들을 쓸어버리거라!]

'곧바로 그럴 수 있겠습니까?'

[못 할 건 뭐냐? 근데, 인석! 진짜 쫄아 버린 것이냐?]

'그런 건 아니지만……'

말끝을 흐리던 소진엽이 갑자기 눈에 힘을 줬다. 갑자기 잊고 있던 담대광에 대한 분노가 되살아난 때문이다.

'……사부님, 그 전에 제게 말씀해 주실 게 있지 않습니까?'

[뭘 설명해? 아니, 그보다 지금 저 건방진 후레자식들을 찍어 눌러놓는 것보다 중요한 게 있더냐? 헛소리 지껄이지 말고 네놈이 진짜 천마신교의 신마좌를 노린다면 지금 당장 '천마충천, 사방마계'를 준비하거라!]

'……'

담대광이 이렇게까지 나오면 도리가 없다.

아예 대화가 되지 않는다는 걸 그동안의 경험을 통해 소진엽은 충분히 숙지하고 있었다. 결국 침묵 속에 한숨을 숨긴 소진엽이 무겁게 고개를 끄덕여 보였다.

―천마충천, 사방마계!

그렇게 거진 한 달 반 만에 접속한 담대광의 독단으로 이뤄졌다. 여태까지 소진엽을 백서른다섯 번 죽이고, 세 번 더 패배시킨 사 인 고수를 향해 우격다짐으로 말이다.

*　　　*　　　*

　장소량은 사뭇 곤란한 표정을 짓고 있었다. 그의 앞에 잔뜩 도열해 있는 패왕혈검단과 잔살묵검대의 일부 병력들이 원인이었다.

　도합 거진 사백여 명의 정예 무사들은 지금 하나같이 그에게 강렬한 시선을 던지고 있었다. 도발적이고, 불만스럽고, 의혹 어린 시선을 전혀 사양치 않고 쏟아부었다.

　물론 그중에서도 가장 심각한 눈빛의 소유자는 다름 아닌 잔살묵검대주 천일해였다. 그의 얼굴에는 불만스런 기색이 전혀 걸러지지 않은 채 덩어리져 있었다.

　그 같은 분위기를 모를 리 없는 홍교가 조심스레 말했다.

　"장 모사님, 괜찮으시겠어요?"

　장소량이 좁고 구부러진 어깨를 가볍게 추어 보였다.

　"철 단주께서 부탁하신 일이지 않소이까? 내 처리할 일이 산더미 같긴 하나 힘써 보도록 하겠소이다."

　홍교의 표정이 살짝 풀렸다.

　"그럼 장 모사님만 믿겠습니다."

　"허허, 그러도록 하시오."

　짐짓 너그럽게 미소를 던진 장소량이 시선을 돌려 근엄하게 자신이 데려온 자들에게 말했다.

"자네들은 잠시 대기하고 있게나. 노부는 먼저 처리해야 할 일이 생겼으니까."

"조, 존명!"

"그, 그러도록 하겠습니다!"

여태까지 살짝 못 미더운 표정을 짓고 있던 무인들의 목소리에 각이 잡혔다.

천마강시 묘랑을 봤을 때와는 또 달랐다.

장소량이 천마신교에서도 정예 중 정예라 알려진 패왕혈검단과 잔살묵검대의 사열을 받는 모습에 완전히 기가 질렸다. 볼품없는 외양과는 다른 거물이란 생각이 들었다.

그런 그들의 태도 변화가 장소량을 한껏 고양시켰다.

아주 기분 좋게 만들었다.

그의 천직은 모사.

항상 어둠 속에서 장기말과 바둑돌을 옮기는 자였다. 이런 식으로 세인들의 경외를 받는 일은 극히 드물었다. 사실 평생에 걸쳐 무영문을 만들었을 때를 제외하곤 없다고 봐도 무방할 터였다.

'아니지! 아니야! 이런 삿된 감정에 흔들려선 아니 될 일이야! 천하의 무수한 영웅호걸의 목숨을 거둬 간 이유 중 이런 감정은 미녀의 요사스런 눈물과 함께 항상 첫째, 둘째를 다투는 것이라구!'

멀리 갈 필요도 없다.

천마신교의 살아 있는 역사나 다름없는 태상마군 소리산의 일생이 좋은 모범이었다.

누구보다 막강한 권력을 가진 사람.

하나 그의 인생 중 주역의 위치로 활동한 시기는 극히 짧았다. 항상 장막 뒤의 이인자로 존재하며 자신의 존재를 세상으로부터 멀리 했다. 그게 그가 천마신교에서 장기 집권할 수 있었던 진짜 이유였다.

그 같은 생각과 함께 흥겨운 마음을 빠르게 가라앉힌 장소량이 천일해에게 살짝 고개를 숙여 보였다. 가장 불만이 많은 실력자를 우선적으로 포섭하기 위함이었다.

"천 대주, 우선 인사를 올리겠소이다. 노부는 소교주님의 제일 모사를 맡고 있고, 유사시 패왕혈검단의 부단주직을 수행하는 장소량이라 하외다."

"장 모사를 뵙겠소. 명성은 익히 들어 알고 있소이다."

"허허, 영민하신 소교주님을 쫓아다니다 작은 공을 몇 가지 세웠을 뿐이올시다. 노부야말로 외성 제일의 영웅호걸인 천 대주의 명성을 익히 알고 흠모해 왔소이다."

"그, 그렇소이까?"

칭찬에 장사 없다.

특히 장소량의 이런 대놓고 칭찬하기는 소진엽에게 배운 것이었다. 어떤 자라도 감히 저항할 수 없는 마성의 혀

놀림이라 할 수 있었다.

결국 천일해가 빠르게 무장 해제를 당했다.

몇 마디 덧붙여진 장소량의 칭찬에 몸의 뼈가 흐물흐물 녹아 버릴 정도가 되었다. 특히 철무정이 언급된 칭찬에는 흡사 어린애처럼 기뻐했다.

그런 후 장소량이 본론에 들어갔다.

"……그러니 어쩔 수 없이 이번 소요 사태는 노부가 해결하도록 하겠소이다. 물론 천 대주께서 협조해 주셔야만 하겠습니다만."

"그건 염려 놓으십시오. 내가 할 수 있는 모든 협조를 다 할 테니까요."

"고맙소이다."

다시 천일해에게 고개를 숙여 보인 장소량이 소요 사태의 핵심인 양 부대 조장들에게 냉정하게 명령했다.

"조장이란 직위는 한 부대 내의 중심인 터. 아군끼리 소요 사태를 일으킨 건 중죄에 해당한다. 본래 군율에 의하면 즉참이 마땅하겠으나 철 단주님과 천 대주님의 체면을 봐서 태형 오십 대에 통형을 명한다!"

"자, 장 모사님……."

"태형 오십 대는 그렇다 치고…… 통형? 그건 뭔데?"

"설마 똥통이라도 청소하라는 건가?"

"그런 말도 안 되는!"

상우춘과 잔살묵검대 조장들이 당황해 장소량을 바라봤다. 천마신교에서도 하급 무사가 아닌 그들인 터라 이런 형벌을 당하리라곤 상상조차 못했던 까닭이다.

장소량은 냉정했다.

"상우춘 조장!"

"예!"

"자네는 예전에 창천검무대에 속해 있었으니 이 형벌에 대해 잘 알 테지?"

"그, 그렇습니다."

"그럼 뭘 망설이나? 경험자로써 솔선수범해서 잔살묵검대 조장들을 인도하지 않고서 말이야."

"……."

"어허, 대답은?"

"존명!"

상우춘이 복명과 함께 간절한 표정으로 홍교를 바라봤다. 전날 당했던 똥형을 다시 감당하고 싶진 않아서였다.

그러나 그녀는 단호하게 그의 시선을 외면했다. 자신이 나설 일이 아니란 판단을 내린 것이다.

그러니 이젠 어쩔 도리가 없다. 내심 울상을 지어 보인 상우춘이 한숨 섞인 표정으로 잔살묵검대 조장들에게 말했다.

"형씨들 앞으로 우린 똥구덩이 속에서 하루 종일 함께

뒹굴어야 한다네."

"뭐, 뭐야!"

"그게 통형이란 말이오?"

상우춘이 묵묵히 고개를 끄덕여 보이곤 말했다.

"그런 표정들 짓지 말게. 나도 죽겠으니까. 그리고 더이상 우리끼리 으르렁거리지 말아야 할 거야. 그런 기미가 조금이라도 보이면 계속 똥구덩이 속을 뒹굴어야 할 테니까."

"크악!"

"으와악!"

잔살묵검대 조장들이 다급한 표정으로 천일해를 바라봤다. 그밖에는 믿을 구석이 없었기 때문이다.

그러나 이미 장소량에게 홀딱 넘어간 천일해였다.

그는 간절한 조장들의 시선을 모른 척 외면했다. 어설프게 딴청을 해 보였다.

그러자 장소량이 어느새 커다란 몽둥이를 한 아름 가져와 그의 앞에 늘어놓고 말했다.

"태형의 집행은 천 대주님께서 맡으시는 게 어떻겠소이까?"

"그래도 되겠소이까?"

"천 대주님이 적임자라 생각하외다."

"알겠소."

장소량에게 고개를 끄덕여 보인 천일해가 눈앞의 몽둥이들 중 하나를 집어 들었다. 개중에 가장 굵직하고 단단해 보이는 놈이다.

　조장들이 이구동성으로 소리쳤다.

　"헉! 대주님께서 직접 손을 쓰시려는 겁니까?"

　"너희들은 내 수하들이다. 내가 형을 집행하는 게 마땅하지 않겠느냐?"

　"그, 그러실 필요까지는……."

　"됐고! 얼른 엎드려서 엉덩이나 까 내려라!"

　"우어억!"

　이미 체념한 상태인 상우춘이 얼른 엉덩이를 까 내렸고, 곧바로 태형이 시작되었다.

　그리고 그다음은 물론 똥구덩이행이었다. 한 명도 빠짐없이 소요 사태에 대한 책임을 져야만 했다. 과거 창천검무대와 패왕혈검단이 그러했듯이.

　장소량의 명대로 조용히 대기하고 있던 자들의 표정이 시커멓게 변했다.

　이게 춘홍루 밖에서부터 동경해 왔던 모습이라고?

　전혀 아니었다.

　완전히 헛다리를 짚었다.

　그런 생각과 함께 그들이 주춤거리며 뒤로 물러나기 시

작했다. 얼른 이곳을 탈출해야만 한다는 판단이었다. 어
디 괜찮은 주루에 들러서 술이라도 마셔야 할 것 같았다.

그런데 갑자기 그들의 표정이 변했다.

주춤거리던 걸음 역시 멈췄다. 완전히 정지했다.

느닷없이 그들 앞에 나타난 요염한 미녀, 반교연이 만
들어 낸 변화였다.

"어머, 어디들을 그리 급히 가는 거예요?"

"그, 그것이……."

"소저는 누구요?"

반교연이 생긋 웃어 보였다.

"소교주님의 비녀인 반교연이라 해요. 패왕혈검단 신입
무사들의 훈련 조교이기도 하고요."

"후, 훈련 조교?"

"소저가 우리를 훈련시킨다는 것이오?"

반교연이 고개를 끄덕여 보였다.

"물론이에요. 낮이나 밤이나 가리지 않고서 신입 무사
들을 조교하는 게 제 임무예요. 근데 오늘은 어째 날이 후
덥지근하지 않은가요?"

그럴 리가 없다.

슬슬 늦가을이 지나 겨울로 접어드는 때였다. 후덥지근
할 이유는 전혀 없었다.

그래도 반교연이 손으로 부채를 부치며 은연중 내보인

가슴의 굴곡은 사내들의 시선을 확실하게 붙잡았다. 두 눈에서 불똥이 확 튀어 오르게 만들었다.

그 순간 번개같이 움직인 반교연의 교족!

퍽! 퍼퍼퍼퍽!

"크악!"

"끄억!"

"끄어어억!"

순식간에 사내들의 아랫도리를 걷어차 바닥에 나뒹굴게 한 반교연이 양손을 잘록한 허리에 척 걸쳤다. 그리고 여전히 풀어헤쳐져 있는 가슴 섶을 가리려 하지도 않고서 말한다.

"내게 받을 조교에는 색공도 포함되어 있거든. 그러니까 앞으로 잘 알아 모시는 게 좋을 거야. 지금처럼 쥐도 새도 모르게 하나 남은 알마저 터져서 죽을 수도 있을 테니까."

'마녀!'

'마녀다! 마녀를 만났어!'

사내들이 고통으로 일그러진 표정을 한 채 내심 부르짖었다. 그래도 연신 고개를 주억거린다. 그럴 수밖에 없었다. 어느새 반교연의 뒤에 천마강시 묘랑이 섬뜩한 살기를 드러내고 서 있었으니까.

짝! 짝!

반교연이 손뼉을 치곤 다시 생긋 웃어 보였다. 오늘도 확실하게 패왕혈검단의 신입 무사를 충원하는 데 성공한 것이다.

*　　　*　　　*

은은하게 들려오는 비명성!

예상했던 것보다 장소량의 형 집행이 가혹한 듯싶다. 부디 이 이상의 소요 사태는 벌어지지 말아야 할 터인데…….

잠시뿐이다.

곧 철무정은 패왕혈검단이나 잔살묵검대에 대한 관심을 끊었다. 아예 머릿속에서 지워 버렸다.

그를 탓할 순 없을 것이다.

지금 눈앞에서 벌어지고 있는 경천동지할 무공의 대향연을 접한 무인이라면 누구라도 말이다.

"으헉!"

반각 전 소진엽을 백서른다섯 번째로 죽이곤 기고만장해져 있던 사마무기가 저도 모르게 비명을 터뜨렸다.

절로 튀어나왔다.

느닷없이 검마 주진모와 도마 사마무군의 합공에 밀려

나고 있던 소진엽이 맹렬한 기세로 그에게 검을 찔러 왔
다. 그야말로 전혀 예기치 못했던 기습!

그러나 그동안 철옹성처럼 공고해진 사 인 고수의 연수
합격이었다.

곧 사마무기를 돕기 위해 비마 뇌음신이 날아들었다.

그의 손에서 수십 가닥이 넘는 거미줄이 튀어나와 소진
엽의 전신을 휘어 감아 갔다. 완전히 꽁꽁 묶어 버리려 했
다.

스스슥!

하나 그때 소진엽의 손에서 지도풍이 형성되었다.

평소와 같은 날카로움이 없다.

오히려 그 반대의 부드러운 태극무한신공의 태극도를
이용한 화경으로 주변의 대기를 마구 헝클어 버린다. 뇌음
신의 거미줄 역시 마찬가지다. 삽시간에 대기와 함께 뒤엉
켜서 목표물을 완전히 잃어버리고 사방으로 흩어져 버렸
다.

그 찰나의 빈틈!

그것만으로 소진엽에겐 충분했다.

그의 신형이 일보삼장세로 급가속하며 사마무기에게 파
고들었다.

"큭!"

결국 사마무기가 두 번째 신음을 토해 냈다.

소진엽이 뻗은 검날에 그의 전중혈이 정확하게 닿았다.
사 인 고수의 연수합격에서 처음으로 이탈자가 발생했다.

하지만 그 순간 시간차를 두고 사마무군의 도가 소진엽
의 훤히 드러난 등판으로 떨어져 내렸다. 사마무기를 제거
한 방금 전의 한 수를 동귀어진(同歸於盡)이라 판단했음이
분명하다.

주진모 역시 그리 생각했다.

그래서 굳이 합공을 가하지 않았다. 성급하게 승패에
대한 판단을 내려 버린 것이다.

그러나 다음 순간 상황이 다시 변화했다.

주진모의 안색이 크게 일그러졌다.

카가각!

일순 멸마도법으로 사마무군의 천지를 양단하는 듯한
일격을 흘려 낸 소진엽이 일보회산경으로 급회전을 일으
켰다. 마치 뒤통수에 눈이라도 달린 것 같다. 사마무군의
도법 궤적을 정확하게 파악하지 않고선 절대 보일 수 없는
대처였다.

게다가 그것만으로 끝이 아니다.

스스슥!

어느틈에 일보회산경을 일보삼장세로 바꾼 소진엽이 똑
바로 주진모에게 파고들었다.

번뜩이는 도검합벽!

대경한 주진모가 자신도 모르게 무형마벽검강기를 일으켰다. 수백 개나 되는 검으로 벽을 쌓아 소진엽의 기습적인 공격을 방어하려 한 것이다.

여태까지의 사 인의 연수합격 체계를 무너뜨린 선택!

슥!

하나 소진엽은 거기까지 파악하고 있었다.

벼락이 무색할 속도의 일보삼장세를 중간에서 거둔 그의 검이 주진모의 무형마벽검강기의 핵을 향해 파고들었다.

미묘하게 느린 속도!

단순하고 특별한 색깔이 느껴지지 않는 변화!

여태까지 벌였던 공방에서 난무하던 신공절학(神功絶學)과 마공괴초(魔功怪招)와는 완전히 딴판이다. 다른 세계에서 갑자기 툭 튀어나온 것만 같은 검초였다.

그런데 이게 어찌된 일인가!

"크윽!"

주진모는 짧은 신음과 함께 황급히 뒤로 물러나고 있었다. 여전히 검의 철벽이라 할 수 있는 무형마벽검강기를 펼친 채 순식간에 연수합격 진형을 이탈해 버렸다.

그러자 연수합격의 약속된 움직임대로 소진엽의 배후 침투를 거의 끝마치고 있던 뇌음신이 황당한 표정으로 소리쳤다. 완전히 진형 밖으로 튀어나와 고립되어 버린 까닭이었다.

"검마, 무슨 짓을 하는 것이냐!"

"......"

주진모는 대답하지 않았다.

대신 소진엽의 도가 뇌음신의 배후 침투 경로를 단숨에 끊어 버렸다.

싹둑!

뇌음신이 애지중지하던 인면지주의 거미줄들이 한 뭉텅이나 잘려 나갔다. 족히 십 년은 고생해야 얻을 수 있는 양이었다. 그걸 한순간 어이없이 잃어버렸다.

"망할! 망할! 망할!"

뇌음신이 펄펄 날뛰면서 뒤로 신형을 뽑아냈다.

그럼 사마무군은?

유일하게 사 인 연수합격의 진형 안에 머물러 있던 그가 묘한 미소와 함께 물러났다. 스스로 소진엽에게 패배를 인정하고 승부를 포기한 것이다. 그리고 말한다.

"소교주님께서 드디어 돌아오셨군요!"

소진엽이 어깨를 가볍게 추어 보였다.

"내가 어디 갔었던가?"

"적어도 제게는 그러셨습니다."

"그건 미안하군. 그래서 방금 전에 최선을 다하지 않았던 건가?"

"처음, 소교주님과 했던 약속을 충실히 이행했을 뿐입니다."

"도마 천좌다운 대답이군."

"게다가……."

잠시 말끝을 흐리며 소진엽을 바라본 사마무군의 입가에 깃든 미소가 조금 짙어졌다.

"……방금 전과 같은 기세였다면, 설혹 제가 전력을 다했다 해도 소교주님을 막을 순 없었을 겁니다."

"겸손한 말이군."

"현실을 정확하게 파악한 것입니다. 그럼 잠시 쉬었다가 복기에 들어가 볼까요?"

"오늘은 여기까지만 하지."

"예."

복명과 함께 사마무군이 미소를 거두고 고개를 살짝 숙여 보였다. 백서른아홉 번째의 비무 중 처음으로 소진엽의 승리가 확정되는 순간이었다.

'드디어 돌아왔다?'

주진모는 안색을 딱딱하게 굳힌 채 소진엽과 사마무군을 바라보고 있었다. 사마무군이 그에게 한 말 속에서 뭔가 이상한 기미를 눈치챈 까닭이었다.

아니다.

그 전에 그는 무척 당황해 있었다.

방금 전 소진엽은 무형마벽검강기의 유일한 약점인 검강 연쇄의 틈을 곧바로 찌르고 들어왔다. 내공과 살초를 사용하지 않기로 한 연공의 규칙을 어겨 가면서 자신을 보호하려 했던 그를 단숨에 공황 상태로 몰아넣었다.

어떻게 그럴 수 있었던 것일까?

잠시 염두를 굴리던 주진모가 내심 고개를 저어 보였다. 현재로선 알 도리가 없었다. 아예 짐작조차 가지 않았다.

반면 뇌음신은 태연했다.

그는 사마무군 만큼은 아니나 '천마충천, 사방마계' 상태일 때의 소진엽을 몇 차례나 경험한 바 있었다. 그 괴물이나 다름없는 강함과 인간의 영역을 초월한 듯한 움직임, 사각의 부재에 어느 정도 익숙해져 있는 것이다.

그러니 반응이 다를 수밖에 없다.

그는 사마무군이 물러나자마자 얼른 소진엽에게 달려가 마구 화를 냈다. 그동안 일부러 발톱을 감추고 있다가 자신의 소중한 거미줄을 잘라 버렸다며 원망을 늘어놨다.

하지만 그것도 잠시뿐.

소진엽이 후일 천마신교의 보물 창고에서 인면지주 몇 마리를 내주겠다고 하자 그의 태도가 확 바뀌었다. 언제 화를 냈냐는 듯 만면에 미소를 머금더니, 어울리지 않게 몇 마디 아부까지 늘어놨다. 그의 편벽괴이한 성품을 아는 자라면 자신의 눈을 의심할 만한 모습이었다.

물론 소진엽은 거기에 포함되지 않았다.

소진엽은 갑자기 변한 그의 상상을 초월하는 무위에 조금 얼이 빠져 버린 사마무기에게 다가가 씨익 웃어 보였다.

"첫 번째로 죽은 기분이 어떤가?"

"더럽습니다."

"앞으로 좀 더 분발하지 않으면 계속 느끼게 될 거야."

"절대 그럴 일은 없을 겁니다!"

"기대하도록 하지."

사마무기의 어깨를 한 손으로 토닥거린 후 소진엽이 신형을 돌려 세웠다.

슥!

그리고 순간적으로 신형을 날린 소진엽이 근래 보기 드물게 흥분한 표정인 철무정 앞에 떨어져 내렸다.

그는 소진엽이 담대광과 '천마충천, 사방마계'를 이루고 사 인의 연수합격을 파훼한 절대무의 향연에 심신 모두가 압도당하고 만 상태였다.

담대광이 황급히 말했다.

[철무정 녀석, 이대로 놔두면 주화입마에 빠진다! 부상도 아직 회복되지 않은 상태에서 지나치게 높은 수준의 대결을 본 게 화가 되었어.]

'그럼 어찌해야 할까요?'

[일단 제압해서 폭주하려는 의식의 흐름을 끊고, 쉬게 해야지. 본래 무공 재질이 뛰어나고 의지가 굳건한 놈이니까 이번 위기만 넘기면 오히려 무공 증진의 기회를 잡을 수 있을 거다.]

'알겠습니다.'

소진엽이 복명과 함께 철무정을 제압했다. 그의 턱을 장저로 때려서 몸의 균형을 무너뜨린 후 뇌호혈을 손날로 쳐서 의식을 날려 버렸다.

털썩!

이미 주화입마의 초입에 도달해 있었던 철무정이 변변찮은 대응조차 보이지 못하고 쓰러졌다. 완전히 정신을 잃은 채 대 자로 뻗어 버렸다.

*   *   *

밤.

담대광의 도움을 받아 철무정의 고질적인 병증으로 발전해 가던 내상을 크게 호전시킨 소진엽이 춘홍루 밖으로 나왔다.

솨아! 솨아아아아!

고지대 중의 고지대라 할 수 있는 십만대산에서 휘몰아

치는 바람 소리가 거세다.

이곳은 신마성궁에서도 외곽.

신마성궁의 내외성처럼 천마충천사방진의 영향력이 확실하게 작용하진 않는다.

특히 지금과 같은 밤이면 더욱 그러했다.

춘홍루를 나오자마자 매섭게 몸을 때려 오는 거센 바람에 소진엽이 어깨를 가볍게 움츠려 보였다. 이미 한서불침(寒暑不侵)에 이른 몸이니, 추워서가 아니라 그냥 무의식적인 반응일 터였다.

그때 춘홍루의 으쓱한 담벽에서 익숙한 한 쌍의 남녀가 후다닥 튀어나왔다. 요즘 부쩍 밀회(密會)를 즐기는 일이 많아진 장소량과 반교연이었다.

"소, 소교주님!"

"우홋!"

소진엽이 피식 웃었다.

"언제 그렇게 뜨거운 사이가 된 것이오? 나는 그냥 산책을 나온 것이니 두 분은 신경 쓰지 마시오."

장소량의 얼굴이 벌겋게 물들었다.

"아, 아닙니다! 소교주님께서 착각을 하신 것입니다."

"착각?"

"그렇습니다. 소인과 여기 비녀는 공무(公務)를 수행 중이었습니다. 절대 밀회 따위를 한 게 아닙니다."

"그럼 계속 뜨겁게 공무를 수행하시오."

"저, 저기 그것이⋯⋯."

다시 벌게진 얼굴로 말을 더듬기 시작한 장소량의 옆구리를 반교연이 힘을 줘서 꼬집었다.

"⋯⋯헉!"

반교연은 천연덕스럽다. 생글거리는 미소를 만면에 담은 채 소진엽에게 눈웃음을 친다.

"호호, 소교주님, 비녀의 공무는 마침 끝났답니다. 근래 이 부근의 저자를 모조리 파악해 놨으니, 비녀를 수행원으로 삼으시는 게 어떠신지요?"

"그것도 나쁘진 않겠지만⋯⋯."

"그럼⋯⋯!"

반색을 하고 다가서려는 반교연에게 소진엽이 슬쩍 손을 들어 보였다. 입가에는 쓴웃음이 담겨 있다.

"⋯⋯역시 반 소저는 그냥 지금까지처럼 장 모사와 공무를 함께하는 게 좋을 것 같소."

"그게 소교주님의 진심이신가요?"

어느새 온몸에 색기를 짙게 담은 반교연.

노골적인 그녀의 유혹에 소진엽이 고개를 끄덕여 보였다.

"물론이오."

"쳇! 그럼 후일을 기약하도록 하죠."

"그러는 게 좋겠소."

소진엽이 미미하게 고개를 끄덕여 보이곤 두 사람의 곁을 떠났다.

그러자 바람결을 따라 전해져 오기 시작한 두 사람의 언쟁.

"소교주님한테 추파를 던지다니!"

"공무 수행 중이었다며?"

"그, 그건…… 그러니까……."

"그래, 우리가 여태까지 무슨 공무를 수행하고 있었는데? 한번 말해 봐요! 말해 보라고!"

"그렇다고 해도 날 앞에 놔두고 임자가 소교주님한테 그런 짓을 해서야 쓰겠나!"

"임자라고 부르지 말랬죠! 그리고 나는 공무도 끝났으니까 이만 들어가 보겠어요!"

"처소로 돌아가겠다는 건가?"

"왜 이 좋은 달밤에 내가 곧바로 처소로 돌아가 얌전히 잘 거라고 생각하는 거예요?"

"크아악!"

장소량이 다급한 마음에 소리를 질렀다. 이제 돌이킬 수 없게 되었다. 두 사람의 계속되던 밀당의 승부는 끝난 것이나 다름없었다.

툭!

춘홍루를 뒤로하고 얼마나 걸었을까?

계속 하늘 위에 둥둥 떠 있던 담대광이 불쑥 떨어져 내렸다. 오랜만에 작아진 몸으로 소진엽의 어깨에 걸터앉은 것이다.

[흠! 예전에는 어째서 몰랐었던가!]

'뭘 모르셨다는 겁니까?'

[이곳 십만대산에서 바라보는 달은 정말 크고 아름답지 않더냐?]

'정말 다른 곳보다 훨씬 크고 밝은 달입니다. 보름이 가까워진 것일 테지요?'

[그래, 보름이 가까워졌다. 네놈이 천마대전에 가서 사신마령의 연수합격을 깨부숴야 하는 날이 얼마 남지 않은 거야.]

'벌써요?'

[왜? 자신 없냐?]

'사부님께서 오늘처럼 도와주신다면 자신 있습니다.'

[솔직한 놈.]

'그것밖엔 장점이 없죠.'

[그럼 더 이상 뜸들이지 말고 말해 봐. 네놈의 불손한 표정을 계속 참아 주고 있는 것도 힘드니까.]

소진엽의 표정이 살짝 굳었다.

담대광과 함께한 세월이 벌써 햇수로 오 년을 넘어 육 년이 다 되었다. 그의 광오한 자부심과 오만한 성품에 대해선 누구보다 잘 알고 있었다.

당연히 이런 모습은 당황스럽다.

먼저 꼬리를 내리는 듯한 태도에 불길한 느낌이 등골을 따라 흘러내린다.

그래도 진실을 알아야만 했다. 더 이상 마음속을 가득 메운 질문을 뒤로 미룰 순 없었다. 잠시의 침묵 끝에 소진 엽이 말했다.

'구양 소저는 살아 있는 겁니까?'

[살아 있다.]

'어떻게 그녀와 접속하실 수 있었던 겁니까?'

[그건 또 어찌 안 거냐? 아! 장소량, 그 늙은 염소 녀석이 말해 준 것이겠구나!]

'말씀하신 대로 입니다. 어떻게 그녀와 접속하실 수 있었는지 말씀해 주십시오.'

[흥! 그건 나도 모르겠다. 주진모 녀석한테 당해 죽어 가는 걸 살리려다 우연찮게 성공했으니까.]

'검마 천좌가 그녀를 건드렸다는 겁니까!'

[그놈한테 화낼 것 없다.]

'어째서입니까?'

거칠어진 소진엽을 향해 담대광이 냉담하게 말했다.

[그걸 정말 몰라서 묻는 것이냐? 구양 계집애가 그렇게 된 건 사실 다 네놈 때문이란 뜻이다. 아리 아가를 구해 내려다 주진모와 만났고, 자신보다 강한 고수에게 덤비는 화를 자초한 것이니까 말이야.]

'그럴 수가!'

소진엽이 주먹을 꽉 쥐었다.

여기까지가 한계였다.

구양령이 행방불명된 후 줄곧 참아 왔던 분노와 회한이 한꺼번에 터져 나왔다.

분노의 폭발!

단숨에 주변을 모조리 파괴할 것만 같다.

그 정도의 기파가 흡사 거대한 파도처럼 넘실거리며 소용돌이쳤다. 이곳이 천마신교의 중심인 신마성궁이라 허도 이만한 기도를 일으킬 수 있는 자는 손꼽을 정도밖에 없을 터. 달리 말하면 지금 소진엽이 느끼는 분노의 크기가 어떠한지 알 수 있게 한다.

그러나 한참을 분노하며 대기를 열탕처럼 끓어오르게 하던 소진엽은 결국 자신을 이겨 냈다. 참아 냈다. 구양령에 대한 미안함과 분노로 인해 꾸역꾸역 자라난 심마를 억눌러 잠재우는 데 성공했다.

파아아아앗!

일순 소진엽에 의해 응축되었던 대기가 평상시대로 가

라앉았다. 맹렬한 폭발을 일으키는 대신 자연, 그 자체의
상태로 돌아온 것이다.

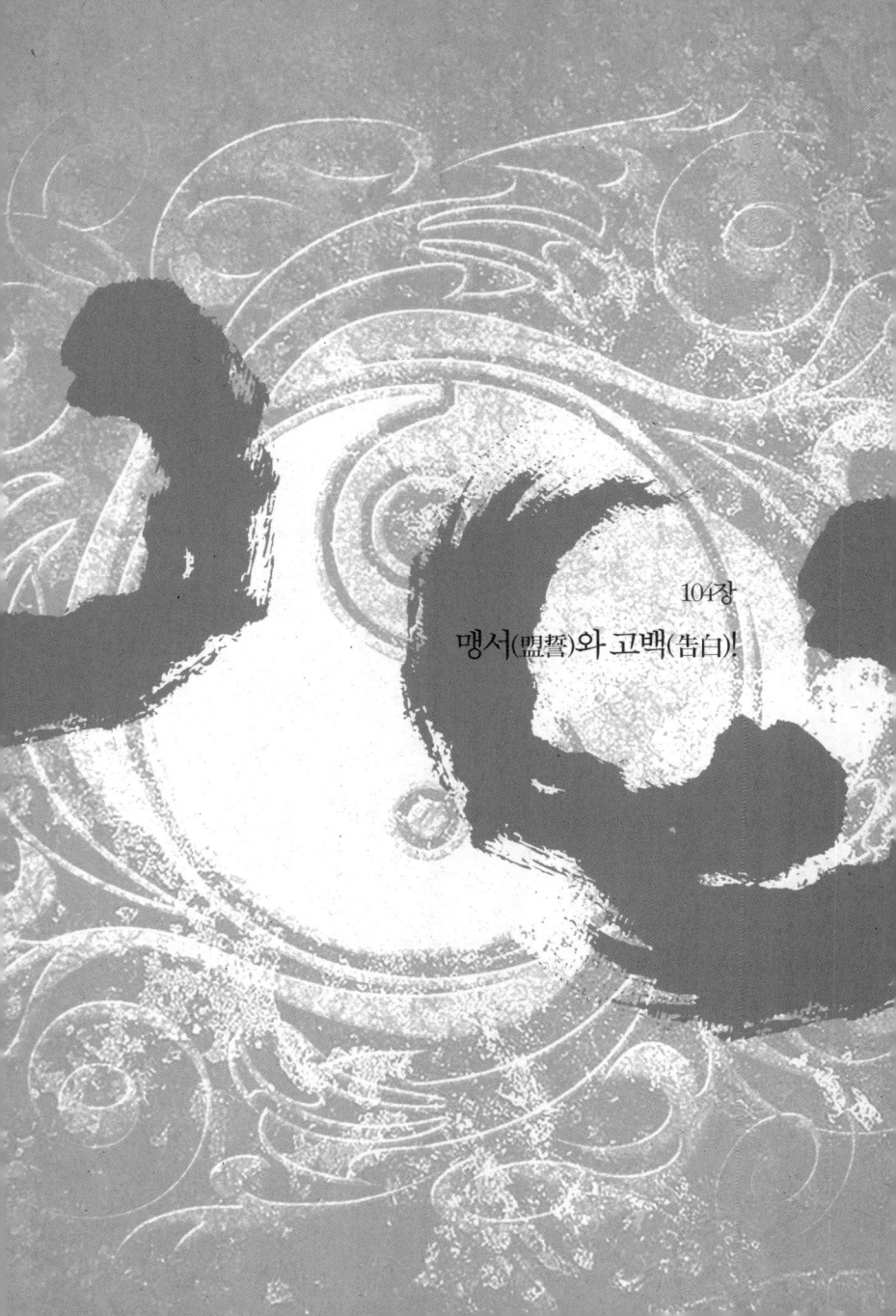

104장

맹서(盟誓)와 고백(告白)!

　찰나지간!

　급격한 변화를 보이기 시작한 소진엽을 물끄러미 바라토
고 있던 담대광이 문득 히죽 웃어 보였다.

　'흥! 그래도 그동안 전혀 진보하지 않은 건 아니었군. 곧
극마지경을 벗어나 탈마지경에 도달할 수 있겠어. 물론 그
전에 태극쌍극진기가 중심이 된 무당파 신공과의 조정이 조
금 더 필요하겠지만…….'

　양날의 검이랄까?

　담대광은 마도의 후예답지 않게 기경마맥이 막힌 소진엽
의 무공 기초를 선친 태극무검선제가 남긴 무당파 신공으로

잡았다. 단천뢰심강과 태극무한신공이란 희세의 무공으로 선천지기를 강화시켜서 적당한 정파 고수로 키워 낸 것이다.

당연히 그로 인해 소진엽의 기경마맥은 더욱 막히게 되었으나 당시엔 전혀 문제 될 게 없다고 여겼다. 어차피 혈육인 진리를 키워서 그녀에게 전이될 때까지 사용하다 버릴 패였다. 그다지 뛰어난 무공 재질을 지닌 것도 아닌 만큼 기경마맥까지 신경 쓸 필요는 없었다.

그러다 상황이 변했다.

생각 이상으로 끈질기고 집요한 소진엽의 천품이 타고난 무공 재질을 뛰어넘었다. 짧은 시일 내에 지독한 연공과 실전을 통해 예상 이상의 무공 성취를 이뤄 냈다.

게다가 소진엽은 머리를 쓸 줄 아는 자였다.

강한 의지와 함께 지모 역시 겸비해서 종종 담대광을 놀라게 했다. 그런 결과물을 계속 내보이며 자신의 존재를 강하게 주장했다.

그게 담대광의 마음을 움직였다.

조금씩 변화시켰다.

단순한 이용물, 쓰고 버릴 패에서 진짜 제자로 소진엽을 인식하게 되었다. 혈육이자 천무지체인 진리만큼이나 중요한 존재로 각인되어 버렸다.

그러다 보니 근래 태극쌍극진기로 더욱 심하게 폐쇄된 기경마맥이란 존재가 큰 걸림돌로 부상했다.

소진엽은 태극쌍극진기의 진보로 정파 무공이 현묘경에
도달한 반면, 천마신교의 지존마공인 지존천강력과 지존성
마검이 언제부턴가 답보 상태를 면치 못했다. 천하의 모든
무학을 사용 가능케 하는 태극무한신공을 이용해 간간히 사
용하긴 하나 그 위력은 제한적일 수밖에 없었다.

당연하다. 어쩔 수 없는 일이다.

만류귀종(萬流歸宗)!

극과 극은 통한다고 하나 무당파의 태극쌍극진기와 천마
신교의 지존마공은 근본적으로 수련 방법이 확연히 차이 났
다. 운기의 방법이 달랐고, 운용 방법 역시 극단적일 만큼
달랐다. 제아무리 태극무한신공이 대단하다 해도 기경마맥
을 우회하는 방식으론 절대 지존천강력과 지존성마검의 진
짜 위력을 발휘케 할 수 없었다.

아니다.

어쩌면 계속된 태극무한신공의 의존이 사태를 더욱 악화
시켰을지도 모른다.

어차피 정도(正道)가 아니었다.

외도(外道)였다.

안 되는 것을 억지로 우회해서 되는 것처럼 속였다. 그런
것에 불과했다. 그런 주제에 진짜를 얻고자 하는 건 어쩌면
지나친 욕심일지도 모른다.

보통은…… 이렇게 생각했을 거다.

하지만 담대광은 본래 천마신교에서도 역대급일 만큼 파격적인 사람이었다. 변덕이 죽 끓듯 하고 제멋대로 모든 걸 결정했으나 무공에 대한 재질과 흥미를 느낀 일에 대한 집념은 상상을 초월할 정도였다.

그는 오히려 이 부분에서 크게 마음이 움직였다.

정파 무공의 총화 중 하나인 태극무한신공!

필시 부친 태극무검선제의 신화를 만들어 내는 데 가장 큰 공헌을 했음에 분명한 이 신공절학의 벽을 뛰어넘고자 했다. 반드시 그래야겠다고 결심했다.

그래서 그는 소진엽에게 지존천강력과 지존성마검을 전수하며 계속 연구에 매진했다. 자신과 한몸이나 다름없는 소진엽을 실험체 삼아서 태극쌍극진기의 근본을 파헤치고, 폐쇄된 기경마맥을 되살리고자 최선을 다했다.

그리고 그 결과가 지금 이 순간 그의 눈앞에 나타났다.

모습을 드러냈다.

소진엽이 드디어 기경마맥 폐쇄를 풀고 극마지경을 벗어난 것이다. 그 누구도 아닌 자신의 의지와 힘으로 말이다.

"허억!"

심마의 결과물!

광포한 진기의 대폭발을 억지로 가라앉힌 소진엽이 허리를 가볍게 접은 채 한동안 거친 호흡을 토해 냈다.

발밑에 자연스럽게 침이 떨어져 내린다. 상당한 양이 고일 만큼 흥건하게 흘러내렸다.

그나마 토악질까지 하진 않은 게 다행이랄까?

그 정도로 소진엽이 한동안 토해 낸 호흡은 거칠었고, 숨결은 급박했다. 흡사 방금 전 목숨을 건 생사박투를 끝낸 사람처럼 보인다.

그러나 곧 그런 호흡 역시 잦아들었다.

여전히 불안하게 요동치던 기파 역시 마찬가지다.

거센 폭발 직전의 갈무리된 상태에서도 미묘하게 주변의 대기를 일그러지게 하던 기파가 흔적도 없이 사라졌다. 한 점의 남김없이 본래의 주인에게 흡수되어 버린 것이다.

그와 함께 변화한 신색!

언제 심마에 괴로워했냐는 듯 소진엽의 눈빛은 담담하게 가라앉아 있었다. 삽시간에 태양혈이 밋밋해지고, 은은하게 자리 잡고 있던 눈 속의 신광 역시 소멸해 존재감 자체가 순식간에 확 줄어든 것 같다.

'왠지 편안하군……'

소진엽이 내심 중얼거린 것과 동시였다.

슥!

그가 심마에 괴로워하는 동안 살짝 공중에 떠 있던 담대광이 다시 어깨로 떨어져 내렸다. 언제 소진엽의 진보에 흐뭇해했냐는 듯 평소와 다름없이 엄격한 빈정거림만이 입가에 남아 있다.

[바보 같은 놈! 아직까지 심마 하나 제어하지 못해서 못난 꼴을 보이다니, 정말 내가 다 부끄럽구나!]

소진엽이 담담하게 웃어 보였다.

'그러게 말입니다.'

[허! 웃어? 갑자기 해탈이라도 한 거냐?]

'그건 곤란합니다. 아직 저는 장가도 가지 못했으니까 요.'

[고작 그런 이유밖엔 댈 게 없는 것이냐?]

'어쩔 수 없습니다. 저는 본래 이런 놈이니까요.'

소진엽이 태연한 대답과 함께 어깨를 한 차례 추어 보였다. 그렇게 갑작스레 찾아든 심마의 마지막 잔재마저 날려 버렸다.

그러자 담대광도 빈정대기를 멈췄다. 더 이상 그럴 필요를 느끼지 못한 까닭이다. 그리고 화제를 바꾼다.

[구양 계집애는 곧 네놈에게 돌아올 테니, 걱정할 필요 없느니라.]

'하지만 현재 자유로운 몸은 아닌 것일 테지요?'

[역시 눈치 하나는 빠르구나. 그래, 그 계집애는 현재 포로로 잡혀 있다. 멸천마후 천기신혜에게…….]

'……'

소진엽의 눈에 가벼운 이채가 스쳐 갔다.

우마령 멸천마후 천기신혜!

사부 담대광에 의해 과거 그의 연인이자, 그동안 천마신교에서 벌어진 모든 음모의 배후로 지목되고 있는 그녀의 이름이 언급되었다. 그동안 구양령의 몸에 접속해 있던 담대광에게 벌어진 일은 결코 섣불리 예단할 사안은 아닐 터였다.

*　　　*　　　*

휘오오오오!

황량한 감숙의 마른 대지 위로 휘몰아치는 바람을 뚫고, 피골이 상접한 사나이가 외팔의 거구를 업고 나타났다. 한 달 전쯤 십만대산의 뇌극봉에서 탈출한 귀마 매종경과 마굴의 소마주 종리철극이었다.

얼마나 힘든 여로였던가.

피폐할 대로 피폐해진 그의 육체는 이미 한계에 도달해 있었고, 정신 역시 간신히 붕괴만을 면한 상태였다. 그 정도로 심하게 몰렸다.

하지만 그 역시 천마신교를 대표하는 절대고수!

멀리 보이기 시작한 일군의 막사를 확인한 그가 마지막 남은 힘을 쥐어짜 냈다.

스으―팟!

그의 신형이 막사군을 향해 날아갔다.

황량한 바닥에 진득한 핏물을 뚝뚝 떨궈 내며 나아갔다.

'신혜…… 정말 그녀가 그토록 오랜 세월 동안 나를 연모해 왔었던 것인가!'

뇌극봉을 떠난 후 처음으로 포기한 매종경과의 백보지간.

점차 눈앞에서 멀어져 가고 있는 매종경을 무심히 바라보던 담대광이 긴 앞머리를 손가락으로 슬쩍 쓸어 올렸다.

사라락!

평범한 얼굴과 어울리지 않게 부드럽고 섬세한 모발이 흙바람에 휘날렸다. 주변의 환경과는 당최 어울리지 않는 모양새다.

물론 그런 걸 신경 쓸 담대광이 아니다.

그가 곧 입가에 오만무례한 미소를 매달았다.

"훗! 하긴 생각해 보면 아주 예상치 못했던 일도 아니긴 하지. 그 계집애, 초반에는 잘난 척 튕기긴 했어도 결국 내미칠 듯한 매력에 홀딱 넘어갔었으니까."

천기신혜.

북해 출신인 쪼끄맣고 예쁘장하던 계집애.

생각 밖으로 뛰어난 무골이 눈에 띄어서 데려다가 가르치다 보니, 아주 예쁘게 성장했다. 아마 그동안 쌓인 정 때문에 더 그리 보였을지도 모르겠다.

그래서 어느 날 '너 지금부터 내 마누라다!' 라고 말했다.

제자를 키워서 마누라로 삼은 거다.

정식으로 사제지간의 연을 맺은 건 아니나 한동안 천마신교에는 그런 소문이 파다하게 돌았다. 당시 얼마나 많은 마도의 젊은 마웅들이 상사병과 상실감으로 앓아누웠던가.

그런데 문제가 생겼다.

자신만만하던 담대광 인생 중 처음으로 좌절감을 느끼게 된 사건이 발생했다. 천기신혜를 마누라로 삼을 수 없게 된 것이다. 자신의 의지와는 관계없이 말이다.

그런 까닭이었을 것이다.

평소와 다름없는 중얼거림과 달리 담대광의 눈가에는 묘한 애수가 담겨 있었다.

인생 중 가장 중요한 어떤 것!

본의 아니게 잃어버린 것이 수십 년의 세월을 뛰어넘어 다시 그의 앞에 모습을 드러내고 있었다. 아니, 그러려 하고 있었다. 그동안 외면해 왔던 부채의 청산을 요구하면서.

잠시뿐이었다.

곧 담대광의 눈빛이 본래대로 돌아왔다.

세월이 약이란 말도 그리 틀린 건 아니다.

수십 년이란 세월과 제자 소진엽과 함께해 온 지난 수년간……

담대광은 확실하게 변했다.

과거처럼 현실을 외면하지 않게 되었다. 그러기 위해 매종경을 괴롭혀 가며 이곳까지 찾아왔다.

한데, 바로 그때다.

문득 담대광이 과거의 상념에서 벗어났다. 강제적으로 그렇게 되었다. 느닷없이 그의 전신 살갗을 찌르르 울리게 한 익숙한 기염에 의해서 말이다.

'제법……!'

내심 탄성을 발하던 담대광이 목을 습관적으로 꺾다가 눈살을 찌푸려 보였다. 여전히 구양령의 가느다란 목은 그의 이 같은 버릇을 받아들이려 하지 않는다. 상당한 통증으로 완강한 저항을 표시해 왔다.

그래 봐야 한순간일 뿐.

곧 구양령의 저항을 제압한 담대광이 자신을 목표로 한 게 분명한 익숙한 기염에 확실하게 화답했다. 어느새 탈마지경을 뛰어넘은 구양령의 몸을 통해 지존천강력을 일으킨 것이다.

그리고 펼친 신마군림보!

별다른 준비 동작 없이 도약한 담대광의 신형이 일순 한도 끝도 없이 창공을 향해 날아올랐다.

슉!

잠시 후 이름 모를 산봉 위로 떨어져 내린 담대광의 눈가에 가벼운 경련이 스쳐 갔다.

그가 도착한 산봉의 한켠.

선객이 있었다.

가냘프면서도 굳건해 보이는 장신 몸매의 한 떨기 백합.

한때 누구보다 아끼고 사랑했던 천기신혜가 매력적인 자태를 드러내고 있었다. 천하에 오로지 두 사람만이 아는 방법으로 담대광을 부르고서 말이다.

사락!

산봉 위의 바람은 상당히 심했다.

그래서 언제나와 마찬가지로 얼굴의 반면을 가리고 있던 구슬들이 흔들림을 보인다. 언뜻언뜻 마도일세의 미모라 평가받던 천기신혜의 진면목을 드러내게 한다.

힐끔.

담대광이 그 찰나의 순간을 놓치지 않고, 그녀의 얼굴을 곁눈질하곤 미미하게 고개를 끄덕여 보였다. 입가에 걸린 건 묘한 흐뭇함이다.

"하하, 아직 살아 있구나!"

"역시 살아 있었군요."

안부 인사인가.

비슷하게 들리나 묘하게 다르다.

그러나 두 사람 모두 상대방이 한 말의 의미를 알았다. 정확하게 파악했다.

담대광이 한쪽 어깨를 가볍게 추어 보였다.

"그런 걸 알면서 그런 짓을 저지른 것이냐?"

천기신혜의 대답은 태연했다.

"결국 교주를 천마총에서 나오게 했으니, 성공했다고 자평하고 싶군요."

"허!"

담대광이 나직하게 탄성을 터뜨렸다.

그동안 완전히 착각하고 있었다.

폐관수련을 빙자한 그의 천마총 칩거를 그동안 방해해 온건 태상마군 소리산이 아니라 눈앞의 여인이었다. 모두 그녀가 꾸민 짓이었다.

하지만 그렇다고 소리산에게 미안한 감정이 들진 않는다.

전혀 그렇지 않았다.

애초부터 그의 방조가 없었다면 어찌 천기신혜가 천마총에 계속 그런 말도 안 되는 짓을 저지를 수 있었겠는가.

역시 음험한 늙은이었다.

절대 자신의 손을 더럽히지 않고 문제를 해결하려 한다.

그 같은 생각과 함께 담대광이 눈살을 찌푸려 보였다. 문득 자신이 어떻게든 눈앞의 천기신혜에게 죄를 묻지 않으려하고 있다는 걸 깨달았기 때문이다.

그때 천기신혜가 그런 그의 시도에 종지부를 찍었다. 자신의 범죄 사실을 태연하게 털어놓은 것이다.

"물론 제가 일을 꾸밀 때는 반쯤 미친년이 되어 있었기 때문에 교주가 죽어도 어쩔 수 없다고 생각했어요. 그렇게 된다 해도 다 교주의 자업자득이니까요."

"자업자득?"

"미리 경고했잖아요."

"경고?"

연속으로 반문을 던지는 담대광에게 천기신혜가 내심 눈살을 찌푸려 보였다.

오랜만에 다시 만났어도 사람이 참 변함이 없다.

자신에게 유리한 건 절대 잊어 먹지 않는 주제에 그렇지 않은 건 정말 잘 잊는다. 지금처럼 이렇게 전혀 기억나지 않는다는 태도다.

몰염치보다 한 수준 위!

정확하게 정의 내리기도 쉽지 않다.

그래도 천기신혜는 이런 사람을 좋아했다. 사랑했다. 그리워해 왔다.

'역시 나는 처음부터 미친년이었던 거야……'

내심 쓴웃음과 함께 고개를 저어 보인 천기신혜가 차갑게 식은 눈빛을 한 채 말했다.

"교주가 절 색시로 삼겠다고 했을 때를 기억하시나요?"

"기억하지."

"그때 저는 교주의 청혼을 허락하며 이렇게 말했어요. 이 순간 이후부터 절대 교주는 자신이 한 말을 되돌릴 수 없다고요. 그리고 만약 그런 짓을 한다면……."

잠시 말끝을 흐린 천기신혜의 눈이 더욱 차갑게 번뜩였다.

"……저는 악마에게 영혼을 팔아서라도 반드시 교주를 죽여 버리고, 교주가 사랑했던 모든 걸 파멸시켜 버리겠다고 했어요. 그 맹서를 정말 잊어버린 건가요?"

"그게 맹서였나?"

"그럼 뭐라고 생각했던 거죠?"

"사랑 고백?"

"……."

"항상 진짜 속내를 잘 드러내지 못하고, 인간관계에 미숙했던 네가 할 수 있는 최고의 사랑 고백이라고 나는 생각했다. 그렇게 기억하고 있었다."

'이 사람이 진짜!'

천기신혜가 내심 짜증을 내면서도 해연히 놀랐다. 오랜만에 차갑게 얼어붙어 있던 가슴이 요동치는 걸 느낀 까닭이다.

북해의 만년빙정(萬年氷晶)처럼 차갑게 얼어붙어 있던 심장에 피가 돌기 시작했다. 가볍지만 결코 약하지 않은 박동이 전해져 왔다. 그녀 자신조차 전혀 예상치 못했던 변화다.

이것이야말로 살아 있는 느낌!

오랫동안 잊고 있던 그 따뜻한 감각에 천기신혜는 혼란을 느꼈다. 머릿속이 완전히 헝클어져 버렸다. 일시 뻔뻔스런 담대광의 말에 반박하는 것조차 잊어버렸을 정도였다.

아니다.

그건 잊어버린 것이 아니었다.

그래서 반박을 하지 못한 게 아니었다.

담대광이 한 말은 옳았다. 정확했다.

사랑 고백!

첫 만남 때부터 사랑해 왔던 사내. 절대 올려다볼 수 없던 밤하늘의 별이라 생각했던 사내. 그래서 그냥 곁에서 바라볼 수밖에 없던 사내.

그 담대광의 기적과도 같은 선택.

그것에 대한 그녀의 대답이었다. 맹서였다. 그를 향한 게 아니라 바로 자기 자신에게 한 말이었다. 환희에 찬 고백이었다.

그래서 아팠다.

너무 아파서 미쳐 버릴 것 같았다.

아니, 실제로 미쳤다. 그렇지 않고선 살 수가 없었다. 담대광을 다시 만날 때까지 버틸 자신이 없었다.

사락!

문득 입가로 더운 숨결을 토해 낸 천기신혜가 조금 누그러진 눈빛을 담대광에게 던졌다.

"그래서 이제 교주는 어찌하실 작정이신가요? 방금 말한 것처럼 숭산에서 벌어진 사건의 배후는 바로 저예요. 제가 좌마령 북리사경과 천사련주를 부추겨서 벌인 일이에요."

"미인계를 사용한 건 아닐 테지?"

"지금 그런 게 궁금한 건가요?"

"당연하지! 네가 딴 놈들 앞에서 교태를 부리는 꼴을 내 어찌 볼 수 있겠느냐!"

"그런데 어째서! 어째서 절 버린 건가요?"

"그건……."

그답지 않게 잠시 말끝을 흐린 담대광이 가볍게 눈살을 찌푸려 보였다.

"……네게 당시에도 말했지 않더냐? 너와 나는 피가 이어진 사이라고."

"그따위 헛소리를 아직까지 하시는 건가요?"

"헛소리가 아니다!"

"아니, 헛소리가 맞아요! 어째서 제가 어머니를 강간하고 도망간 자를 아버지로 인정해야 하는 거죠? 아니, 그보다 그자가 교주의 외삼촌이란 걸 왜 인정해야 하냐고요!"

"……."

담대광이 입을 다물었다.

어느새 천기신혜의 두 눈에는 맑은 눈물이 가득 담겨져 있었다.

가냘픈 전신에서는 폭풍과도 같은 기염이 쏟아져 나왔다.

분노? 원망? 갈망?

아주 오래전 담대광에게 전해 들었던 자신조차 몰랐던 가정사와 파혼 통보로 인해 쌓인 절망이 그대로 폭발을 일으켰다. 암흑과도 같은 폭풍이 되어 일거에 천하를 쓸어버릴 듯했다.

그래서였을까?

하필이면 그 순간 구양령이 의식을 회복했다.

오랜 가사 상태에서 벗어났다.

천기신혜가 일으킨 사랑, 분노, 원망, 갈망. 그리고 절망의 감정이 같은 여인인 구양령과 동조를 일으켰다. 소진엽에 대한 사랑이 깊어 감에 따라 극심한 심적 갈등과 혼란을 동시에 느끼고 있던 구양령의 여심을 강력하게 자극한 것이다.

그러니 담대광으로선 어찌해 볼 도리가 없을 수밖에.

흠칫!

순간적으로 구양령의 육체에 대한 통제력을 잃은 담대광이 그녀에게서 튕겨져 나왔다. 밀려났다. 유일한 접속자인 소진엽이 있는 신마성궁으로 강제 축출을 당해 버렸다. 천기신혜와 확실한 결판을 짓기도 전에 말이다.

* * *

"꿀꺽!"

소진엽이 마른침을 삼켰다.

목이 말랐다.

느닷없이 머릿속으로 밀려들어 온 담대광의 방대한 과거의 오욕칠정(五慾七情)을 한꺼번에 감당하느라 일시 진이 몽땅 빠져 버렸다.

이런 일이 처음은 아니다.

처음 무공을 수련할 때 재질이 떨어진다고 혼나며 몇 번인가 경험한 적이 있었다. 강제적으로 무공의 지식과 체계를 전달받은 후 계속 연습을 반복하곤 했다. 그렇게라도 하지 않고선 결코 엄사(嚴師)인 담대광을 만족시킬 수 없었을 테니까.

그러니 그가 느낀 피로의 정체는 정보의 강제 전달 자체는 아니었다.

담대광 자신의 감정.

천기신혜로부터 전달되어진 감정.

두 사람 간의 미묘하고 격심한 감정 분출을 감당하는 게 쉽지 않았다. 아주 어려웠다.

꼬이고 꼬였다!

어떤 능력자라 해도 제멋대로 엉켜 버린 실타래를 풀 수는 없을 것 같았다. 자신은 더욱 그렇고 말이다.

하지만 그는 곧 평상시의 신색을 회복했다.

참 답답한 상황이나 어차피 남의 일이다. 그와는 그다지 큰 관련이 없었다. 일단 그렇게 생각하기로 했다.

'게다가 지금 중요한 건 구양 소저가 멸천마후의 포로가 되었다는 거다!'

내심 눈을 빛낸 소진엽이 담대광에게 말했다.

'사부님, 멸천마후 선배가 구양 소저를 죽이진 않겠지요?'

[아마 한동안은 괜찮을 거다. 내가 사용했던 몸이니까.]

'사부님이 다시 구양 소저와 접속할 수 있으니, 죽이지 않을 거라는 거로군요?'

[뭐, 그렇지. 게다가 구양 계집애와 신혜는 예전부터 그리 사이가 나쁘지 않았다. 한때는 자매처럼 지낸 적도 있었지.]

'그건 다행이로군요!'

[하지만 너무 안심하진 말아라. 신혜 녀석, 나한테 말한 것처럼 지금 제정신이 아니니까. 아마 날 죽이려고 본교에서 금지된 마공을 익혀서 그럴 거야.]

'그 마공의 대응책을 아십니까?'

[글쎄?]

'천마신교의 마공 중 모르는 건 없다고 하셨잖습니까!'

[그걸 믿었냐?]

'거짓말을 하신 겁니까?'

담대광이 소진엽을 비웃듯 바라봤다. 언제 어울리지 않기

애수 띤 표정으로 천기신혜에 관한 기억을 전달했냐는 듯한 모습이다.

[인석아, 그런 걸 믿는 녀석이 잘못된 거지 않겠느냐? 천하에 어떤 바보가 필요도 없는 무공을 익히겠느냐? 하지만 네놈한테 한 말이 거짓말은 아니다. 천마신교의 지존천강력은 천하의 어떤 마공이든 구결과 형식만 알면 굳이 수련하지 않더라도 사용할 수 있게 만드니까.]

'그건 태극무한신공과 비슷하군요?'

[어떤 부분에선 비슷하다고 할 수 있지. 하지만 태극무한신공으로 운기된 마공은 제 위력을 발휘할 수 없다는 점에서 지존천강력과는 다르다. 지존성마검으로 천하의 모든 마공을 부숴 버릴 수도 없고 말이다.]

'엇!'

소진엽이 놀란 표정이 되었다. 방금 전 담대광에게 매우 중요한 말을 들었기 때문이다.

'사부님, 지존성마검에 정말 그런 공효가 있었습니까?'

[내가 말해 주지 않았던가?]

'예! 전혀 말씀해 주시지 않으셨습니다!'

담대광이 어깨를 한 차례 추어 보였다.

[뭐, 그럼 이제는 알겠군. 네놈이 태극무한신공을 이용해 지존성마검을 사용한 게 얼마나 병신 같은 짓이었는지 말이야.]

'큭!'

소진엽이 내심 침음을 터뜨리곤 담대광을 쏘아봤다. 그동안 모른 척 시치미를 떼어 놓고 한다는 말이 참 고약했다. 살짝 살심이 치솟아 오를 정도다.

물론 얼른 마음속에서 지워 버렸다.

흔적을 남기지 않았다.

천하에서 가장 잘나고, 쪼잔한 성품을 지닌 담대광이다. 그에게 갈굴 빌미를 제공하고 싶진 않았다.

얼른 표정 관리에 들어간 소진엽이 화제를 바꿨다.

'사부님, 그럼 멸천마후 선배는 지금쯤 신마성궁으로 향하고 있겠군요?'

[그럴 테지. 하지만 내가 생존해 있다는 걸 확인한 이상 지금까지처럼 천마대제전을 개최하려 하진 않을 거다.]

'사부님께서 살아 계신 이상 당연할 테지요. 전대 교주가 죽어야만 천마대제전은 성립하는 것이니까요. 그럼 어쩌면 멸천마후 선배는⋯⋯.'

말을 잇던 소진엽이 갑자기 눈살을 찌푸려 보였다.

불현듯 불길한 상념이 뇌리를 스쳐 갔다. 아주 기분 나쁘고 떠올리기 싫은 가능성이다.

담대광이 그런 소진엽의 내심을 태연하게 말했다.

[⋯⋯그래, 이제부터 신혜는 천마대제전을 포기하고 천다신교를 강제로 병탄하려 할 것이다. 이미 북리사경 녀석과

종리곽 녀석을 구워삶은 것 같으니, 세력만으로 보면 결코 신마성궁의 전력에 뒤지지 않을 게야.]

'단지 그것만으로 만족할까요?'

[만족하지 않으면?]

'아! 아닙니다! 이건 그냥 아무 생각 없이 내뱉은 말이니까 신경 쓰지 마십시오!'

연신 손사래를 치는 소진엽을 담대광이 발로 걷어찼다.

퍽!

'컥!'

평소보다 몇 배쯤 강한 일격에 소진엽이 몸을 크게 휘청거렸다.

오랜만에 느끼는 격통이다.

꽤나 상쾌하다. 적어도 그동안 느꼈던 불안감은 씻은 듯 날아갔다. 담대광과의 생활에 중독이라도 된 것 같다.

'하하!'

저도 모르게 미소를 터뜨린 소진엽을 향해 담대광이 특유의 독설을 날렸다.

[미친놈! 쥐어 터지면서 좋다고 웃는 꼴이라니? 그리 매 맞는 게 좋으면 내 오늘 날 잡고 패 줄까?]

얼른 입가에 머물러 있던 미소를 지운 소진엽이 정색을 한 채 말했다.

'그러실 필요까지는 없습니다!'

펵!

그래도 한 대 더 맞는다.

그렇게 완전하게 소진엽을 적응시킨 담대광이 냉정한 표정으로 말했다.

[그래서 그 뒷얘기는 무엇이냐? 신혜가 만족하지 않으면 어찌한다는 게야?]

더 이상 맞기 싫은 소진엽이 얼른 대답했다.

'제가 알아본바 멸천마후 선배는 천마신교 굴지의 재능을 지닌 분이십니다. 무공과 지모, 조직 장악력 모두 최상급의 인재라 할 만합니다.'

[그래서?]

'그래서 그런 분이 일을 꾸민다면 결코 오 할의 승부에 기대진 않을 거란 생각이 들었습니다. 숭산에서 일을 벌였던 것과 같이 말입니다.'

[이번에도 천사련이나 다른 세력을 끌어들일 거란 뜻이더냐?]

'일단 예상할 수 있는 건 그 정도입니다.'

[…….]

담대광이 입을 굳게 다물었다. 그답지 않게 심각한 표정이 되었다.

그 모습에 소진엽이 내심 안도했다.

언제나와 같이 그는 모든 걸 다 털어놓은 건 아니었다.

진짜 우려했던 바는 숨겼다. 말하지 않았다.

멸천마후 천기신혜가 그렇게 나왔을 경우 사부 담대광이 어찌할 것인지에 대해 함구했다. 결코 쉽사리 결정할 수 없는 일임을 잘 알고 있었기 때문이다.

과연 침묵하던 담대광이 접속을 끊었다. 혼자만의 시간이 필요했으리라.

그렇게 다시 혼자가 된 소진엽.

그가 어느새 홍등의 물결로 가득한 장소에 도달하곤 입가에 쓴웃음을 담아냈다.

저 멀리 어깨동무를 한 채 걸어오고 있는 몇 사람이 보인다.

익숙한 얼굴들이다.

마도참살대주 사마무기, 천마무적대주 멸마귀도 구천인, 부대주 귀령인 반호, 잔살묵검대주 묵검마객 천일해…….

삼비서생 가진수만 빠진 외성 삼부대와 마도참살대의 핵심들이다. 그사이 어떻게 죽이 맞았는지 오늘밤 몰래 술을 마시러 나왔다가 소진엽과 딱 마주친 것이다.

움찔!

그중 주동자가 분명한 사마무기가 가볍게 얼굴 근육을 경련하더니 곧 히죽 웃어 보였다. 짧은 순간, 소진엽 역시 자신들과 똑같은 생각으로 춘홍루를 빠져나왔다는 판단을 내렸음이 분명하다.

"하하, 소교주님, 늦은 밤에 이런 곳까지 어쩐 일이십니까?"

소진엽 역시 비슷한 종류의 미소를 보인다.

"그야 사마 대주와 같은 생각이 나서가 아니겠나?"

"역시!"

"역시?"

"에이? 다 아시면서 그러신다! 그렇지 않은가? 사내들이란 본래 그런 법이지!"

"……."

"……."

"……."

소진엽의 의뭉스런 반문에 사마무기가 완전히 쫄아 버린 표정인 구천인과 천일해, 반호의 어깨를 팡팡 때렸다. 외성 삼부대의 실질적인 최고 고수들을 어린애 다루듯 한다. 그야말로 방약무인한 태도다.

하지만 그것도 잠시뿐.

소진엽이 곧 입가에서 미소를 거뒀다.

"그렇군. 그럼 같은 사내인 도마 천좌도 함께하는 게 어떤가? 얼마 전까지 나와 무공을 논하다 돌아갔으니까 금방 불러올 수 있을 것 같은데……."

"소교주님!"

"……왜 내 다리는 붙잡고 늘어지는 건가? 설마 도마 천좌는 사내가 아니라고 생각하는 건 아니겠지?"

"살려 주십시오! 이번에 형님한테 또 걸리면 저는 죽습니다! 단칼에 죽지도 못하고, 분명히 칼등으로 맞아 죽을 겁니다!"

"푸핫!"

소진엽이 결국 참지 못하고 크게 웃었다.

사마무기의 적나라한 행동에 내심 속이 풀리는 것 같았다. 하루 동안 담대광에게 당했던 구박의 울분이 조금쯤 씻겨 내려가는 것 같았다.

그러자 사마무기가 슬며시 소진엽을 올려다보곤 다시 예의 음흉스런 미소를 매달았다.

역시 방심할 수 없는 마도인이다. 금세 소진엽의 흉중을 파악해 낸다.

"소교주님, 절 놀리신 거죠? 그런 거죠?"

소진엽이 다시 미소를 거뒀다.

"정말 그렇게 생각하는 건가?"

"그러셔야 합니다! 단연코 그래야만 해요!"

"그럼 어쩔 수 없지. 내 한잔 살 테니까 함께 가도록 할까?"

"참말이십니까?"

"물론이네. 단!"

끝에 목소리를 살짝 높여 주변의 젊은 마웅들을 긴장시킨 소진엽이 심각한 표정으로 말했다.

"오늘 어느 누구도 숙소로 돌아갈 생각은 말아야 하네! 가장 좋은 집에서 가장 화끈하게 놀아야 하는 거야!"

사마무기가 냉큼 다리를 놓고 일어서 소리쳤다.

"그거야말로 당연한 일이 아니겠습니까? 소교주님께서 술을 사시는데 어떤 시러배 잡놈이 감히 숙소로 돌아갈 생각을 하겠습니까! 자네들 안 그런가?"

사마무기의 광기마저 번들거리는 시선을 받은 세 사람이 얼른 고개를 끄덕이며 대답했다.

"무, 물론입니다!"

"대주님과 같은 생각입니다!"

"소신, 끝까지 소교주님을 보필하도록 하겠습니다!"

소진엽이 천일해에게 슬쩍 미소를 던져 보였다.

"그런데 천 대주는 내일 철 단주에게 사열을 받아야 하지 않나?"

천일해의 표정에 잠시 심각한 고뇌가 스쳐 갔으나 잠시뿐이었다. 곧 그가 비장한 표정으로 대답했다.

"내일은 사열을 제끼겠습니다! 소교주님을 보필하는 것이야말로 철 단주님에 대한 충성이 될 테니까요!"

"과연 사나이로세!"

"훌륭한 마음가짐이다!"

"그런 자세로 갑시다! 가요!"

주변의 젊은 마웅들이 말도 안 되는 소리들을 질러 댔다. 이미 전작이 있던 터. 적당히 술기운이 돌고 있는 상황에서 상식이나 논리가 큰 영향력을 발휘할 리 만무했다.

　소진엽이 만족한 미소와 함께 사마무기에게 시선을 던졌다. 그를 지목해 명령했다.

　"사마 대주가 앞장서게!"

　"옙! 저만 따라오십시오!"

　어떤 전투 때보다 우렁차고 충성스런 복명과 함께 사마무기가 휘황찬란한 홍등의 물결 속으로 일행을 이끌었다.

　진마성교에 귀순한 탓에 벌어진 수년간의 공백!

　그에겐 전혀 문제가 되지 않았다. 복귀한 이후 꾸준히 저자의 기루들을 섭렵했기 때문이다.

　'사마 대주도 바보로군. 도마 천좌가 그걸 아직까지 모를 거라 생각하다니 말이야…….'

　소진엽이 내심 고개를 저어 보이곤 천천히 발걸음을 옮겼다. 방금 전 말했던 것처럼 오늘은 진짜 코가 삐뚤어질 정도로 술을 마실 작정이었다. 담대광에게 확인한 구양령에 대한 걱정을 잠시나마 잊기 위해서 말이다.

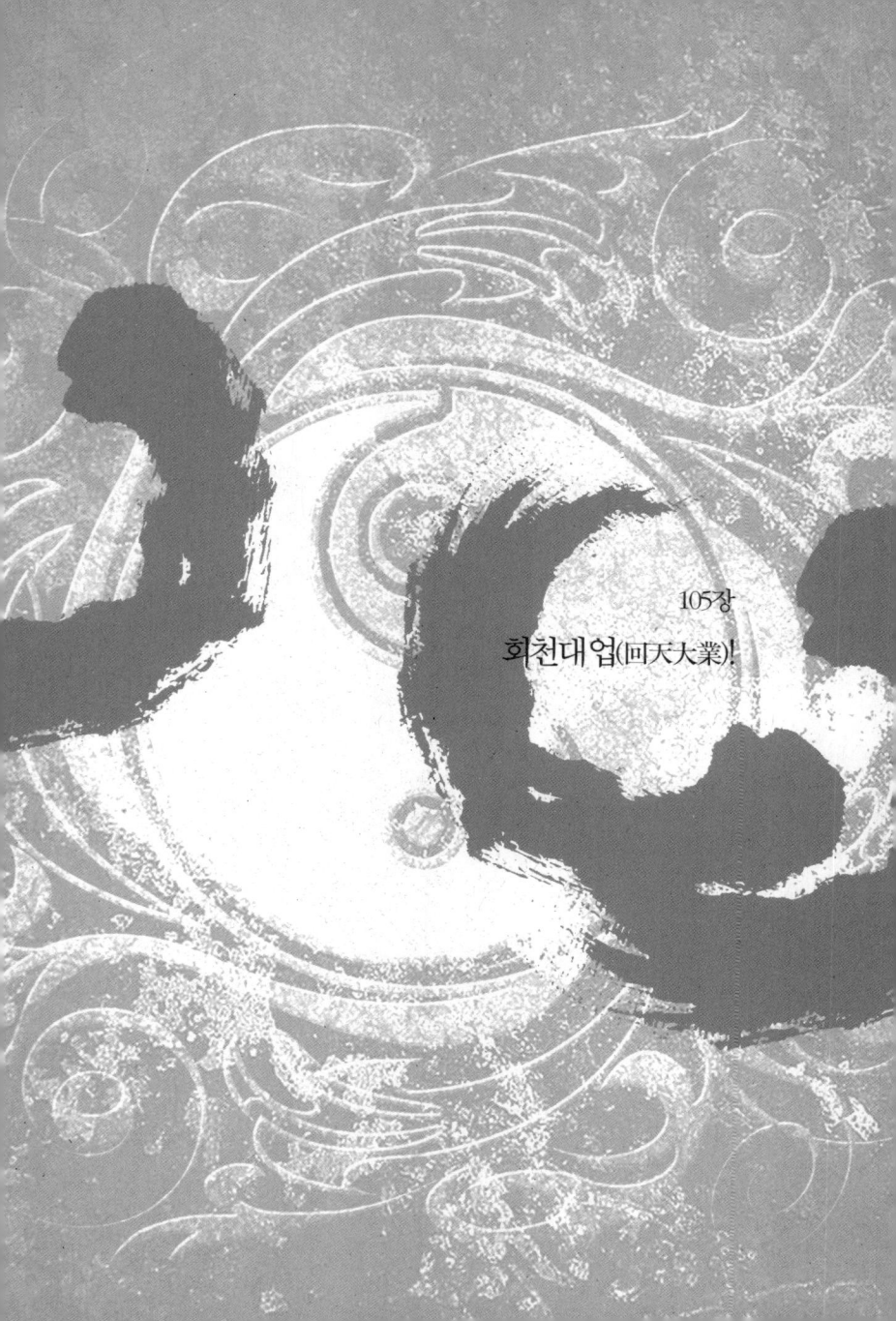

105장

회천대업(回天大業)!

　황산.

　강남에 커다란 난(亂)을 일으키고 있는 천사도의 발원지. 천사련의 총본산이다.

　그곳의 중심인 광명정.

　새벽의 여명 속에 홀로 앉아 있던 귀면탈의 사나이, 천사 련주가 문득 반개되어 있던 눈을 떴다.

　번뜩!

　일시 일어난 휘황찬란한 광채의 폭발!

　일순간이나마 여명의 흐릿한 태양빛을 압도한다. 주변에 환상적일 만큼의 절경을 만들어 냈다.

그러나 그 환상적인 광경도 잠시뿐.

곧 천사련주의 눈에 담긴 신광이 잦아들었고, 사위를 가
득 메웠던 환상경 역시 자취를 감춰 버렸다. 마치 아무 일도
일어나지 않았던 것처럼 말이다.

슥!

문득 천사련주의 손이 치켜 올라갔다.

활짝 펼쳐져서 아무것도 없는 공간을 움켜쥐어 갔다. 아
니, 잡아당겼다고 해야 하나?

"삐이이!"

그러자 또다시 놀라운 광경이 연출되었다. 그의 움켜쥐어
진 손아귀 속으로 천공을 자유롭게 노닐던 매가 지체 없이
날아든 것이다.

해동청(海東靑)!

동방에서 서식하던 응왕(鷹王)!

천사련주가 자신이 펼친 기파에 갇혀 날개를 푸드덕거리
는 해동청의 다리에서 얼른 서신을 취했다. 꽤나 오랜만에
조우한 녀석의 정체가 그를 살짝 긴장시킨다.

'그녀에게 서신이 온 건 쌍신을 숭산에서 매몰시킨 후 처
음인가?'

그 자신만 이해할 수 있는 뇌까림과 함께 천사련주가 서
신을 펼쳤다. 그리고 눈에 다시 예의 신광을 담았다. 서신
속의 내용이 그의 예상을 완벽하게 뛰어넘고 있었기 때문이

다.

그 역시 잠시뿐이었다.

화르륵!

삼매진화(三昧眞火)를 일으켜 서신을 순식간에 한 줌의 재로 만든 천사련주가 문득 하늘을 올려다봤다.

뭔가를 확인하기 위함은 아니었다.

그의 초점은 뚜렷하지 않았다. 특별한 목적성을 띠고 있지 않았다.

그는 그냥 하늘에 시선을 뒀다.

그렇게 함으로써 자신의 흔들린 마음을 다잡고자 했다. 숨기기 어려운 격동을 가라앉히고자 했다.

'오늘 나는 오랫동안 꿈꿔 왔던 천하최강의 힘을 얻었다! 그게 향후 내가 행하고자 하는 회천대업에 어떤 영향을 미치게 될지 모르겠구나!'

—회천대업!

황제에 대한 역모에 해당할 법한 생각과 함께 천사련주가 가부좌를 풀고 자리에서 일어섰다.

"삐이이!"

해동청이 다시 울음을 토한다.

파드득거리며 몇 차례 날갯짓을 하더니, 하늘로 날아올랐

다. 비로소 천사련주가 일으킨 기파의 그물 속에서 빠져나
오는데 성공한 것이다.

그러나 이미 천사련주에게는 관심 밖일 뿐.

해동청에 시선조차 주지 않고 그가 성큼성큼 광명정을 내
려갔다.

천하최강의 힘!

그냥 얻어질 리 없다. 지금부터 꽤나 골치 아프고 힘든 작
업에 들어가야 할 터였다. 완벽하게 얻은 힘을 가지고 회천
대업을 성공시키기 위해서 말이다.

                    *   *   *

무당파.

호북성 균현에 위치한 정파의 태산북두(泰山北斗)는 여전
히 침묵에 잠겨 있었다.

격변하는 천하!

난립하는 협성괴걸(俠星怪傑)과 거마효웅(巨魔梟雄)들의 끊
임없는 쟁패(爭覇)에도 불구하고 어떤 움직임조차 보이지 않
았다. 지난 백 년간 그랬듯 봉문(封門) 아닌 봉문을 유지하며
침묵하고 있었다.

진무각.

당대 무당파 제일의 고수이자 지낭(智囊)이라 불리는 신산자가 수장인 이곳은 빼곡한 죽림에 둘러싸여 있었다.

처음부터 그랬던 건 아니다.

지난 백여 년간 무당파를 대표하는 신진 고수인 칠성검수를 양성하던 연무장 터에 무성한 대나무가 자라났다. 황제의 의심을 사지 않기 위해 스스로 무력을 봉인해야만 했다. 죽은 척 엎드려서 문파의 생존을 구걸해야만 했다.

올해의 첫눈이 내린 새벽녘, 진무각을 벗어나 소복하니 눈이 쌓인 죽림 사이를 거닐던 신산자가 문득 나직한 도호를 내뱉었다.

"무량수불! 모든 것은 미망(迷妄)일지니! 그동안의 수련이 헛됨을 내 어찌 이제야 알게 되었던가……!"

오로지 그 자신만이 알 수 있을 법한 말이다. 어느 누구도 아닌 자신에게 한 말이기 때문이다.

아니다.

착각이었다.

순간, 탄식에 가까운 중얼거림을 내뱉었던 신산자의 허리춤에서 검이 뽑혀 나왔다.

그냥일 리 없다.

그의 검은 곧 찬연한 검광(劍光)을 허공중에 그려 내더니, 곧 사방에 복잡한 검형(劍形)을 만들어 냈다. 지극히 세밀한 검의 변화로 자신의 전신을 보호했다. 어떤 불측한 의도의 공격조차 감히 근처에 도달치 못하게 만들었다.

그로 인해 주변에서 비산하기 시작한 눈가루들!

뿌우연 눈발에 휩싸인 신산자의 모습은 과연 당대 무당파 제일검인 진무각주다운 위용이었다. 감히 쉽사리 범접할 수 없는 위세였다.

그러나 다음 순간!

쩌적!

신산자는 자신이 만들어 낸 설풍(雪風)과 현천무극검의 검막(劒幕)을 거둔 채 황급히 몇 걸음 물러섰다.

느닷없이 그의 검막에 내리꽂힌 황금빛 검세가 원인!

그 단순하면서도 강력한 일격이 자신의 심부 깊숙한 곳까지 전해 준 충격을 감소시키기 위함이었다. 그렇게 하지 않고선 내상을 각오해야만 할 터였다.

그러자 다시 황금빛 검세가 일어났다.

유운신법으로 신속하게 물러서는 신산자를 맹렬하게 쫓았다.

화살처럼 파고들었다.

게다가 이번에는 하나가 아니라 세 개였다. 더욱 무시무시한 힘으로 신산자의 현천무극검을 짓눌러 왔다.

스스슥!

결국 신산자가 검법을 바꿨다.

그를 괴롭히는 황금빛 검세의 정체는 지극히 강력한 패도

(覇道), 그 자체!

같은 힘으로써 맞상대할 이유가 없다.

그거야말로 무당 무공의 근본을 무너뜨리는 짓일 터였다.

검막을 거두고 더욱 영교해진 신산자의 검이 황금빛 검세를 이리저리 비틀었다. 양의검으로 두 가지 기운을 동시에 운용해 일종의 이화접목을 발휘해 낸 것이다.

콰득! 쩌적! 우직!

그 결과, 다시 황금빛 검세가 신산자의 주변을 스쳐 지나갔다. 목표를 잃어버린 채 애꿎은 대나무만을 잘라 냈다. 부숴 버렸다. 산산조각냈다.

찰나지간의 변화다.

현인(賢人)이 노닐 법하던 서설(瑞雪)의 죽림은 완전히 난장판이 되었다.

스윽!

그 와중, 홀로 고요 속에 거하고 있던 신산자가 검을 밑으로 내려뜨렸다. 호흡 역시 가볍게 가다듬는다. 더 이상의 공격은 없으리란 확신을 가진 듯한 모습이다.

정확한 판단이었다.

슥!

문득 신산자 앞에 보기 드문 황색 장삼 차림의 사십 대가량의 장년인이 모습을 드러냈다.

대략 신장은 오 척 여덟 치가량?

당당한 체격에 대호를 닮은 듯한 커다란 눈.

턱에는 잘 정리된 검은 수염이 적당하게 자리 잡고 있다.

그리고 허리춤에 매달려 있는 범상치 않아 보이는 고검(古劍)이 방금 전 신산자를 공격한 황금빛 검세의 정체를 짐작케 한다.

구면이었던가?

스륵!

천천히 검을 거둔 신산자가 황삼 장포인 앞에 허리를 숙여 보였다.

"빈도 신산이 경황야(敬皇爺)를 뵈오이다!"

경황야!

당금 황제의 하나밖에 없는 숙부로 평생을 주색잡기로 방탕하게 허비한 한량으로 유명한 인물. 덕분에 의심이 많고 도량이 좁기로 유명한 황제의 인척 중 거의 유일하게 겁화를 피할 수 있었다고 알려져 있다.

그런 자가 어찌 동창의 감시를 받고 있는 무당파에 모습을 드러낸 것일까?

이유는 곧 밝혀졌다.

"하하, 사부님, 어찌 그러시는 겁니까?"

"사부라니! 경황야께서는 빈도에게 가당치 않은 호칭을 거둬 주시기 바랍니다. 비록 빈도가 과거 경황야께 몇 수 무공을 지도한 적은 있으나 정식으로 사제지간을 맺은 것은 아니니까요."

"여전히 깐깐하시군요."

"세상의 이목이란 게 있으니까요. 부디 경황야께서는 그 점을 감안해 주시기 바랍니다."

"알겠습니다, 진인. 한데, 설혹 방금 전 제가 새롭게 익힌 황천고검(皇天古劍)을 시험한 것에 마음이 상하신 건 아닐 테지요?"

"황천고검? 결국 태조(太祖)께서 천하를 얻을 때 사용했다는 신검을 얻으신 것입니까?"

"운이 좋았습니다. 아직 그다지 큰 성취를 얻은 것도 아니고요."

"그만하면 충분합니다. 방금 전에 빈도는 전력을 다하고도 수세를 면치 못했으니까요."

"설마 그럴 리가 있겠습니까?"

경황야가 손을 내저어 보이면서도 입가에 득의만면한 미소를 매달았다. 평소 신산자가 실없는 소리를 하지 않는 성품임을 알고 있는 까닭이었다.

그때 기력을 모아 주변을 살핀 신산자가 말했다.

"빈도가 보기에 경황야께서 근래 얻은 건 황천고검뿐만이 아닌 듯싶습니다만?"

"과연 진인이십니다! 근래 몇 명의 솜씨 좋은 수하를 거둬들였습니다. 해검지 밑에서 대기하라고 명했는데 제멋대로 자소봉에 오른 듯합니다."

"주군을 모시는 호위라면 당연히 그래야만 하는 법이지요. 그들을 탓하진 마십시오."

"진인께서 그러라 명하셨으니, 그래야 할 테지요. 그래서 말인데, 잠시 저와 함께 산책이라도 하시는 게 어떻습니까?"

"……."

잠시 경황야를 바라보던 신산자가 미미하게 고개를 끄덕여 보였다.

"마침 오늘 새벽에 서설이 내렸습니다. 태자파(太子破) 쪽의 망루쪽이 제법 운치가 있을 것입니다."

"태자파 좋지요."

경황야가 얼른 화답했다.

잠시 후.

태자파에 도착해 눈이 내려 희끗희끗해진 무당산의 칠십여 봉우리를 감상하던 경황야가 먼저 입을 열었다.

"곧 황군이 움직일 것 같습니다."

"……."

신산자의 노안이 가볍게 찌푸려졌다.

반봉문 상태인 무당파에 갇힌 몸이나 그는 천하의 정세를 결코 놓치지 않고 있었다. 수백 년 무당파의 저력이라 할 수 있는 속가제자들을 비선으로 적당하게 활용한 까닭이었다.

당연히 근래 갈수록 급박해져 가는 강남 무림의 정세에서 몇 가지 가능성을 추측해 낸 지 오래였다. 경황야의 말 역시 그중에 속해 있었음은 물론이다.

잠시 침묵하던 신산자가 무겁게 입을 열었다.

"근래 무림맹의 제갈 총군사와 강남문파연합의 모용 무존이 긴급 회합을 가진 일과 관계된 일인지요?"

"아마 그럴 겁니다. 황궁에는 무림맹이나 강남문파연합 측 사람도 다수 공직에 몸담고 있으니까요."

"그렇다면 곧 황산에 문제가 생길 것을 대비해야겠군요. 그 점 때문에 금일 빈도를 찾아온 것입니까?"

"비슷합니다."

"비슷하다?"

"저는 진인께 더 많은 걸 요구할 작정입니다. 그래도 되겠습니까?"

"……."

다시 이어진 침묵.

신산자가 경황야를 지그시 바라봤다. 그가 내뱉은 말 속에 담긴 정확한 의미를 파악하기 위함이었다.

그러나 눈앞의 사나이는 거룡(巨龍)이었다. 당금 황천의 유일무이한 신룡(神龍)이었다. 그렇게 믿고서 사문인 무당파와 자신의 모든 것을 걸었다.

'……그러니 섣불리 재단해서는 안 될 테지. 그러는 게 마땅해.'

내심 씁쓸하게 미소 지은 신산자가 천천히 고개를 끄덕여 보였다.

그러자 불온한 기운을 담은 경황야의 눈빛.

"이젠 진인께서 무당파의 장문인직을 맡아 주셔야겠습니다. 그리고 무당파의 장문인으로서 봉문을 풀고 무림맹에 출사해 검왕 모용척과 총군사 제갈묘재를 상대해 주십시오."

"그건…… 황산을 지키기 위함인 겁니까?"

"그것이 첫째!"

"두 번째는 처음 계획대로 황군이 천사련의 본거지를 공격하러 황도(皇都)를 떠나게 하기 위함일 테지요?"

"바로 그렇습니다. 그러기 위해 만들어 낸 천사련이니까요."

"그럼 드디어 회천대업의 뜻을 굳히신 겁니까?"

"천명에 따르고자 할 뿐입니다."

"알겠습니다."

신산자가 더 이상 묻지 않고 고개를 숙여 보였다.

회천대업!

여기에서 다시 언급되는 역모(逆謀)의 단어는 현 황조 중 이미 한 차례 전례가 있던 일이다.

우군(愚君)이자 사후 무자비석이 세워질 게 분명한 현 황제의 연치는 이제 이립(而立)에 불과했다. 지병조차 앓지 않고 지나치게 건강했다. 계속되는 폭정을 참고 견디기엔 지나치게 긴 세월을 요할 게 분명했다.

하지만 눈앞의 이 사내, 경황야!

그가 만들어 갈 새 시대는 과연 현재보다 나을 것인가.

신산자는 그 같은 의문을 후세 사가들에게 맡기기로 했다. 그렇게 자신이 만들 새 시대로 나아가려 했다. 처음 무당파에 입문해 검을 들고 웅지(雄志)를 품었던 바로 그 순간처럼 말이다.

그때 태자파에 하나둘 눈발이 날아들었다. 새벽에 내린 서설 위로 소복하게 쌓여 갔다. 마치 오랫동안 웅크린 채 숨죽이고 있던 무당파, 그 자체처럼!

* * *

항주(杭州).

옛날 호림(虎林)이라 불리던 오(吳), 월(越), 전(錢), 무(武), 숙(肅)의 오대국의 도읍. 그 후에는 송나라의 고종황제가 도읍을 남으로 옮겨 임안(臨安)으로 개칭하였으나 사람들은 줄곧 항주라 불렀다 무림맹.

평상시처럼 군사전(軍師殿)에서 오수를 즐기고 있던 총군사 제갈묘재가 갑자기 벌떡 자리에서 일어섰다.

덜컥!

의자가 뒤로 밀려났다.

그 정도로 강하게 신형을 일으켜 세웠기 때문이다.

그러자 널따란 군사전에서 제갈묘재를 위해 열심히 일하고 있던 서기, 모사, 정보 분류원들의 시선이 일제히 그를 향했다. 정말 열심히 일을 한 터라 제갈묘재가 졸고 있었다는 걸 대부분 인식하지 못했던 것이리라.

그럴 수밖에 없다.

근래 제갈묘재는 군사전에 엄청난 일거리를 가져왔다. 느닷없이 무림맹과 강남문파연합의 통합을 선언하고, 천사련의 본산인 황산을 치기 위한 정파연합군 조성에 들어간 것이다.

당연히 군사전을 비롯한 무림맹 전체는 난리가 났다.

소림, 무당 두 태상북두의 침묵 속에 꽤나 오랫동안 맹주직이 비워져 있던 터.

근래 강남에서 벌어진 천사련의 난이라거나, 신마대제 담대광의 행방불명으로 인한 천마신교의 분열 같은 큰 사건에도 무림맹은 조용했다. 세상의 중심을 기꺼이 다른 세력에 넘겨준 채 점차 고사(枯死)되어가고 있었다.

근데 갑자기 변혁에 가까운 대사건이 벌어졌다.

저질러져 버렸다.

오랜 무기력과 안존(安存)에 젖어 있던 자들에겐 끔찍한 혼란이 찾아든 것이나 다름없었다. 명숙이나 장로란 자들은 얼른 자파에 사람을 보내 정보를 전달하기에 바빴고, 청년 무인들은 지나치게 흥분해서 각종 사고를 양산해 냈다.

그러니 이런 혼란의 원인 제공자인 제갈묘재는 아주 바빠야만 했다. 무거운 책임을 양어깨에 짊어지고서 한시 바삐 혼란스러운 상황을 해결하는 자세를 보여야 함이 옳았다.

'아함! 밖이 시끄러워진 걸 보니, 드디어 강남문파연합의 선진이 도착한 것인가? 에잉! 모용척, 그 늙은이는 나이도 지긋한 주제에 어찌 그렇게 성미가 급한 것인지……'

제갈묘재가 내심 하품과 함께 눈살을 찌푸려 보였다. 나이가 지긋해지며 얻은 취미 중 하나인 오수(午睡)를 망친 것이 마음에 들지 않았기 때문이다.

팔랑!

그래도 봉황선으로 얼굴을 가리는 건 잊지 않는다. 아랫것들 일 시킨 후 몰래 잠자다가 흘린 침을 들키지 않기 위해서다. 이런 일이 그동안 한두 번 벌어진 게 아니란 뜻이리라.

그때 제갈묘재의 예상대로 군사전 안으로 삼십 대 초반의 신태비범한 무사가 뛰어 들어왔다.

무림맹의 무력 부대 중 최강인 천룡신무대의 대주, 풍류쾌검객(風流快劍客) 제갈종호였다.

　슥!

　군사전에 들어서자마자 곧바로 제갈묘재 앞에 이른 제갈종호가 군례와 함께 말했다.

　"총군사님, 강남문파연합에서 선발대를 보내왔습니다."

　"누가 왔더냐?"

　"수검봉 모용경 소저 이하 삼백 명가량의 기마 무사대입니다."

　"수검봉 모용경? 그 아이가 데려온 기마 무사대라면 근래 혁혁하게 전공을 세우고 있다는 창천검무대겠구나! 모용척, 그 친구가 제법 신경을 써서 선발대를 보낸 게야."

　"숫자가 제법 많아서 무림맹의 빈청에 모두 들이긴 힘들 것 같은데, 어찌하면 되겠습니까?"

　"그야 연무장이 있지 않더냐? 그곳에 일반 병마들은 야영을 시키고, 모용경 그 아이에게는 무림맹 내의 전각 하나를 내주도록 하거라."

　"그렇게 하겠습니다."

　복명과 함께 다시 군례를 해 보이는 제갈종호에게 갑자기 은근한 표정으로 말했다.

　"제갈 대주, 자네 나이가 올해 몇이지?"

　"서른둘입니다."

"가정을 이루기엔 너무 늦은 나이이지 않은가? 웬만하면 이번 기회를 놓치지 말게나."

"……."

제갈종호가 낯을 가볍게 붉혔다. 사적으론 조부뻘인 제갈묘재가 한 말의 의미를 눈치챈 까닭이었다.

그렇다 해도 그는 본래 공사의 구분이 뚜렷한 사람이었다.

아무리 제갈묘재가 가문의 큰 어른이자 직속상관이라 하나 개인적인 일까지 충고를 듣고 싶진 않았다. 그런 게 싫어서 가문인 제갈세가를 떠나 무림맹에 적을 뒀을 정도로 말이다.

'게다가 나는 검이나 휘두르고 제멋대로 밖을 싸돌아다니는 뿔난 망아지 같은 계집은 질색이다! 자고로 계집이 사내한테 사랑을 받으려면 규방에서 낭군을 조신하게 기다려야 하는 법이니까!'

명문 무가 출신이었기 때문이었으리라.

제갈종호는 어려서부터 가문의 활달한 여인들에게 피곤을 느끼곤 했다. 그녀들이 사내인 자신과 대등하게 권리를 주장하고, 무용(武勇)을 다투려 하는 것에 진력이 난 상태였다. 아주 지긋지긋했다.

그래서 그는 무림맹에서 출세한 후 단 한 번도 강호 여협이나 무가 출신의 여인들과 사귄 적이 없었다. 그녀들을 고의적으로 멀리하며 항주의 기루를 전전하며 살았다. 적지 않은 나이임에도 여태까지 혼인하지 않은 건 바로 그 때문이었다.

그 같은 생각과 함께 제갈종호가 목례한 후 군사전을 빠져나왔다. 화살처럼 뒤통수로 꽂혀 오는 제갈묘재의 눈빛으로부터 얼른 벗어나고 싶었다.

잠시 후.

제갈종호는 벌린 입을 다물지 못하고 있었다.

창피하게도 침까지 살짝 흘렸다. 창천검무대의 대주 모용경과 만난 첫 대면 자리에서 그런 꼴이 되어 버렸다.

그의 별호에 자리 잡은 풍류!

절대 그냥 들어간 게 아니다. 그냥 붙여진 게 아니었다. 자타공인 그만큼 노는 데 일가견이 있는 사람이란 뜻이었다. 특히 주 무대는 기루와 유곽이었다. 여자들에 대해선 도가 텄다고 할 수 있었다.

그런데 그런 그가 넋이 빠졌다.

완전히 정신줄을 놓아 버리고 말았다.

그것도 평생 백안시(白眼視)해 왔던 강호 여협에게 말이다.

그러자 그런 제갈종호의 얼빠진 눈빛에 부담을 느낀 모용경이 살짝 아미를 찌푸려 보았다.

"제갈 대주님, 제 얼굴에 뭐라도 묻은 건가요?"

"뭐…… 헛! 아! 예!"

"정말 그런가요?"

모용경이 자신의 얼굴에 손을 가져다 댔다. 절정의 검객답게 곱고 섬세한 손가락이다.

제갈종호가 얼른 손사래를 쳤다.

"아닙니다! 모용 소저의 얼굴에는 전혀 문제가 없소이다! 아주 완벽합니다! 더할 나위가 없어요!"

"예?"

"헛!"

다시 당황해 소리를 지른 제갈종호가 안색을 딱딱하게 굳혔다.

그제야 정신이 돌아왔다. 또렷해져 왔다. 등줄기에서 주르륵 흘러내리는 식은땀을 확실하게 파악할 수 있을 만큼.

'으아! 이 무슨 추태란 말인가!'

뒤늦은 탄식이었다.

깨달음이었다.

제갈종호는 자신을 향해 쏟아지고 있는 창천검무대의 칼날 같은 살기에 더욱 안색을 굳혔다. 일시 도산검림에 빠진 것 같다. 아주 무서웠다.

그러나 그 역시 무림맹 제일 무투 부대의 책임자였다.

제갈세가가 자랑하는 신진 고수의 필두였다.

얼른 표정을 일신한 제갈종호가 얼른 사교적인 미소를 입가에 매달았다.

"하하, 이거 제가 모용 소저의 절세지용에 넋이 빠져서 잠시 헛소리를 지껄인 것 같소이다. 모용 소저께서 너그럽게 용서해 주시기 바라오."

"제갈 대주는 제 선배가 되세요. 작은 일로 용서를 구하실 필요는 없습니다. 단!"

"단?"

"저는 현재 강남문파연합을 대표해 무림맹에 온 창천검 무대의 대주입니다. 규방의 여인과는 위치나 상황이 다르니, 공적인 호칭으로 불러 주시는 게 마땅하다 생각합니다."

"아, 그러시다면야……."

제갈종호가 천천히 고개를 끄덕여 보이곤 완전한 본래의 자신을 되찾았다. 돌아왔다.

모용경의 선언!

그가 가장 싫어하는 여인의 모습이다.

아주 지긋지긋했다. 제아무리 뛰어난 미모를 지녔다 하나 머릿속이 차갑게 식는 건 어쩔 수 없었다. 여전히 뜨겁게 달아오른 가슴과는 달리 말이다.

'……그러고 보니 얼굴이나 몸매는 최상급이지만, 전혀 꾸민 티가 나지 않는군. 일반적인 무림세가의 여협들보다 훨씬 수수한 옷차림이야. 자신이 여인이 아니라고 주장하려

는 걸 테지?'

역시 이런 여인은 취향이 아니다.

필시 잠자리에서도 뻣뻣해서 재미가 없을 터였다.

잠깐 동안 눈앞의 모용경을 있는 대로 흠잡고 헐뜯어 급격히 그녀에게 쏠리는 마음에 제동을 건 제갈종호가 말했다.

"모용 대주, 그럼 날 따라오도록 하시오. 무림맹에 머무시는 동안 지낼 거처로 안내해 드리겠소."

"그거라면 괜찮습니다."

"예?"

"저는 부대원들과 함께 연무장에서 야영을 할 생각입니다. 따로 지낼 거처는 필요 없습니다."

"그건……."

"마침 무림맹에서 연무장을 내줬으니, 부대원들과 출정 때까지 훈련을 하며 보낼까 합니다. 창천검무대는 이곳에 놀러 온 게 아니니까요."

"우오!"

"우오오오!"

창천검무대가 모용경의 말에 맞춰 열화와 같은 함성을 터뜨렸다.

방금 전과 비슷하면서도 다른 군기(軍氣)의 발산!

갑자기 전투력이 수십 배가량 증폭된 것 같았다. 당장 어떤 대부대와 싸운다 해도 백전백승할 것 같은 기세였다. 완전히 기가 산 것 같은 모습들이다.

그때 부대주 적운이 그 같은 소란을 자제시킨 후 두 사람을 향해 다가들었다.

'고수!'

모용경의 예상을 월등히 뛰어넘는 미모 때문에 그의 존재를 거의 인식하지 못했던 제갈종호가 내심 긴장했다.

거진 밖으로 기운을 발산하지 않는 독특한 기도!

그러나 다가드는 걸음만으로도 알 수 있다.

흠잡을 데 없이 완벽한 보법. 언제든 검을 뽑을 수 있는 곳에 위치한 손. 미묘한 어깨의 움직임.

그 모든 것이 거대한 위협이 되어 제갈종호를 억눌렀다. 긴장시켰다.

반면 적운은 그에게 시선조차 던지지 않았다. 아예 관심이 없어 보였다.

"대주님, 제가 한 말씀 올려도 되겠습니까?"

"적 부대주, 말씀하세요."

"감사합니다."

모용경에게 살짝 고개를 숙여서 사의를 표한 적운이 말을 이었다.

"외람되나 대주님께서는 제갈 대주님의 말씀대로 거처를 따로 정하시는 게 좋을 것 같습니다."

"그건 어째서죠?"

"이곳은 무림맹입니다. 전장이 아니니 굳이 대주님께서 야전 때와 같이 생활하실 이유는 없지 않겠습니까?"

"그건 다른 부대원 역시 마찬가지예요."

"그럼 역시 대주님께서 부대원들과 함께하시려는 건 훈련 때문이 아니란 뜻이로군요?"

"그건……."

"그렇다면 더욱 저희들 때문에 고생을 자초하실 필요는 없다고 생각합니다. 모두 그렇지 않은가?"

적운의 높아진 목소리에 창천검무대 전원이 방금 전보다 훨씬 큰 목소리로 화답했다.

"부대주님의 말씀이 옳습니다!"

"대주님, 따로 거처를 정하십시오!"

"이런 곳에서 야영하시면 저희들이 불편합니다! 웃통을 벗고 돌아다니지도 못한다고요!"

"여기서 그런 말이 왜 나오냐!"

"우엑! 우엑!"

갑자기 왁자한 소리가 창천검무대 이곳저곳에서 터져 나왔다. 아주 자유롭고 활달한 목소리들이다. 방금 전 보였던 살기 어린 군기와는 완전히 딴판이다.

하지만 그러면서도 모두 대주 모용경에 대한 존중은 결코 잊지 않는다. 모두 그녀의 존엄을 인정하고 있었다. 자신들의 목숨을 기꺼이 내놓을 수 있는 대주로 말이다.

'좋은 부대로군! 가장 좋은 건 부대주고 말이야!'

조금 예리해진 눈빛으로 창천검무대와 적운을 살핀 제갈종호가 다시 모용경에게 권했다. 예상을 뛰어넘는 미모에 놀랐던 때나 여협에 대한 반감이 되살아난 때와는 또다시 달라진 정중한 표정으로 그리했다.

"모용 대주, 정말 좋은 수하들을 뒀구려. 같은 대주로써 부럽소이다. 어떻소? 이렇게까지 수하들의 요청을 받았으니, 못 이기는 척 받아들이는 게. 내 능력이 닿는 한 최고로 좋은 별채를 내 드리도록 하겠소."

"그건……."

잠시 말끝을 흐린 채 적운과 창천검무대을 바라본 모용경이 가벼운 한숨을 매달았다. 그들의 눈 속에서 강력한 무언의 압박을 느낀 까닭이다.

"……알겠어요. 제갈 대주님의 명에 따르도록 하죠."

"시원스러워 좋구려. 그럼 날 따라오도록 하시오."

"예."

대답과 함께 모용경이 적운에게 몇 가지 간단한 명령을 내리곤 그를 따라갔다. 적운에 대한 믿음으로 창천검무대를 완전히 맡긴 것이다.

*　　　*　　　*

밤.

지난 며칠에 걸쳐 너른 무림맹의 연무장 한편에 완성된 창천검무대의 진영.

그 한가운데에 만들어진 사령 막사에 누워 있던 적운이 문득 간이 침상에서 신형을 일으켜 세웠다.

어느새 완연한 초겨울이었다.

강남에서도 상당히 남쪽에 치우친 항주라곤 하나 부근에 전당강이 흐르고, 서호가 있어서 밤에는 꽤 기온이 내려갔다. 막사 밑에서 치솟아 오르는 한기가 뼛골까지 시리게 했다. 아마 무공을 익히지 못한 일반인이라면 하루만 이런 곳에서 잠들면 된통 몸살에 걸리고 말리라.

물론 적운이 간이 침상에서 일어난 건 그 때문은 아니다.

어느새 한서불침에 가까워진 몸이다.

정파에서도 가장 순후한 무당파의 내공은 한 차례 주천만으로 웬만한 추위쯤은 백 리 밖으로 달아나게 할 수 있었다. 막사 따위가 없는 풍찬노숙(風餐露宿)이라 해도 전혀 문제 될 게 없었다.

슥!

적운이 막사를 벗어났다.

그러자 부근의 전당강에서 불어오는 거센 바람이 기다렸다는 듯 옷깃으로 파고들었다. 모용세가를 출발하기 전 지

급받은 솜을 덧댄 무복을 미친 듯 펄럭이게 했다.

그리고 머리 위로 쏟아져 내리기 시작한 차가운 달빛!

동그랗지만 조금 찌그러져 있다. 아직 보름은 되지 않았음이 분명하다.

문득 적운의 입이 열리고, 더운 입김이 흘러나왔다.

"대주님이 이런 곳에서 야영하지 않게 돼서 다행이로군. 공기가 제법 차가우니 말이야……."

나직한 뇌까림의 끝에 매달린 건 담담한 미소다.

무당산을 내려오기 전엔 결코 느껴 본 적이 없었던, 근래 들어 점점 더 강해지고 있는 뜨거운 열정의 발현이었다. 그 자신조차 못 느끼는 새 반석처럼 단단해진 한 여인에 대한 일편단심이었다.

잠시뿐이었다.

곧 적운이 입가에 걸려 있던 미소를 지웠다.

눈빛 역시 차갑게 가라앉는다. 흡사 그의 머리 위에 떨어져 내리고 있는 달빛처럼 보는 이를 시리게 만든다.

그와 거의 동시였다.

슥!

가볍게 신형을 공중으로 띄워 올린 적운이 한 줄기 그림자로 변해 무림맹을 빠져나갔다. 지난 며칠간 파악한 무림맹 순찰조의 교체 시간의 허를 찌른 것이다.

잠시 후.

무림맹을 빠져나온 적운이 도착한 장소는 항주 시내에서 얼마 떨어지지 않은 뇌봉탑(雷峯塔)이었다.

어둠 속에 치솟아 있는 거대한 탑.

그 입구 쪽에는 이미 선객이 있었다.

평범한 청색 장포 차림인 두 명. 장사치처럼 등에 커다란 등짐을 짊어진 그들을 적운은 한눈에 알아봤다. 평생을 함께해 왔던 사형제들이었기 때문이다.

"두 분 사형에게 적운이 인사드리겠습니다!"

두 장년인 중 온화한 표정을 한 적도가 미미하게 고개를 끄덕여 보였다.

"내가 남긴 표식을 다행히 발견했군. 무림맹을 빠져나오기 힘들었을 텐데, 혹시 어려움은 없었는가?"

"다행히 큰 어려움은 없었습니다."

"그건 다행이로군. 하긴 적운 사제는 후일 진무각을 이어받을 인재이니 어련히 알아서 일을 잘 처리했을 것일세. 그렇지 않은가? 적일?"

평범한 외양과 달리 눈빛이 칼날같이 날카로운 적일이 냉정하게 대답했다.

"저는 적도 사형만큼 적운 사제에 대해 모릅니다."

"하하, 사람도 참! 진무각을 떠난 후에도 그 딱딱한 태도는 정말 변하질 않는군."

"천성이 그러니 용서하십시오."

"되었네."

적일에게 가볍게 손을 흔들어 보인 적도가 적운에게 시선을 던졌다. 목소리가 은근해졌다.

"적운 사제, 한 달 전 붕천도(崩天道)가 있었다네."

"무량수불!"

적운의 저도 모르게 도호를 터뜨리며 안색을 살짝 굳었다.

그가 오늘 무림맹을 빠져나온 건 항주에 도착한 후 발견한 무당파의 비밀 표식 때문이었다. 사부 신산자의 밀명을 받고 무당파를 떠난 후 몇 번 없었던 접선을 위해 오늘 어렵사리 시간을 낸 것이었다.

하지만 붕천도라니!

무당파의 하늘이 바뀌는 일이 벌어졌다니!

당황한 심사를 억지로 가라앉힌 적운이 조심스레 말했다.

"적도 사형, 차대 장문인은 어떤 분께서 맡으셨습니까?"

"그야 적운 사제의 영사이신 신산진인께서 맡으시는 게 당연하지 않겠는가? 그리고 곧 장문진인께서 직접 이곳 무림맹에 오실 것일세. 천하 도가(道家), 도문(道門), 도맥(道脈)의 영수인 무당파의 신임 장문인이 되신 것을 알리기 위해서 말일세."

"하지만 여전히 본파는 동창의 감시하에 있는데 어

찌…….”

“나도 그 점은 좀 걱정되나 장문진인께서는 적운 사제도 알다시피 신기묘산(神機妙算)하신 분이시네. 그분께서 아무런 방도도 마련하지 않고 일을 벌이시겠는가?”

“……그야 그렇습니다만.”

“그래서 말인데, 그동안 적운 사제가 알아낸 강남문파연합에 관한 정보를 내게 넘겨주게나. 사안이 중요해 전서구를 이용하지 않고 나와 적일 사제가 함께 왔다네.”

“…….”

적운이 잠시 침묵한 채 적도를 바라봤다.

그의 요구는 정당했다. 항거하거나 거부할 이유는 없었다.

그런데 이 저항감은 무언가!

가슴속 깊숙한 곳에서 일어난 이질적인 반감에 적운은 크게 당황스러워졌다. 어째서 오랫동안 함께해 왔던 사형제의 정당한 요구에 이런 심사가 되었는지 이해가 가지 않았다.

아니다.

그는 오히려 직감적으로 깨달았을 뿐이다.

지금 이 순간을 기점으로 오랫동안 연심을 품어 왔던 모용경과는 끝이라는 걸. 그녀의 믿음을 배신하고, 그녀의 가문을 배신하고, 결국은 그녀에게 칼을 겨누게 될 것이란 걸.

하지만 그에겐 거부할 권리가 없었다.

사부 신산자!

이젠 존엄한 무당파의 장문진인이 된 은사에게 받은 측량할 수 없는 은혜를 배신할 수 없었다. 사랑에 눈에 멀어 사문을 배신하는 소인배가 될 수는 없었다. 그렇게 생각했다.

'대주…… 용서하시오! 나는 이것밖엔 되지 못하는 인물이오! 이게 내 한계라오!'

내심 모용경을 향한 격정을 토로한 적운이 결국 눈을 감았다.

여전히 차갑고 환한 달빛!

그러나 무림맹을 떠날 때와는 달리 이젠 그를 비추지 않고 있었다. 뇌봉탑의 커다란 그림자 속에 파묻혀 있는 그를 냉정하게 외면해 버린 것이다.

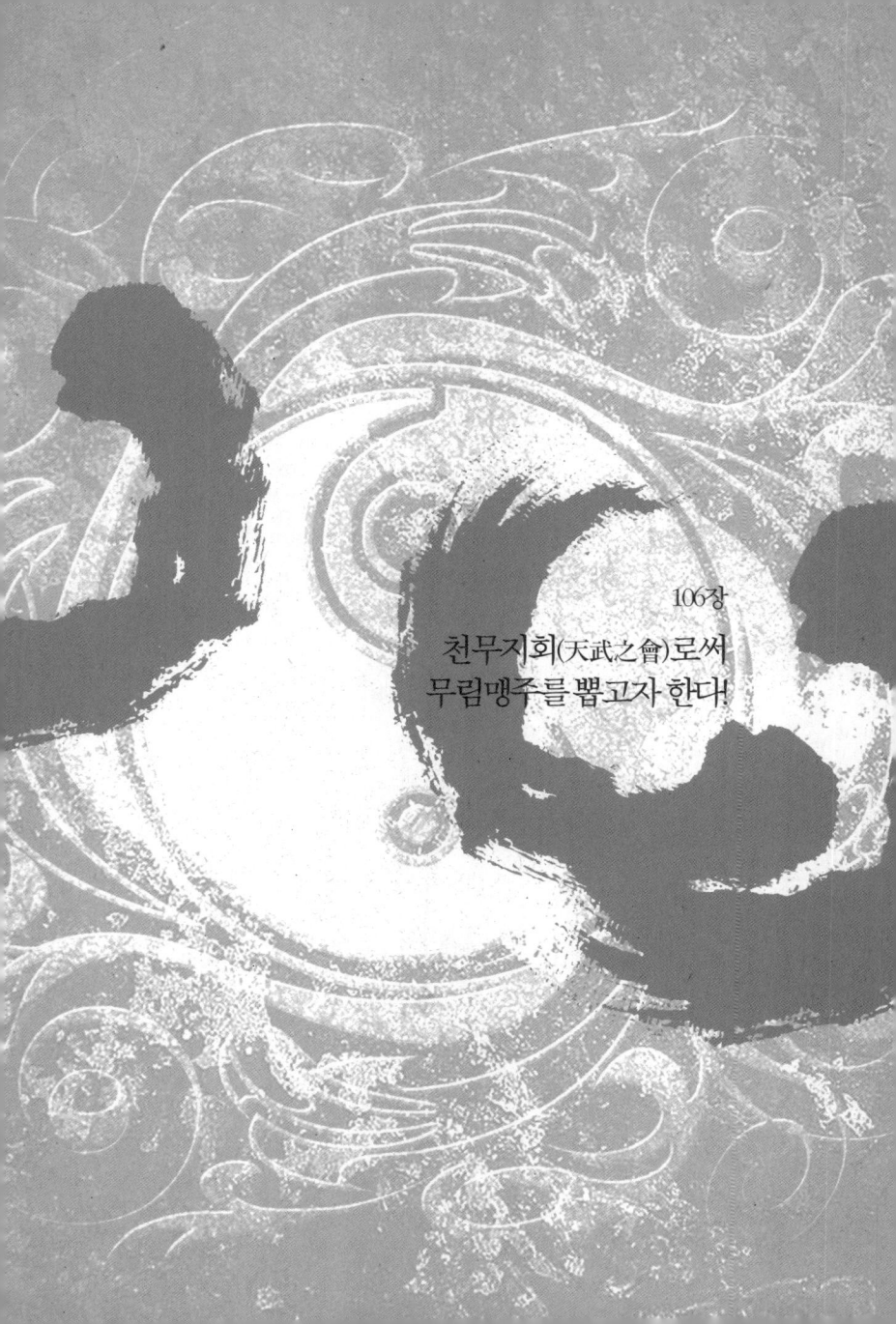

106장
천무지회(天武之會)로써
무림맹주를 뽑고자 한다!

서자각.

서호의 다른 이름인 서자호를 빗댄 전각은 꽤나 운치 있고 아름다운 별채였다. 본래는 무림맹을 찾은 각 대문파의 문주나 장로 이상 되는 사람에게나 배정되는 장소이나 현재는 창천검무대주 모용경의 처소였다.

당연히 모종의 내부 권력과 입김이 작용한 결과!

그림같이 아름다운 서자호 앞의 인공 가산을 돌아서 제갈종호가 빠른 걸음으로 다가왔다. 평상시와 다름없는 무복 차림이나 그를 조금이라도 아는 자라면 꽤 신경을 썼다는 걸 알 수 있을 터였다.

빳빳하게 풀을 먹여서 각을 잡은 옷차림.

신발 역시 검은색 가죽을 정교하게 덧대어 만들어진 명품.

매년 정기적으로 행해지는 천룡신무대의 사열에나 어울릴 법한 모습이었다. 무림맹 무사들에 대해 제법 잘 아는 항주 기녀들에겐 무척 잘 먹히던 차림새이기도 했다.

이유는 자명하다.

그는 오랜만에 크게 흥분해 있었다. 마음이 잔뜩 고양되어 얼굴에 기름기까지 번질거렸다. 수일 전 모용경을 만난 후 줄곧 제대로 잠을 이루지 못한 끝에 벌어진 변화였다.

풍류를 즐기며 자유롭게 살아가던 영혼!

이제 다 옛 얘기가 되었다.

연풍(戀風)이 불어왔다. 불시에 폭풍같이 밀어닥쳐서 완전히 무장해제를 시켜 버렸다.

'그래, 생각해 보면 총군사님의 제안도 그리 나쁠 것은 없어. 그만한 미인이 흔한 건 아니잖아? 빨리 애를 갖게 한 후에 규방에 들어앉히면 되는 거야!'

제멋대로의 결정이다.

그렇게 자신의 신념과 타협을 본 후 제갈종호는 조금 더 걸음을 빨리 했다. 한시라도 빨리 모용경을 보고 싶었기 때문이다. 사실 그동안 가졌던 신념 따위는 흔적조차 없이 사라진 지 오래였다.

한데, 그가 막 서자각 앞에 도착했을 때였다.

휘익!

귀를 때리는 날카로운 소성과 함께 강맹한 기운이 깃든 돌멩이가 날아들었다.

빠르고 정확하다.

확실하게 제갈종호의 머리통을 노리고 있었다. 순식간에 박살 내 버리려 했다.

그러나 제갈종호는 무림맹 내에서도 손꼽히는 고수다.

제아무리 마음이 한껏 들떠 있다곤 하나 이런 종류의 암습에 속수무책으로 당할 사람이 아니다.

흔들.

일순 그의 상반신이 미묘한 움직임을 보였다. 돌멩이의 기습을 어렵지 않게 피해 낸 것이다.

물론 그것만으로 끝일 리 없다.

투탁!

이어 그의 신형이 기묘한 잔상을 보이더니, 발끝을 이용해 돌멩이를 공중으로 차 올렸다. 아니다. 연속적으로 타격을 가했다. 위로 차올렸다가 기력을 담아서 방향을 바꿔버렸다.

쉬악!

요란한 굉음과 함께 돌멩이가 날아갔다.

날아왔던 장소를 향해 처음보다 두 배 빠르고, 두 배 강한 기력을 담은 채 쏘아져 갔다.

그러자 기다렸다는 듯 튀어나온 비명성!

"우왓!"

서자각으로 향하는 낮은 담 위에서 한 명의 단발 여인이 황급히 뛰어내렸다.

단말마에 가까운 비명과 달리 극히 안정된 신법이다.

그렇게 제갈종호의 앞에 모습을 드러냈다.

'어? 꽤 귀엽잖아? 그런데 은발……'

제갈종호가 내심 단발 여인의 예사롭지 않은 미모에 눈을 빛내다 무언가 깨달은 표정이 되었다.

은연중 암경을 담아 되돌려 보낸 돌멩이를 어렵지 않게 피해 낸 무공 실력과 빼어난 미모, 강호에서 보기 드문 은 발…….

굳이 길게 생각할 것도 없다.

"하하, 모용세가에는 강남을 진동시키는 세 명의 미녀가 있다고 하더니, 과연 명불허전인 듯싶소이다."

"아! 또 입에 발린 소리를 들어 버렸다!"

"입에 발린 소리?"

"강남을 진동시키는 미녀는 아경 언니하고 아리를 말하는 거지 타고난 선머슴인 나 모용유는 해당하지 않는다는 뜻이 에요."

"그런……."

제갈종호가 쓴웃음과 함께 말끝을 흐리곤, 모용유에게 정중하게 포권해 보였다.

"천룡신무대의 제갈종호가 모용가의 아름다운 둘째 소저를 뵙겠소이다."

"아, 또 그런다!"

"어쩔 수 없소이다. 제갈 모는 결코 허언을 할 수 없는 사람이니 말이오."

"쳇! 풍류쾌검객이라더니, 정말 말은 그럴듯하게 잘 하니요. 뭐, 그런 점에서 좀 쓸모가 있으려나?"

"예?"

"아니에요. 뒤의 말은 혼잣말이니까 신경 쓸 필요 없어요. 근데……."

모용유가 갑자기 말끝을 흐리고 제갈종호를 요리조리 살피더니 갑자기 가까이 다가들었다. 처음 봤을 때와 같이 경쾌하고 안정된 신법이다.

"……제법 잘생겼네요?"

"하하, 그건 고마운 말이로구려."

"와! 뻔뻔스럽기까지!"

"……."

제갈종호가 입을 다물었다.

어디서 튀어나왔는지 이해가 가지 않는 모용유의 종잡을 수 없는 말 공격에 일시 대응할 방도를 찾기 어려웠다. 그가 싫어하는 무림세가의 여협들 중에서도 처음 보는 종류의 여인이었다. 쉽사리 어떤 반응을 보이기가 어려웠다.

그러자 모용유의 얼굴에 가벼운 실망감이 어렸다.

'역시 물에 빠지면 입만 둥둥 뜰 만한 소진엽 자식에 비견할 만한 사람을 찾긴 어려운건가? 망할! 그러게 아경 언니는 적 부대주 같이 성실한 사람을 놔두고, 어쩌자고 그런 거지발싸개 같은 새끼를 마음에 둬서 상사병이 난 거냐구!'

모용경은 사천에서 복귀한 후 상사병이 단단히 들었다. 겉으로 내색은 하지 않으나 갈수록 마음의 병이 깊어 가고 있었다. 그녀 자신의 삶의 목적이나 다름없던 연무마저 점차 등한시할 정도였다.

그걸 모용유는 대번에 눈치챘다.

당황스러움과 복잡한 심경에 어찌할 바를 몰랐다.

은연중 모용경과 그녀에게 헌신하는 부대주 적운이 정말잘 어울린다고 여겨 온 때문이었다.

그래서 그녀는 몰래 창천검무대에 속해 무림맹에 왔다.

일반 부대원으로 변장해 무림맹에 온 후에 줄곧 모용경 주변을 맴돌며 그녀에게 해 줄 수 있는 일을 탐색했다. 모색했다.

그러다 눈에 들어온 게 바로 눈앞의 제갈종호였다.

무림맹 제일의 풍류남아!

잘생긴 외모, 훌륭한 뒷배경, 빼어난 무공 실력, 천룡신무대주라는 직책까지 갖춘 완벽남이었다. 모용경을 소진엽에 대한 상사병에서 벗어나게 하는데 이용하기에는 최고의 적임자란 생각이 들었다.

즉, 그녀가 방금 전 처음 보는 제갈종호를 이런 식으로 몰아붙인 건 일종의 시험이었다. 소진엽처럼 자신과 말싸움을 해서 절대 밀리지 않는 입심과 뻔뻔함이 그에게 있는지 확인하고자 함이었다.

결과는 썩 만족스럽지 못했다.

확실할 정도로 소진엽과 제갈종호는 차이가 있었다. 입심은 한참이나 모자라고, 뻔뻔함 역시 수준 미달이었다. 무동은 더 말할 것도 없고 말이다.

하지만 그래도 입가에 깃든 능글맞은 미소와 얼굴 전체를 번질거리게 하는 기름기는 좀 마음에 들었다. 다소나마 소진엽과 닮은 것도 같았고, 쉽사리 모용경에 대한 공략을 포기할 만큼 순진해 보이지도 않았기 때문이다.

'그러니 일단은 이 사람으로 밀어붙여 볼까? 그래야 그 답답한 적 부대주도 아경 언니한테 조금 더 적극적으로 움직이게 될 테니까…….'

짝!

한 차례 손뼉을 치는 것으로 마음의 결정을 내린 모용유가 제갈종호에게 머리를 불쑥 내밀며 말했다.

"우리 언니를 좋아하시는 거죠?"

"그게 무슨……."

"싫다는 건가요?"

"……그런 말은 하지 않았소!"

"좋아요! 그래야 사내대장부죠! 제가 지금부터 확실하게 밀어 줄 테니까 잘해 보세요!"

"그 말 믿어도 되겠소?"

"믿으세요! 그리고 오늘은 좀 늦으셨네요. 아경 언니는 지금 출타 중이에요."

"연무장에 간 것이오? 하지만 이곳에 오기 전에 내가 미리 들렀었는데……."

"군사전에 갔어요. 할아버님께서 오늘 중으로 도착하실 예정이시거든요."

"……아하!"

제갈종호가 나직한 탄성과 함께 눈을 번뜩였다. 문득 제갈묘재가 넌지시 건넸던 말이 뇌리를 스친 까닭이었다.

'하하, 잘하면 일이 생각 외로 쉽게 풀릴 수도 있겠구나! 강력한 우군도 생겼고 말이야!'

수일 전 제갈묘재 앞에서 보였던 태도와는 극도로 상반된 심사가 된 제갈종호가 내심 미소 지어 보였다. 모용경과 적운을 이어 주기 위한 희생양으로 그를 점찍은 모용유의 속셈을 까맣게 모른 채 바보같이 좋아하고 있었다.

한껏 고양된 제갈종호와 헤어진 모용유가 연무장 한켠에
자리 잡은 창천검무대 막사로 돌아왔을 때였다.

"안행진(雁行陣) 전개!"

"우와아아아앗!"

"사방진(四方陣) 방어!"

"우와아아아앗!"

"차륜진(車輪陣) 공세!"

"우와아아아앗!"

평상시처럼 몇 개 조로 나뉜 채 창천검무대는 진형전술훈
련에 전념하고 있었다. 이곳이 한때 강남문파연합과 거북한
관계였던 무림맹의 중심임에도 전혀 개의치 않았다.

당연히 그 중심에는 부대주 적운이 있었다.

대주 모용경이 부재한 상태임에도 한 치의 흔들림 없이
창천검무대를 지휘하고 있었다. 마치 자신의 수족과도 같이
몇 개나 되는 진형을 진두지휘해 냈다.

모용유가 멀리서 그 모습을 확인하곤 입술을 삐죽 내밀어
보였다.

'쳇! 저런 자신 있는 모습을 아경 언니 앞에서도 좀 보여
주면 좀 좋아! 응?'

내심 혀를 차던 그녀의 눈에 이채가 어렸다. 창천검무대

의 중심에서 훈련을 진두지휘하던 적운을 향해 다가드는 몇 명의 도사들을 발견한 까닭이었다.

이런 도사들은 과거 몇 번 본 적이 있다.

무당파의 칠성검수들이 적운을 찾아왔을 때 말이다.

하나 이번에는 좀 상황이 달랐다. 그들을 맞은 적운이 안색을 굳히더니, 창천검무대의 훈련을 중단시켰기 때문이다.

'적 부대주는 어떤 일이 있어도 창천검무대의 훈련을 중간에 중단시킨 적이 없는데…… 도대체 무슨 일이 벌어진 거람?'

모용유가 아미를 찡그려 보였다.

창천검무대에 속해 훈련을 한 탓에 그녀는 적운에 대해 잘 알고 있었다. 그의 충직하고, 강직하며, 답답할 정도의 원칙 주의를 익히 알고 있었다.

그래서 이런 훈련 중단이 극히 드문 일이란 걸 알았다.

사실 그녀가 기억하기로 처음 있는 일이었다.

슥!

그 같은 생각과 함께 모용유가 신형을 날렸다. 한 떼의 도사들과 함께 창천검무대를 떠나가는 적운의 뒤를 쫓기 위함이었다. 그녀의 야성적인 본능이 그런 명령을 내렸다.

하지만 적운을 쫓아서 연무장을 벗어난 지 얼마 되지 않아 모용유는 신형을 멈춰 세워야만 했다.

그녀 자신의 의지 때문은 아니었다.

스슥! 슥!

느닷없이 그녀 앞을 가로막아 선 두 명의 도사가 각기 도호와 함께 부드럽지만 강한 압력을 가해 왔다.

"무량수불!"

"무량수불!"

모용유의 두 볼이 크게 부풀어 올랐다. 아미 역시 거칠게 치켜 올라가 있다.

"뭐죠?"

두 도사 중 순후한 표정에 삼십 대 중반가량 되어 보이는 자가 말했다.

"빈도의 도명은 적상. 무당파의 일대제자올시다."

"그래서요?"

"사존의 명에 따라서 잠시 소저를 모실까 하니, 미리 사죄를 올리겠소이다."

"푸핫!"

모용유가 배를 잡고 웃음을 터뜨렸다. 그렇게 순후한 적상을 당황하게 만들었다.

그러자 곁에 있던 삼십 대 초반에 깐깐하고 창백한 인상의 적영이 경호성을 발했다.

"적상 사형, 조심하십시오!"

모용유는 발랄하게 외쳤다.

"이미 늦었다구!"

앞으로 숙여져 있던 그녀의 신형이 갑자기 회전을 일으키며 적상의 머리를 찍어 갔다.

반달 모양의 회전!

와선각의 절초인 반월삼연각(半月三連脚)이다.

그렇게 순간적으로 세 개나 되는 각영(脚影)으로 적상을 공격했다. 그의 안면을 뭉개 버리려 했다.

그러나 적상과 적영은 모두 진무각에서 만 번의 고련을 마친 칠성검수들이었다. 비록 젊은 나이이긴 하나 무당파의 당당한 고수들이라 할 수 있었다.

흠칫!

갑작스런 모용유의 기습에 놀라긴 했으나 적상은 곧바로 반격에 나섰다.

면장(綿掌).

눈에 보이지 않는 대기의 무수한 선을 따라 움직인 적상의 수장이 부드럽고 끈끈한 기운을 발했다. 그의 몸을 중심으로 약 일 장가량의 공간을 자신만의 색으로 물들인 것이다.

"엇!"

덕분에 모용유의 반월삼연각은 헛된 몸부림이 되고 말았다.

날카로운 각영이 모두 적상의 몸 주변을 스쳐 갔을 뿐, 어떤 위해도 가할 수 없었다.

물론 그렇게 끝낼 모용유가 아니다.

헛되이 힘만 쓰고 바닥에 떨어져 내린 그녀가 천유낙성권으로 적상을 공격했다. 그의 몸을 수십 차례에 걸쳐서 타격해 들어갔다.

그러나 다시 그의 면장이 펼쳐졌다.

그녀의 천유낙성권을 모조리 막아 내고, 거미줄과 같이 부드럽고 끈적끈적한 공력으로 휘감아 버렸다. 공격하면 할수록 몸이 무거워지고 내력이 고갈되어 스스로 멈추게끔 만들어 버린 것이다.

─이일대로(以逸待勞) 이정제동(以靜制動)의 묘!

"허억! 헉!"

당장 숨이 끊어질 듯 헐떡이면서도 공격을 포기하지 않으려는 모용유에게 적상이 난처한 표정으로 말했다.

"무량수불! 모용 소저, 빈도가 잘못했으니 이만 공격을 멈춰 주시오!"

"헉! 헉! 그럼 얼른 길을 여세요!"

"그건 곤란합니다."

"헉! 헉! 헉! 그, 그럼 잔소리 말고 다시 백초만 싸워 봐요!"

"하지만 그렇게 되면……."

더욱 난처한 표정이 된 적상이 말끝을 흐리자 보다 못한 적영이 끼어들었다. 그는 우유부단한 적상보다는 조금 단단한 인물이었다.

"모용 소저, 적상 사형이 계속 손속에 사정을 두고 있다는 걸 모르시는 것이오? 부족함을 알았으면 마땅히 물러나는 것이 군자의 도리일 것이오!"

"혁! 혁! 나는 군자가 아니라 숙녀예욧!"

"헛!"

본래 싸우는 시어미보다 말리는 시누이가 밉다고 했다.

가뜩이나 평생 처음 접하는 적상의 면장에 막혀서 짜증이 폭발 직전이었던 모용유가 적영에게 신형을 날려 갔다. 자신의 전신을 제압하고 있던 적상의 면장 공력을 무시하고 무작정 그에게 달려든 것이다.

덕분에 적상은 대경실색하고 말았다.

그는 본래 덕이 높은 도사다.

어찌 모용유같이 꽃다운 처녀를 다치게 할 수 있겠는가.

그가 얼른 면장 공력을 거둬들였고, 그사이 모용유는 신형을 물 찬 제비처럼 빼냈다.

놀랍게도 적영 쪽이 아니다.

적상과 적영의 중간 지점을 솜씨 좋게 파고들었다. 적상이 면장 공력을 물리는 것까지를 예측하고 승부수를 던진 것이리라.

그러나 그 순간, 적영이 신형을 날렸다.

번뜩!

기쾌한 장영과 함께 강렬한 내가중수법이 모용유의 전신을 압박해 왔다.

면장과는 완전히 다른 칠성장법(七星掌法)!

무당파 장법 중에서도 손꼽힐 만큼 맹렬한 수법에 모용유는 다시 가로막히고 말았다. 어떤 반항조차 보이지 못하고 주르륵 뒤로 밀려났다.

"커헉!"

"무량수불! 모용 소저는 얼른 내력을 회수하고 운기조식에 들어가시오!"

"이, 이 개 같은 말코녀석들이……!"

"……."

이를 갈면서 모용유가 다시 천유낙성권을 펼치려 했다. 죽는 한이 있어도 절대 패배를 용납하지 않는 모용세가 특유의 기질이 폭발한 것이다.

그러나 그 순간, 그녀가 헉 소리와 함께 바닥에 주저앉았다.

퍼퍽! 퍼퍼퍽!

그리고 뒤이어 멀리서 날아와 그녀의 전신 혈도를 타혈하는 무형의 기운!

일시 입을 크게 벌렸던 모용유가 곧 가부좌를 틀고 앉아 운기조식에 들어갔다. 갑자기 격분한 그녀를 멀리서 제압한 후 역류하는 기혈을 바로잡는 격공타혈(隔空打穴)을 한 기운이 모용세가의 성혼구양호심공임을 눈치챈 까닭이었다.

이야말로 세인들을 경동케 할 만한 신공절학!

적상과 적영이 뒤늦게 모용유에게 벌어진 상황을 눈치채고 연달아 도호를 터뜨렸다.

"무량수불!"

"무량수불!"

그때 무려 수십 장을 격하고 격공타혈을 발휘해 손녀 모용유가 주화입마에 빠지는 걸 방비한 검왕 모용척이 하늘을 날아왔다. 모용세가의 성광비천신법의 극한인 성광비천비행을 펼쳐서 수십 장이란 공간을 단숨에 가로지른 것이다.

파라라락!

그 속도가 얼마나 빨랐던지 푸른색 장포가 미친 듯 펄럭거린다. 흡사 거대한 폭풍에 휘말려든 것 같다. 보는 이로 하여금 그런 착각을 강요한다.

아니다.

실제로 바닥에 떨어져 내린 모용척의 전신에서는 폭풍과 같은 기경이 넘실거리고 있었다. 일시 천하를 모조리 휩쓸어 버릴 정도의 무형지기가 주변의 대기를 일그러뜨릴 만큼 광포하게 괴롭혀 댔다.

적상과 적영의 안색이 검게 변했다. 도호를 내뱉었던 입에서 억눌린 신음이 흘러나온다.

"큭!"

"헉!"

그러나 곧 두 도사는 침착한 기색을 회복했다. 얼른 무당
파의 호심공을 일으켜 모용척의 무형지기에 대항하기 시작
한 것이다.

꿈틀.

모용척의 하얀 검미가 치켜 올라갔다.

그는 정파를 대표하는 십이세 중 손꼽히는 절대고수이자
강남문파연합의 무존이었다. 그야말로 현 정파의 가장 큰
어른 같은 위치라 할 수 있었다.

하물며 현재는 무형지기를 상당히 높게 끌어 올린 터!

이제 삼십 대에 불과한 눈앞의 도사들이 이렇게 저항할
수 있다는 사실이 상당히 불쾌했다. 과거 소진엽을 처음 만
났을 때와 비슷할 정도로 짜증이 치솟았다.

하나 그는 무림의 거인이었다.

곧 그는 눈앞의 도사들이 일으킨 내공이 근래 무림에서
거진 찾아볼 수 없었던 무당파의 것임을 눈치챘다. 그것드
소진엽과 달리 완전무결한 정통심법이었다.

'흥! 그렇다면 이들이 내 성혼구양호심강기에 저항하는
수법은 필시 무당파 특유의 이화접목이나 사량발천근이렸
다!'

내심 차가운 코웃음을 터뜨린 모용척이 일순 무형지기의 기운을 달리했다. 맹렬하게 쏟아 내던 기운을 일순 와선 모양으로 회전시켜서 적상과 적영의 전신을 휘어 감았다. 그들이 서로를 의지한 채 융통케 하고 있던 기운의 흐름을 완전히 끊어 버린 것이다.

"무, 무량수불!"

"큭! 무, 무량수불!"

결과는 곧바로 드러났다.

용케 모용척의 무형지기를 버티고 있던 두 도사가 다급한 도호와 함께 전신을 떨어 댔다. 퇴로가 막힌 채 노도처럼 밀어닥친 광포한 역도에 완전히 제압당해 버리고 말았다.

모용척이 비꼬듯 말했다.

"두 사람은 얼른 내력을 회수하고 운기조식에 들어가시게나! 부족함을 알았으면 마땅히 물러나는 것이 군자의 도리라 하지 않던가?"

"……."

"……."

방금 전 모용유에게 했던 권고를 그대로 돌려받은 두 도사가 창백해진 안색을 한 채 입을 닫았다. 이미 완벽하게 제압당한 터라 반박의 말조차 내뱉을 수 없었다. 그냥 현 상황을 버텨 내는 것만도 버거웠다.

그러자 모용척은 내심 감탄했다.

완벽하게 제압당한 상태에서도 전혀 굴함이 없는 두 도사에게서 정파 무림의 태산북두인 무당파의 저력을 여지없이 느낄 수 있었기 때문이다.

그때 멀리서 적운과 몇 명의 도사가 다시 모습을 드러냈다.

적운을 포함한 오 인.

그들이 바람같이 신형을 날려서 모용척에게 제압당한 두 도사에게 다가들었다.

위위구조라도 하려는 것인가?

그렇지 않았다. 전혀 다른 상황 전개가 벌어졌다. 최선두의 적운이 낭랑한 목소리로 소리친 것과 함께 말이다.

"칠성검진(七星劍陣) 개진!"

모용척의 노안에 이채가 스쳐 갔다.

'칠성검진?'

그가 이 유명한 절진의 명성을 듣지 못했을 리 없다. 소림사의 십팔나한진과 더불어 정파를 대표하는 절진이니까.

하지만 곧 그의 입가에 오만한 미소가 떠올랐다. 칠성검진을 펼쳐서 자신을 상대하겠다는 적운의 의도에 자존심이 상했다. 화가 났다.

한데 그때 놀라운 일이 벌어졌다.

스스슥!

유운신법을 펼쳐 홀로 모용척에게 파고든 적운의 검이 기

묘한 원을 그려서 적상과 적영의 제압을 풀어 버렸다. 태극
혜검의 원원도도를 이용해 모용척의 무형지기를 잘라 버린
것이었다.

그리고 뒤이어 펼쳐진 일곱 별 모양의 진형!

그 중심 별이 된 적운이 검을 늘어뜨린 채 모용척에게 말
했다.

"무당파 일대제자 적운이 강남문파연합의 무존 검왕 노
선배에게 인사를 올리겠습니다."

모용척의 눈에 신광이 어렸다.

일검에 자신의 무형지기를 잘라 낸 적운의 검법에 살짝
놀랐으나 표정의 변화는 크지 않다.

"무당파의 일대제자라 자신을 자칭하는 건 본 연합과 지
금 이 순간부터 선을 긋겠다는 뜻인 거겠지?"

적운의 안색이 살짝 어두워졌으나 곧 자신의 뜻을 분명히
했다.

"그렇습니다."

"좋아! 그럼 나도 지금부터 손속에 사정을 두지 않도록
하지! 무당파의 칠성검진이라고 했던가? 어디 한번 노부를
마음껏 상대해 보도록 하게!"

"어찌 감히 후배 된 처지로 검왕 노선배님께 제가 무례를
범할 수 있겠습니까? 방금 전에는 사형제들이 화급을 다투
는 상황이었기에 어쩔 수 없이 죄를 범했을 뿐입니다."

"허허, 여태 이렇게 말을 잘하는 줄은 몰랐었군. 하지만 노부는 이번 일을 그대로 묵과할 생각이 없네. 지금 당장 노부에게 덤벼들 생각이 없다면 당장 영사(令師)를 불러 오는 게 좋을 걸세!"

"그렇지 않아도 본파의 장문진인께서 이미 군사전에서 제갈 총군사님과 함께 검왕 노선배님을 기다리고 계십니다."

"뭐라?"

모용척의 안색이 변했다.

여태까지의 태연함을 잃고 의혹과 분노가 빠르게 교차했다. 더럭 총군사 제갈묘재에 대한 의심이 뇌리를 스친 까닭이었다.

오랜 앙숙지간!

근래 힘을 합치기로 했으나 아직 반석(盤石)은 아닐 터였다.

*   *   *

군사전.

정오를 잠깐 넘긴 사이 정파 무림을 대표하는 거인들이 속속 들어간 이곳 주변 분위기는 그야말로 어수선함 그 자체였다.

진무각 최강이라 할 수 있는 십여 명의 칠성검수와 함께

하고 있는 적운과 강남문파연합의 고수들과 함께하고 있는 모용경, 천룡신무대를 이끌고 온 제갈종호 등…….

각기 다른 목적과 의도로 모인 세 세력은 경계심을 풀지 않고서 서로를 노려보고 있었다. 같은 정파인들이었으나 대적을 만난 것이나 다름없는 모습들이었다.

물론 조금 다른 반응을 보이는 자도 있었다.

쪼르르……!

조부 모용척의 도움으로 주화입마의 위기에서 벗어난 모용유가 모용경에게 달려갔다. 궁금한 점이 너무 많아서 그냥 얌전히 입을 봉하고 있을 순 없었다.

"아경 언니, 이게 도대체 어찌된 일이에요? 어째서 적 부대주가 저기 말코 도사들하고 있는 건데요?"

"조용히 있거라."

"뭘 조용히 해요! 방금 전에 저기 있는 말코 도사들한테 얻어맞아서 죽을 뻔했단 말이에요!"

"그런 일이 있었느냐?"

"그래요! 마침 할아버님께서 도와주시지 않았으면 나는 지금쯤 한을 품고 죽은 처녀 귀신이 되었을지도 모른다고요!"

"……."

모용경이 청려한 아미를 가볍게 찌푸려 보였다.

그녀 역시 갑작스런 무당파와 조부 모용척의 무림맹 방문으로 촉발된 현 상황을 완전히 파악하진 못한 상태였다. 제갈묘재의 부름을 받고 군사전에 들러서 몇 가지 환담을 나누다가 신산진인의 등장으로 인해 자의 반 타의 반으로 쫓겨났기 때문이다.

그래서 그녀도 적운의 갑작스런 태도 변화에 대해 모용유에게 해 줄 말이 없었다. 그가 소진엽과 마찬가지로 무당파 출신이란 건 알았으나 진짜 신분은 오늘에서야 알았다. 신산진인을 따라 무림맹에 온 무당 도사들과 함께하고 있는 그를 그냥 말없이 바라볼 뿐이었다.

그렇게 침묵하는 모용경의 모습이 짜증 났으리라!

갑자기 강하게 발로 바닥을 굴러 보인 모용유가 모용경을 떠나 적운에게 달려갔다. 장본인인 그와 직접 대화하는 거 빠르겠다는 판단을 내린 것이다.

"적 부대주님! 나 좀 봐요!"

적운이 굳은 표정이 되었다.

"모용 둘째 소저…… 지금은 곤란합니다."

"지금은 곤란하다는 건 다음에는 괜찮다는 건가요?"

"그건……."

적운이 말끝을 흐리며 멀리 떨어져 서 있는 모용경을 우울하게 바라봤다.

한달음에 다가갈 수 있을 듯한 거리!

그러나 지금 그에겐 영원히 좁힐 수 없을 듯 멀어 보인다.

그런 생각에 가슴 한구석에 격통이 일었다.

그러자 모용유가 다시 발을 굴렀다.

"아! 진짜 짜증 나서 못 보겠네! 다 큰 사람들이 뭐가 이렇게 복잡한 거예요? 적 부대주님, 정말 아경 언니한테 아무런 변명도 하지 않을 작정이에요?"

"무량수불!"

적운이 무당산을 내려온 후 의식적으로 봉인해 놨던 도호와 함께 체념한 표정으로 모용유를 바라봤다.

"모용 소저, 빈도는 본래 무당파의 일대제자올시다. 이미 관건(冠巾)의 예를 마치고 도적에 이름을 올린 출가인이니, 더 이상 세속의 인연을 언급하진 말아 주시오."

"그건 또 무슨 소리예요?"

"빈도는 무당파의 도사라는 뜻이오."

"으엑!"

모용유가 있는 대로 인상을 쓴 채 소리를 질렀다. 적운 주변에 있는 칠성검수들에게 삿대질을 해 대는 게 정신적인 충격이 무척 큰 듯하다.

그도 그럴 것이 현재 적운과 다른 칠성검수들의 행색은 전혀 닮은 점이 없었다. 정갈한 도복과 도관, 태극진검을 든 칠성검수들과 달리 적운은 창천검무대의 부대주로서 낭인에 가까운 자유로운 복색을 하고 있었기 때문이다.

게다가 적운은 이제 이십 대 중반을 막 넘은 나이었다. 젊

고 강인하며 잘생긴 얼굴은 그야말로 영기발랄했다. 고르
하고 답답해 보이는 주변의 삼사십 대 연배의 칠성검수들과
전혀 어울리지 않았다.

그래서 모용유는 다시 적운에게 억지를 써 보려다가 화들
짝 놀란 표정이 되었다. 어느새 그녀의 배후로 다가든 모용
경에게 어깨를 붙잡힌 까닭이었다.

당연히 그것만으로 끝일 리 없다.

주륵─탁!

모용경은 순간적으로 모용유의 아혈을 점혈하고, 완맥을
제압해 반신을 마비시켰다. 더 이상 그녀가 무당파 도사들
에게 실례를 범하게 내버려 둘 수 없다는 판단이었다. 그리
고 적운에게 예의를 갖춰 고개를 숙여 보인다.

"적 부대주…… 아니, 이젠 적운 도장이라 불러야겠군요.
동생의 버릇없는 행동을 대신 사과드리겠어요."

"무량수불!"

"혹여 창천검무대 부대원들에게 대신 전할 말은 없으신가
요?"

"그러실 필요는 없습니다. 오늘 일이 정리된 후 모용 대
주님과 부대원들을 찾아뵙고, 직접 사죄를 청할 작정이니까
요."

"사죄를 청해야 할 일이 있는 건가요?"

"……"

적운이 대답 대신 고개를 숙여 보였다.

'그렇구나……'

모용경이 내심 가슴 한편이 쓰라려 오는 걸 느끼며 적운으로부터 신형을 돌려 세웠다.

소진엽에게 마도인이란 고백을 들은 후 처음 있는 일이다. 완전히 죽어 버린 것 같던 가슴이 아팠다. 소진엽 때처럼 강렬하진 않았으나 바늘에 찔린 듯 따끔거렸다. 오랫동안 자신에게 무조건적인 헌신을 해 왔던 그의 배신이 화인처럼 상처를 남긴 것이다.

모용유 역시 그와 같았을 터였다.

바둥바둥…….

모용경에게 억지로 끌려가는 내내 모용유는 몸을 비틀어 댔다. 어떻게든 모용경에게서 벗어나려 전력으로 몸부림을 쳐 댔다.

그러나 두 자매 간의 무공 격차는 확연했다.

의지만으로 어찌해 볼 수 있는 정도가 아니었다.

결국 다시 강남문파연합 진영으로 끌려오고서야 제압에서 풀려난 모용유가 두 볼을 빵빵하게 부풀렸다. 불만이 극한에 이르러 당장이라도 폭발할 것 같았다.

"……."

그래도 그녀는 용케 침묵을 지켰다.

그럴 수밖에 없었다.

왠지 슬퍼 보이는 모용경의 표정에 목구멍까지 차올랐던 불평불만을 꿀꺽 삼킬 수밖에 없었다. 그녀가 이런 모습을 한 경우를 과거 한 차례 본 적이 있었기 때문이다.

'아경 언니…… 설마 적 부대주한테도 어느 정도 마음이 있었던 건가?'

충분히 가능성이 있는 일이다.

강남문파연합의 성립 이후 강남의 용호와 같은 후기지수들이 모용세가로 모여들었으나 적운을 뛰어넘는 자는 없었다. 전혀 보이지 않았다. 진운룡이라 불리던 소진엽이 워낙 잘나서 그렇지 적운 또한 정말 빼어난 인물이었다.

게다가 그는 오랫동안 모용경에게 헌신해 왔다.

답답할 만큼 자신을 겉으로 드러내지 않고서 모용경을 보좌했다. 마치 그림자라도 되는 것처럼 말이다.

그러니 근래 실연을 당한 모용경이 은연중 적운에게 마음을 허락했다 해도 이상할 건 없었다. 당장 모용유만 해도 이번 기회에 그와 모용경을 맺어 주려 수작을 부리고 있었지 않은가.

'에휴, 그런데 하필 이렇게 일이 꼬였으니 어째? 정말 아경 언니도 은근히 사내 복이 없는 거 아냐? 아니, 그보다는 사내를 보는 눈이 너무 높아서 그런가?'

내심 한숨과 함께 고개를 갸웃거린 모용유의 시선이 자신도 모르게 제갈종호 쪽을 향했다.

적운과 모용경을 이어 주기 위한 희생양으로 찜했던 사내!

하나 갑자기 상황이 변했다. 완전히 달라졌다.

연달아 마음을 열었던 사내들한테 배신을 당하고 어울리지 않게 비련의 여주인공이 된 모용경을 이대로 놔둘 순 없었다. 어떻게든 마음의 상처를 치유시켜 줘야만 했다. 지나친 오지랖일지 몰라도 말이다.

그러자 그런 그녀의 내심을 눈치채기라도 한 것인가?

마침 강남문파연합 진영 쪽으로 시선을 던지던 제갈종호가 모용유를 향해 얼마 전처럼 웃어 보였다. 겨울 햇살에 반짝이는 치열이 사뭇 눈부시다.

'으엑!'

토가 쏠리는 기분을 억지로 참은 모용유가 그녀답지 않게 어색한 표정으로 미소 지어 보였다.

어쩔 수 없다.

현재로선 그만이 유일한 희망이니까 말이다.

*　　　*　　　*

굳게 닫혀 있던 군사전의 문이 열린 건 해가 뉘엿뉘엿 서산으로 저물어 갈 무렵이었다.

어수선하고 기묘한 긴장감이 감돌던 세 세력의 시선이 일제히 그곳으로 향했다. 드디어 무당파의 신임 장문인 신산진인, 강남문파연합 무존 검왕 모용척, 무림맹 총군사 제갈묘재, 이 세 거인의 회담이 끝난 것이다.

'드디어!'

'너무 길잖아!'

'무량수불!'

침묵 속에 중인들은 아우성쳤다. 자타공인 모용세가 제일의 말괄량이이자 선머슴인 모용유조차 침을 꼴깍 삼키며 입을 굳게 다물고 있었을 정도였다.

그러자 맨 처음 밖으로 나선 제갈묘재가 그 자신을 특징짓는 묘한 조소와 함께 중인들을 둘러본 후 담담하게 말했다.

"모두 지금까지 고생하셨네. 회담은 끝났으니, 모두 정해진 숙소로 돌아가서 쉬도록 하시게나."

'단지 그뿐?'

'이렇게 그냥 물러나라고?'

'무량수불!'

세 세력 모두가 황당한 표정 속에 침묵했다. 무림맹에서 벌어질 풍운은 이제부터가 진정한 시작임을 직감하고 있었기 때문이다.

과연 그랬다.

수일 후 무림맹에 모여 있던 각문각파의 고수들 앞에서

총군사 제갈묘재는 낭랑한 목소리로 선언했다.

—천무지회!

거진 백여 년 만에 정파 제일의 비무대회는 개최되게 되었
다. 다섯 달 후 삼월 초하룻날 새로운 무림맹주를 결정하기
위해서 말이다.

그렇게 결정되었다.

그로 인해 천사련의 근거지인 황산 토벌이 뒤로 미뤄진
건 어쩔 수 없는 일이었다.

107장
미래의 권력, 파벌의 태동

십만대산.

신마성궁에 소교주 신마무적성 소진엽이란 대폭풍이 휘몰아치고 어느새 석 달이란 시일이 지나가고 있었다. 향후 천마신교를 비롯한 마도 전체의 운명을 가를 풍운은 이미 눈에 띌 만큼 거대하게 확장된 지 오래였다.

마뇌각.

정오 무렵, 평상시처럼 따끈한 다향에 젖어 있던 태상마군 소리산이 문득 미간을 슬쩍 좁혀 보았다. 문득 자신이 혼자가 아니란 점을 깨달은 듯하다.

"자네…… 계속 그러고 있을 작정인가?"

소리산의 갑작스런 말에 꽤 오랫동안 부복하고 있던 검마 주진모가 당황한 표정으로 대답했다.

"달리 하명이라도 있으신지요?"

소리산이 찻물을 한 모금 마시곤 말했다.

"흐음, 슬슬 소교주의 연공 시간이 되지 않았냐고 묻고 있는 것일세."

"그런 것이라면……."

잠시 말끝을 흐린 채 고심하는 표정을 지어 보인 주진모가 곧 마음을 굳힌 듯 눈에 힘을 담았다.

"……이제 소교주의 연공에 제 역할은 더 이상 필요치 않은 듯합니다."

"그건 어째서이지?"

"근래 소교주는 저를 비롯한 사 인의 연수합격을 몇 번이나 물리쳤습니다. 이미 사신마령의 연수합격을 상대할 파훼법을 알아낸 게 분명합니다."

"그건 재밌는 얘기로군. 소교주의 무공이 고작 석 달 사이에 엄청난 발전을 이룩했을 리는 없을 테고…… 역시 문제는 진모 자네겠구만?"

단숨에 정곡을 찔린 주진모가 냉혹한 얼굴을 슬쩍 굳혀 보였다.

잠시뿐이었다.

곧 그는 체념한 표정으로 고개를 끄덕여 보였다.

"태상마군님의 말씀대로입니다. 현재 사 인 연수합격의 파탄은 명백하게 접니다. 소교주의 연수합격 파훼의 최종 목적지는 항상 저로 귀결되었으니까요."

"그러나 자네는 아직 그 파훼의 방식을 파악하지 못한 것 같군?"

"예, 전혀 파악하지 못했습니다."

굴욕감으로 얼굴을 일그러뜨리고 있는 주진모를 소리산은 위로하지 않았다. 그냥 잠시 바라보다 찻물을 다시 입에 머금었을 뿐이었다.

그러나 그의 입가에 문득 흐릿한 미소가 떠올랐다.

평상시엔 보기 드물었던 만족감마저 만면에 후광처럼 잔물결을 만들어 내고 있었다. 마치 처음부터 그 자리에 존재해 왔던 것처럼 말이다.

"진모, 내 묻겠는데, 자네의 무공은 능히 교주를 상대할 만하다고 생각하는가?"

"천부당만부당한 말씀이십니다! 교주님께서 천마총에 칩거하시기 전에도 저는 그분의 삼십초지적이 되지 못했습니다!"

"그렇다면 지금은 어떠한가? 교주를 상대로 얼마만큼 버틸 자신이 있는가?"

"그건……."

잠시 말끝을 흐린 채 고심하던 주진모가 자신 없는 표정으로 고개를 저어 보였다.

"……교주님은 천고의 무공기재셨습니다. 어찌 제가 천마총에서 오랜 세월 폐관수련을 하신 그분의 현재 무공 수준을 가늠할 수 있겠습니까?"

"그렇군. 하면 현재의 소교주와 같이 자네를 비롯한 사인이 연수합격을 한다면 어떻겠는가?"

"못해도 오백초 이상은 견딜 수 있지 않겠습니까?"

"아니야. 아마 잘해야 십초지적쯤 될 걸세."

"……."

소리산의 단언에 주진모가 당황스런 표정이 되었다.

현재 소진엽의 연공을 돕고 있는 사 인의 고수는 검마 주진모, 도마 사마무군, 비마 뇌음신, 혈월마도군 사마무기였다. 단연코 당금 천마신교를 대표하는 초고수들이라 할 수 있었다.

근래 그를 당혹시키고 있는 소진엽조차 초식만으로 네 사람의 연수합격을 파훼하는 데 수천 초식 이상은 사용해야만 했다. 그나마도 구멍이 된 주진모가 있기에 가능한 일이었다.

그런데 잘해 봐야 십초지적이라니!

내심 담대광과 지금 현재 일대일로 싸운다 해도 십초 이상은 버틸 수 있다고 여겼던 주진모로선 받아들이기 힘든 말이었다. 가혹한 평가였다. 담대광이 대단하긴 하나 무신(武神)은 아니지 않겠는가.

소리산이 그의 그 같은 심사를 파악한 듯 입가의 미소를 조금 짙게 했다.

"자네는 착각하고 있네."

"착각이시라면……?"

"교주가 자네들 넷의 연수합격을 십초 안에 파훼할 수 있는 방도를 잘못 생각하고 있다는 뜻일세."

"부디 가르침을 주십시오."

고개를 숙여 보이는 주진모에게 소리산이 설명했다.

"본래 진모 자네와 다른 삼 인은 처음부터 뜻하는 바가 달랐네. 같은 마음을 품지 않았으니, 시일이 지날수록 파탄이 커지는 건 어쩔 수 없었을 테지. 그래서 진모 자네가 낀 사 인 연수합격은 오히려 삼 인만의 연수합격보다 위력이 약해진 걸세. 하물며 상대가 교주라면 단숨에 그 같은 상황을 간파해서 십초 안에 연수합격 자체를 파훼할 수 있을 걸세. 소교주 역시 마찬가지고 말일세."

"하지만 얼마 전까지 소교주는 전혀 그 파탄을 공략하지 못했었습니다. 오히려 연공을 하면 할수록 더 빨리 패하곤 했습니다."

"교주와 소교주는 지닌 바 무공과 식견이 다르니, 줄곧 진모 자네라는 파탄을 간파할 수 없었던 게지. 다른 세 명은 제법 손발이 잘 맞았을 테니 말이야.”

“그럼 소교주는 어떻게 갑자기 저와 다른 삼 인 간의 파탄을 간파해 낸 것입니까?”

“그거야 역시 교주의 도움이 있었던 게 아니겠는가?”

“예?”

갑자기 허를 찔린 듯 주진모가 경악 어린 표정이 되었다. 입을 가볍게 벌린 채 완전히 굳어 버렸다.

그러자 소리산이 가볍게 혀를 찼다.

“쯔쯧, 진모 자네는 여태까지 그런 가능성을 전혀 열어 놓지 않고 있었던 것인가?”

“그, 그런 건 아닙니다만…….”

잠시 말끝을 흐려 보인 주진모가 표정을 신중하게 일신하곤 말을 이었다.

“……제가 그동안 소교주의 곁을 빠짐없이 살폈지만 교주님과 관련된 사항은 전혀 알아낸 게 없었습니다. 연공 중에는 더더욱 그러했고요.”

“연공을 제외한 때에도 마찬가질세. 지난 석 달간 소교주는 교주와 관련된 어떤 자도 만나지 않았으니까.”

“그렇습니다. 그런데 어떻게 교주님이 소교주에게 사인 연수합격의 파훼법을 전수할 수 있었다는 것입니까?”

“교주니까 가능한 일일세. 천마총에는 진모 자네가 모르는 기상천외한 마공이 수두룩하게 남아 있었거든. 뭐,

그건 그렇다 치고, 진모 자네도 이젠 슬슬 그들에게 마음을 열고 소교주의 연공을 전력을 다해 도와야만 할 걸세. 교주가 소교주를 직접 돕기 시작한 게 분명해진 이상 후일을 대비해야 하지 않겠는가?"

"……."

주진모가 침묵 속에 안색을 검게 물들였다. 소리산이 한 말의 의미가 자못 의미심장하여 가슴속이 무거워졌기 때문이다.

그러자 소리산이 더 이상 눈앞의 주진모에게 관심이 없다는 듯 다시 다구를 집어 들어 다향을 맡으며 눈을 감았다. 온몸으로 축객령을 내린 것이다.

스윽!

주진모가 어쩔 수 없다는 표정으로 정중하게 고개를 숙이고 집무실을 떠나갔다. 오늘 소리산을 찾아온 목적을 이루기는커녕 무거운 숙제만을 안고 돌아가게 된 것이다.

얼마나 시간이 지났을까?

주전자 안의 찻물이 거의 비워진 걸 눈치챈 소리산이 아쉬운 표정이 되었을 때였다.

스르륵!

그의 뒤에 위치한 책장이 이동하더니, 그 속에서 진리가 모습을 드러냈다.

그녀의 손에 들려 있는 건 찻주전자.

어느새 따끈하게 데워진 찻물이 그 속에서 은은하고 맑은 다향을 풍겨 내고 있다.

"오! 이 맑고 은은한 향기는 운남의 보이차가 아니던가?"

"삼십 년은 족히 숙성된 거랍니다. 하지만 태상마군님도 정말 대단한 후각을 지니셨군요. 이 정도 숙성된 보이차의 다향을 알아챌 수 있는 사람은 그리 흔치 않을 텐데요."

"내가 개코라고 돌려 욕하는 건가?"

"어라? 알아채셨나요?"

진리가 태연한 미소와 함께 소리산의 빈 다구에 주전자를 가져다 댔다.

쪼르르르!

주전차에서 떨어져 내리는 찻물 소리에 소리산이 표정이 더욱 밝아졌다. 보이차에서 흘러나오는 증기를 맡은 것만으로도 정신이 맑아지는 것 같다.

그러자 차를 다 따른 진리가 고개를 저어 보였다. 입가에는 옅은 한숨도 한 조각 담겨져 있다.

"하아, 태상마군님은 정말 알다가도 모를 분이시네요."

"뭐가 말인가?"

"어째서 교주님의 존재를 확신하시면서 천마대제전이

열리는 걸 방임하고 계신 거죠? 이런 식으로 천마신교의 혼란을 가중시키고 있는 이유를 저는 정말 모르겠네요."

"허허, 소성녀도 아직 멀었군."

"뭐가 멀었다는 거죠?"

"거짓말이 능숙하지 못하단 뜻일세. 자신 없는 패는 승패가 걸린 중요한 순간에는 절대 사용하지 않아야 하는 법이라네. 상대에게 역공을 당할 수 있으니까 말일세."

"역공을 하실 작정이신가요?"

"오호? 거기까지 생각하고 어설픈 거짓말을 했던 건가? 이거 내가 한 방 먹었군."

"금세 욕을 돌려주시는군요. 이걸로 방금 전에 개코라 했던 건 없었던 일로 하죠."

"여전히 자신이 유리하게만 상황을 몰아가는군. 하지만 그 역시 상대가 나니까 그리하는 걸 테지. 이번엔 소성녀의 의견에 동의하도록 함세."

"고맙습니다!"

비꼬임이 전혀 담겨 있지 않은 인사와 함께 진리가 살짝 고개까지 숙여 보였다.

지난 석 달간 그녀와 소리산 간에는 오늘과 같은 신경전이 계속 진행되었다. 속내를 숨긴 채 서로 상대방의 허실을 파악하고, 공격하고, 무형의 이득을 얻기 위한 싸움을 계속한 것이다.

그렇게 감정의 변화가 생겨났다.

계속되는 논쟁 가운데 은연중 상대를 진심으로 인정하게 되었다.

긴장하고, 두려워하고, 감탄하고, 알아 갔다.

정식으로 사제지간을 맺거나 절차탁마를 하진 않았으나 서로에 대한 가장 큰 이해자가 되었다.

지금 역시 마찬가지다.

진리는 느닷없이 검마 주진모를 공황 상태로 몰아넣은 소리산의 심사를 알 수 있었다. 굳이 방금 전처럼 허실을 파악하기 위해 말을 나누지 않은 상태에서 말이다.

그리고 그건 소리산 역시 마찬가지였으리라!

그는 태연하게 진리의 속내를 간파해 내곤, 핵심을 지목하고 사부처럼 엄격하게 충고했다. 그 점을 진리는 진심으로 고맙게 생각한 것이다.

그러자 소리산이 평소처럼 시치미를 떼며 화제를 바꿨다. 이런 점에서 그는 정말 진리가 따라잡을 수 없는 노회한 화법을 지녔다.

"그래, 소성녀가 확인하고 싶은 건 무언가? 이런 좋은 차까지 직접 끓여서 온 걸 보니, 꽤 중요한 걸 질문하려는 것일 테지?"

"이건 본래 마뇌각 주방에 있던 거예요. 선물로 들어온 걸 숙수가 몰래 숨겨 뒀었나 보더라고요."

"그런 죽일 놈을 봤나!"

"뭐, 너무 화내진 마세요. 보이차란 게 워낙 귀해서 평범한 숙수라면 그 가치를 모를 수 있으니까요. 그래서 말인데, 교주님은 다시 신마좌에 앉을 수 있으신 건가요?"

"어이쿠! 이건 너무 단도직입적이지 않은가?"

"어차피 제게 알려 주기로 마음 먹으셨잖아요? 괜스레 말을 돌리는 수고를 할 필요는 없다고 보는데요?"

"그도 그렇군."

천천히 고개를 끄덕여 진리의 의견에 동조한 소리산이 찻물을 한 모금 마시곤 대답했다. 진리의 질문과 마찬가지로 매우 단도직입적이다.

"교주는 더 이상 신마좌에 앉을 수 없을 걸로 보이네."

"그러니 역시 천마대제전은 개최되어야만 하겠군요?"

"그렇지. 그리고 그 점은 아마 소교주와 우마령 역시 알고 있을 걸세."

"그럼……."

고운 아미를 찡그린 채 고심하는 표정이 된 진리에게 소리산이 갑자기 손을 들어 올렸다. 평소처럼 그녀가 고심에 찬 대답을 내놓는 걸 제지한 것이다.

"오늘은 여기까지면 된 것 같네!"

"……그럼 저는 다시 물러나야겠군요?"

"그렇지. 소성녀의 이런 점이 나는 정말 마음에 든다네.

다시 권유하겠는데, 정말 내 제자가 되고 싶진 않은가?”

　‘이미 날 제자로 대하고 있는 건 아니고요?’

　내심 소리산에게 살짝 입술을 내밀어 보인 진리가 피식 웃어 보였다.

　“봐서요.”

　“봐서?”

　“태상마군님께서 소교주님한테 하는 걸 봐서 최종 결정을 내리겠어요.”

　“허허, 좋은 청춘이로구나! 좋은 시절이야!”

　“……”

　진리가 얼굴이 발갛게 변해 얼른 벽장 안쪽으로 뛰어 들어갔다. 무심코 내뱉은 속내가 꽤나 부끄러웠기 때문이다.

　그러자 다시 보이차를 입가에 가져간 소리산이 천천히 고개를 저어 보였다.

　‘은은한 다향 속에 썩은 짚 풀 냄새가 숨어 있지 않은가? 아무래도 소성녀의 다도 솜씨가 그리 높은 경지는 아닌 듯싶군. 아니면 일부러 내게 경고를 한 것인가?’

　항상 그렇듯이 결코 쉽게 볼 수 없는 진리다.

　허허실실(虛虛實實)!

　어떠한 때가 됐든 날카로운 비수를 들이댈 수 있을 터였다. 지극히 사랑스럽고 아름다운 얼굴의 이면 속에 그런 칼날을 숨겨 놓고 있는 것이다.

하지만 그런 점이 소리산은 마음에 들었다.

꼭 들었다.

시일이 갈수록 자신의 제자로 받아들이고 싶은 마음이 커져 가고 있었다. 과거 교주 담대광에게 선수를 빼앗겼던 멸천마후 천기신혜와 비슷할 정도로 말이다.

제자, 혹은 숙적!

어떤 것이든 상관없었다. 환영이었다. 이 오랜 침묵과 무료함을 달래 줄 수 있다면. 그게 설혹 자신의 죽음과 천마신교의 멸망을 담보로 한 거대한 도전이 될지라도.

후룩!

썩은 짚 풀 내음을 무시한 채 소리산이 차를 마셨다. 달게 목구멍으로 넘겼다.

                    *   *   *

춘홍루.

오랜 폐관수련을 마치고 나온 철무정의 엄격한 얼굴에는 지금 숨길 수 없는 놀라움이 떠올라 있었다.

새롭게 인력이 확충된 패왕혈검단!

총인원 오백으로 충원된 소교주 신마무적성 소진엽의 친위대의 사열이 원인이었다. 과거 교주 담대광의 친위대

시절의 엄격함과 칼날 같은 예기를 되찾은 듯한 눈앞의 모습에 내심 감동스럽기까지 했다.

물론 속으로만 그러했다.

곧 내심의 작은 격동을 가라앉힌 철무정의 시선이 장소량을 향했다. 그 대신 지난 두 달여간 전권을 휘두른 그야말로 새로운 패왕혈검단의 성립에 가장 큰 공헌자임이 분명한 까닭이었다.

"장 모사, 고생이 많았소."

"허허, 고생이랄 것까지야 무에 있었겠소이까? 워낙 철단주의 명성이 신마성궁 내외에 가득해서 패왕혈검단의 확충에 문제 될 게 없었소이다."

"확충 정도만으로 만족했던 건 아닌 듯싶소만?"

"아직 부족한 점이 많을 것이외다. 하지만 이제 철 단주의 부상이 완치되었으니, 금세 고쳐질 거라 믿소이다."

"당연히 그래야 할 것이오."

미미하게 고개를 끄덕여 장소량의 의견에 동의한 철무정이 문득 궁금한 표정이 되었다. 오랜만에 그가 직접 사열에 나섰음에도 불구하고 그림자도 보이지 않고 있는 천일해에게 신경이 쓰인 까닭이었다.

"한데, 장 모사, 천 대주의 모습이 보이지 않는 것 같소만……?"

"천 대주는 근래 다시 외성으로 돌아갔소이다."

"하긴 패왕혈검단의 체계가 잡힌 이상 잔살묵검대주로서의 소임에 최선을 다함이 마땅할 것이오."

"딱히 그런 것은 아닌 듯싶소이다만……."

"그건 무슨 뜻이오?"

"……아니외다. 특별한 의미가 있는 말은 아니었으니 철 단주는 개의치 마시오."

",……."

철무정이 묘한 표정으로 얼버무리는 장소량의 모습에 눈살을 찌푸려 보였다. 그의 이런 모습이 꽤 신경 쓰였기 때문이다.

그러자 장소량이 얼른 화제를 바꿨다.

"한데, 철 단주, 그동안 소교주님과 함께하면서 부상만 회복된 건 아니었던 것 같소만?"

"약간의 심득이 있었긴 하오."

"과연!"

장소량이 과도하게 감탄한 표정을 한 채 연신 고개를 끄덕여 보였다. 염소수염이 찬 바람에 마구 휘날렸다.

그로 인해 철무정은 장소량에게 느꼈던 묘한 위화감을 잊어버렸다. 뒤로 미뤄 놨다.

그때 반교연이 두 사람에게 다가들었다.

전신의 몸매를 강조하는 붉은색 궁장의에 하얀 여우컬 목도리를 한 모습이 과거 구양령의 비녀 노릇을 할 때완

사뭇 달라졌다.

　도도하고 요염한 귀부인 같다 할까?

　그런 변화가 도발적이고 요요로운 눈빛과 함께 그녀의
전신을 후광처럼 물들이고 있었다.

　"철 단주님! 장 모사님! 소교주님께서 새로운 패왕혈검
단의 사열을 보기 위해 오십니다!"

　철무정의 눈에 이채가 어렸다.

　"지금은 연공 시간이실 텐데?"

　반교연이 어깨를 가볍게 추어 보였다. 자연스럽게 풍만
한 가슴이 눈을 자극한다.

　"그러게요? 어쩌면 폐관수련을 끝마친 철 단주님을 보
기 위해 오시는 게 아니겠어요?"

　"……."

　철무정이 입을 다물자 장소량이 얼른 끼어들었다. 그녀
의 의견에 호들갑스럽게 맞장구를 쳤다.

　"과연 그런 것이로군! 하긴 철 단주가 아니라면 어찌 소
교주님께서 매일 하던 연공조차 제치고 패왕혈검단의 사
열에 참가하시겠는가!"

　"설마 그런 이유만으로 소교주님께서 오시는 것이겠
소?"

　"아니외다! 분명 그럴 것이외다!"

　"으음……."

계속되는 장소량의 호들갑에 철무정이 나직한 신음과 함께 입을 다물었다.

　장소량의 모사로서의 능력에 대해선 높게 평가한다.

　볼품없는 외양과는 전혀 다른 빼어난 인재였다.

　하나 이런 호들갑은 견디기가 쉽지 않다. 보고 있는 것만으로 피곤해진다. 아쉬운 점이었다.

　그때 춘홍루의 내원 쪽에서 소진엽이 모습을 드러냈다.

　혼자가 아니다.

　그의 뒤에는 마치 친위대나 호위대처럼 몇 명의 고수들이 따르고 있었다.

　마도참살대주 사마무기, 천마무적대주 멸마귀도 구천인, 부대주 귀령인 반호. 그리고 잔살묵검대주 묵검마객 천일해까지…….

　소진엽에게 찰싹 달라붙어 따라왔다.

　어떤 자도 감히 그들의 허락 없이는 소진엽의 곁에 다가들 수 없을 듯한 위세였다. 설사 그것이 철무정이나 장소량 같은 최측근이라 해도 말이다.

　꿈틀!

　철무정의 입꼬리에 작은 경련이 스쳐 갔다.

　'사마무기! 내가 잠시 자리를 비운 사이에 저런 짓을 하고 있었던 건가? 게다가 천일해까지……!'

　장소량이 보였던 묘한 반응이 이제야 이해가 간다.

철무정을 우상시하던 천일해의 변심을 말하긴 어려웠으리라.

그때 소진엽이 철무정을 발견하고 손을 들어 보였다. 입가에는 반가운 미소가 번져 나온다.

"철 단주!"

철무정이 얼른 표정을 일신하고 소진엽에게 다가들어 정중하게 부복했다.

"패왕혈검단주 철무정이 소교주님을 뵈옵니다!"

"부상은 이제 괜찮은 것 같군."

"모든 것이 소교주님 덕분입니다."

"새로운 패왕혈검단은 어떤가?"

"아직 부족한 점이 보이긴 하나 그동안 장 모사가 잘 조련한 듯합니다."

"호오? 철 단주가 이 정도까지 말하는 걸 보면 기대를 하지 않을 수 없겠는 걸?"

"……."

철무정은 단지 고개를 숙여 보였을 뿐 어떤 말도 하지 않았다. 그것만으로 소진엽에게는 충분한 답이 되었다는 판단이었다.

잠시 후.

소진엽이 패왕혈검단의 신입 단원들을 만나기 위해 장

소량의 안내를 받아 자리를 비웠을 때였다.

내내 소진엽 뒤에서 근질근질한 표정을 하고 있던 사다무기가 철무정을 도발해 왔다. 눈빛이 극단적일 만큼 호전적으로 번뜩이고 있다.

"철 단주, 드디어 부상이 완쾌되었다니 다행이로군! 하지만 사람이 너무 뻔뻔한 거 아닌가?"

"사마 대주, 그건 무슨 뜻이오?"

"그동안 소교주님께서는 천마대전의 신마좌에 도전하기 위해 하루 종일 연공을 하셨네. 한데, 자네 때문에 저녁에도 쉬지를 못하시지 않았는가?"

"그 점은······."

"게다가 패왕혈검단은 이미 과거의 전력을 상실했네. 인원을 절반 이상이나 잃어서 새롭게 충원까지 했으니, 어찌 계속 소교주님의 친위대 노릇을 할 수 있겠는가? 만약 철 단주에게 양심이 있다면 이제 그만 스스로 물러나야 할 것일세."

"······감히!"

철무정의 두 눈에서 차가운 불꽃이 일었다.

강철을 닮은 그의 전신에서 투기가 일어나 당장이라도 사마무기를 향해 화살처럼 쏘아져 갈 것 같았다.

그러나 그는 참았다. 강하게 자신의 분노를 억눌렀다. 사마무기가 이렇게 자신을 도발하는 이유를 모른 채 살수를 쓸 수는 없다는 판단이었다.

그러자 사마무기의 기가 더욱 살았다.

"하하, 이거 놀라운 일이로군! 한 번 죽을 고비를 넘기더니, 천하의 마검혈풍영도 완전히 기세가 죽어 버렸지 않은가?"

"사마 대주, 그만하시오! 더 이상 본인과 패왕혈검단을 모욕한다면 내 검을 원망하게 될 테니까!"

"원망? 그 원망, 한번 들어 보고 싶군. 아니면 정말 마검혈풍영이 겁쟁이가 된 것인가?"

"……."

철무정이 입을 다물었다. 침묵했다.

마도의 생사투(生死鬪)!

거기에 노호성 따위 필요 없었다. 그냥 검을 뽑아서 상대를 찌르면 되었다. 죽은 자는 더 이상 떠들어 댈 수 없다는 건 만고불변(萬古不變)의 진리니까.

스파앗!

순간 발검된 철무정의 묵검이 사마무기의 상반신 전체를 노리며 파고들었다.

묵검참영!

여전히 단순한 변화였으나 속도가 달라졌다. 과거보다 적어도 두 배는 빠른 참격!

당연히 이는 사마무기의 예상을 한참이나 벗어난 일이

었다.

"우웃!"

사마무기가 대경한 표정으로 도를 뽑았다. 이미 늦었다는 생각이 들었으나 그대로 철무정의 검에 당할 수는 없었다.

하지만 그 순간, 발검과 동시에 사마무기를 경악케 한 묵검참영의 검기가 갑자기 자취를 감췄다. 절대적으로 우리한 상황을 포기하고 철무정이 기습적으로 날린 묵검을 거둬들인 것이다. 그리고 차갑게 외친다.

"사마무기! 그동안의 의리로 일초를 양보했다! 다음엔 목을 날릴 것이니 확실히 준비해야만 할 것이다!"

"크핫!"

사마무기가 살벌한 웃음을 터뜨렸다.

여태까지의 비아냥거림이나 조롱의 기색은 더 이상 보이지 않는다. 상처 입은 야수와 같은 진득한 살기만이 먹장구름처럼 그의 전신을 물들이고 있었다.

한데, 진심이 된 그가 전력을 다해 생사투에 나서려 할 때였다.

파창!

문득 철무정과 사마무기, 두 사람만으로 꽉 찬 듯 느껴지던 공간 속으로 이질적인 기운이 침투해 들어왔다. 단숨에 끼어들어 사마무기의 도를 하늘로 날아오르게 만들었다.

"킥!"

사마무기의 입에서 나직한 신음이 터져 나왔다.

단말마에 가깝다.

별다른 반응도 보이지 못한 채 애도를 잃어버렸다. 완전히 허를 찔린 듯 입을 벌린 채 딱딱하게 굳었다. 이 같은 통렬한 일격을 허용하고 정상적인 사고를 유지할 수 없는 건 당연하다.

철무정 역시 놀란 건 마찬가지다.

진심이 된 사마무기!

단연코 강적이었다. 근래 무공이 급신장한 철무정이나 그를 상대로 한 생사투에는 자신의 목숨을 걸 수밖에 없을 터였다. 그만한 자격이 있는 상대였다.

그런데 느닷없이 그의 도를 하늘로 날려 버리다니!

그럴 수 있을 만한 존재가 있다는 걸 쉽사리 믿기 어려웠다. 그나마 가능성이 있다면…….

'소교주님은 아니다!'

얼른 소진엽이 있는 쪽으로 시선을 던진 철무정이 내심 고개를 저어 보였다. 장소량의 안내에 따라 신입 패왕혈검 단원들을 만나고 있는 그는 여전히 이쪽에 관심조차 없었다. 아예 신경 자체를 끊어 버린 듯하다.

그렇다면 도대체 어떤 존재가 이런 말도 안 되는 무위

를 보인 것일까?

찰나지간, 무수한 상념이 교차한 철무정과 달리 사마무기는 왈칵 분노성을 터뜨렸다. 자신의 도를 하늘로 날려 버린 존재를 이미 눈치챈 것이다.

"형님, 이러시깁니까!"

'형님? 그렇다면 도마 천좌?'

철무정이 다시 눈을 빛낸 것과 동시였다.

스으—팟!

갑자기 하늘로 날아올랐던 사마무기의 도가 공중에서 커다란 반원을 그리더니, 뇌전처럼 바닥에 내리꽂혔다. 정확하게 철무정과 사마무기의 중간에.

그리고 부르르 떨림을 보이는 도파 위로 흡사 하늘에서 막 떨어진 천신처럼 도마 사마무군이 내려섰다.

토옥!

당연히 그것은 시작이었다.

착지와 함께 사마무군이 발끝을 가볍게 움직여 도파를 튕기자 패앵 소리와 함께 도가 다시 날아올랐다. 그리고 바닥으로 떨어져 내릴 때에 버금갈 만큼의 속도로 주인인 사마무기에게 돌아갔다.

"크헉!"

사마무기가 엉겁결에 손을 내밀어 애도를 낚아채곤 바닥에 엉덩방아를 찧었다.

그 정도로 빠르고 강력한 힘이 담겨 있었다는 뜻.

"형니임!!!"

결국 사마무기의 입에서 노호에 가까운 분노성이 터져 나왔다. 방금 전까지 철무정을 향하고 있던 살기가 몽땅 사마무군에게로 전이된 것 같다.

그러나 아예 그에게 시선조차 던지지 않는 사마무군.

그가 철무정에게 담담한 미소와 함께 말했다.

"하하, 철 단주, 부상이 회복된 건 물론이거니와 무공 역시 상승한 걸 축하하네. 내 그동안의 걱정이 괜한 노파심이었음을 알겠네."

"과찬의 말씀이십니다."

"그렇게 긴장할 필요는 없네. 내 지금 당장 동생 놈을 도와서 자네에게서 소교주님의 호위대장 자리를 빼앗을 생각은 없으니까."

"저 역시 내놓을 생각은 없습니다."

"당연히 그래야지."

미미하게 고개를 끄덕여 보이는 사마무군에게 사마무기가 더욱 인상을 일그러뜨렸다. 철저할 정도로 두 사람에게 자신이 무시를 당했다고 생각한 것이다.

하나 그가 결국 참지 못하고 노화를 폭발시키려 할 때였다.

피잇!

파팟! 파파파팟!

문득 그의 분노로 가득한 전신이 사마무군에게서 전달된 기염에 완전히 제압되었다. 꽁꽁 묶여 버렸다. 어떤 것도 할 수 없는 몸이 되어 버렸다.

'이, 이게 도대체 무슨⋯⋯.'

당황한 기색으로 주춤 뒤로 물러선 사마무기에게 사마무군이 그제야 시선을 던졌다. 무심한 눈 깊숙한 곳에 자리한 암흑의 광채에 더럭 두려움이 엄습한다. 이와 같은 시선을 단 한 번도 본 적이 없었기 때문이다.

'⋯⋯형님의 무공이 그사이 또다시 상승하셨구나! 이젠 나 같은 것은 감히 올려다볼 수도 없는 곳으로 가 버리셨어!'

공포와 함께 깨달음이 있었다.

압도적인 어떤 것을 맞닥뜨린 자의 체념이 있었다.

추욱!

결국 사마무기가 모든 기력을 상실한 채 고개를 밑으로 떨궜다. 사마무군에게 완전히 굴복한 것이다.

그것으로 만족한 듯 사마무군이 그에게서 시선을 거두고 철무정에게 다시 미소를 보였다. 그리고 뼈 있는 말을 던진다.

"그럼 철 단주, 소교주님께서 신마좌를 쟁취하실 때까지 잘 모시게나. 무공 역시 더욱 증진시키고 말이야."

"최선을 다하겠습니다."

"최선만으론 부족할 걸세. 철 단주는 어찌 됐든 교주님을 지키지 못한 선례를 남긴 사람이니 말일세."

"……."

한마디 송곳 같은 말로 철무정의 가슴에 생채기를 남긴 사마무군이 쭈뼛거리고 서 있는 사마무기에게 냉정하게 말했다.

"한심한 놈! 네놈은 방금 전 단 일초 만에 철 단주에게 패했다. 만약 조금이라도 수치를 안다면 당장 이곳을 떠나야 할 것이다!"

"혀, 형님 하지만……."

"……."

뭐라 변명을 늘어놓으려던 사마무기가 사마무군에게서 다시 일어난 기염에 얼른 고개를 숙여 보였다. 더욱 기가 죽어 버린 것이다.

"……예, 지금 당장 물러가겠습니다!"

"사마 마군님!"

"사마 대주님!"

사마무기가 신형을 돌려 세우자 그를 쫓아온 자들 역시 얼른 뒤를 따랐다. 그들 중 철무정에게 고개를 숙여서 인사를 한 이는 천일해뿐이었다.

군벌? 파벌? 파당?

어느새 차대의 권력자로 급부상한 소진엽의 군세에 싹을 틔우기 시작했다. 그의 핵심 측근이 되어서 차대 권력의 단맛을 맛보고 싶은 자들의 움직임이 시작되었다.

불나방같이……

그렇게 불꽃 속으로 뛰어들었다.

* * *

밤.

춘홍루를 나와 야천에 뜬 외로운 달빛을 바라보고 있던 철무정의 눈빛이 가벼운 흔들림을 보였다.

느닷없이 이지러짐을 보이기 시작한 공간 때문?

숨이 턱 막히는 느낌이다.

그런 압박감에 전신이 바짝 긴장했다. 낮에 사마무군에게서 느꼈던 기염이 이러했던가?

잘 모르겠다.

전혀 예측할 수 없었다. 짐작조차 할 수 없는 영역이었다.

그렇다 해도 이대로 당할 순 없다.

무수히 많은 혈전을 거쳐서 마검혈풍영이란 이름을 획득한 그의 전적(前績)이 반발을 일으켰다. 온몸을 옥죄어 오는 기염에 격렬하게 저항한 것이다.

뿌득!

일순 강하게 어금니를 악문 철무정이 어깨를 한쪽으로 기울더니, 단숨에 신형을 회전시켰다.

그저 반 바퀴 정도?

그것만으로 지금의 그에겐 충분했다.

허리춤에서 묵검을 뽑아 들어 자신을 옥죄어 온 기염을 쪼개 내기엔 말이다.

묵검참영!

그것만으론 부족하다 여겼다.

그래서 곧바로 묵검탈혼난비, 묵섬, 묵천사일이 연달아 차가운 대기를 갈랐다. 쪼개 냈다. 몇 십 개나 될 정도로 공간을 참격해 냈다.

그러자 확연할 만큼 가벼워진 몸.

순간적으로 철무정이 발을 빠르게 놀려서 신형을 이동했다. 다시 예의 무지막지한 기염에 장악당하지 않기 위해 묵영추월보를 전력으로 펼쳤다.

그게 현재로선 최선이었다. 그렇게 판단했다.

잠시뿐이었다.

곧 철무정은 기쾌하게 움직이던 신형을 멈췄다. 묵영추월보로 자신을 압박해 온 기염의 주인공을 파악한 까닭이었다.

"소, 소교주님······."

"여어!"

철무정에게 손을 들어 보인 소진엽이 입가에 흐릿한 미소를 지어 보였다. 낮과 비슷하나 조금 더 진심이 느껴지는 표정과 함께다.

"낮에는 아쉬웠어."

"무슨 말씀이신지?"

"철 단주가 사마 대주를 확실히 밟아 주길 바랐는데, 하필이면 도마 천좌가 중간에 끼어들어서 다 된 밥에 코를 빠뜨린 걸 말하는 거야."

"그 상황…… 소교주님께서 만드신 것이었습니까?"

"뭐 그렇지. 하지만 세부 사항은 장 모사의 작품이었어. 근래 사마 대주를 중심으로 파벌이 조성되는 것 같으니까 신마좌에 도전하기 전에 미리 뿌리를 뽑아 놓자고 말이야."

'그랬었던가!'

철무정이 내심 탄성을 발했다. 새로운 패왕혈검단의 사열 때 벌어진 일련의 사건이 생각 이상으로 심각한 정치적인 충돌이었음을 뒤늦게 깨달은 것이다.

물론 그렇다고 해서 달라지는 건 없다.

그의 임무는 어디까지나 소교주 소진엽의 호위!

그 외의 정치적인 사항에는 관심이 없었다. 전혀 신경을 쓰지 않았다. 그렇게 일평생을 살아왔다.

곧 평상시와 같은 신색을 회복한 철무정이 소진엽에게 고개를 숙여 보였다.

"소교주님의 기대에 부응하지 못한 점, 용서해 주십시오!"

소진엽이 고개를 저어 보였다.

"아니, 아쉽긴 해도 결과적으론 기대했던 이상을 얻었다고 볼 수도 있어."

"예?"

"이 모든 파벌의 배후에 도마 천좌가 있다는 걸 알게 됐잖아. 하지만 의외였어. 무공에만 관심이 있던 사람이 이렇게 갑자기 정치적이 될 줄은 몰랐거든. 암튼, 그런 이유로 철 단주는 앞으로 나와 자주 함께 밤을 보내야겠어."

"……."

철무정이 당황한 기색으로 소진엽을 바라봤다. 그가 한 말이 꽤나 무섭게 느껴졌기 때문이다.

그러자 소진엽이 피식 웃어 보였다.

"무슨 상상을 하는 거야? 내가 설마 철 단주에게 연심이라도 품었다고 생각한 건 아닐 테지?"

"저, 절대로 그렇지 않습니다! 하지만 만약 소교주님께서 천마신교의 신마공을 연마하는 데 필요하다면, 기꺼이 이 한 몸을 바칠 각오는 되어 있습니다! 이미 제 목숨은 소교주님한테 바쳤으니……."

"거기까지!"

손을 내밀어 철무정의 결코 평범하지 않은 충성 고백을 중단시킨 소진엽이 짙은 한숨과 함께 말했다.

"천마신교에 그런 종류의 색공이 있는 건 알지만, 나는 절대로 익히지 않을 거야. 그럴 생각도 없고, 그러고 싶지도 않아. 알겠어?"

"예."

"그러니 철 단주는 내일 밤부터 내 처소로 깨끗이 목욕재계를 하고 찾아오도록 해."

"예?"

"밤새 땀을 좀 많이 흘려야 할 것 같거든. 사내 둘이 한 공간에서 땀 냄새 풀풀 흘리는 것도 썩 보기 좋은 광경은 아니잖아?"

"……."

철무정의 표정이 살짝 걸어졌다.

소진엽이 한 말을 듣는 동안 그가 한 약속이 뇌리 속에서 빠르게 지워져 가고 있었다. 마음을 단단히 굳혔지만 오한이 이는 것까지 어쩔 수는 없었다.

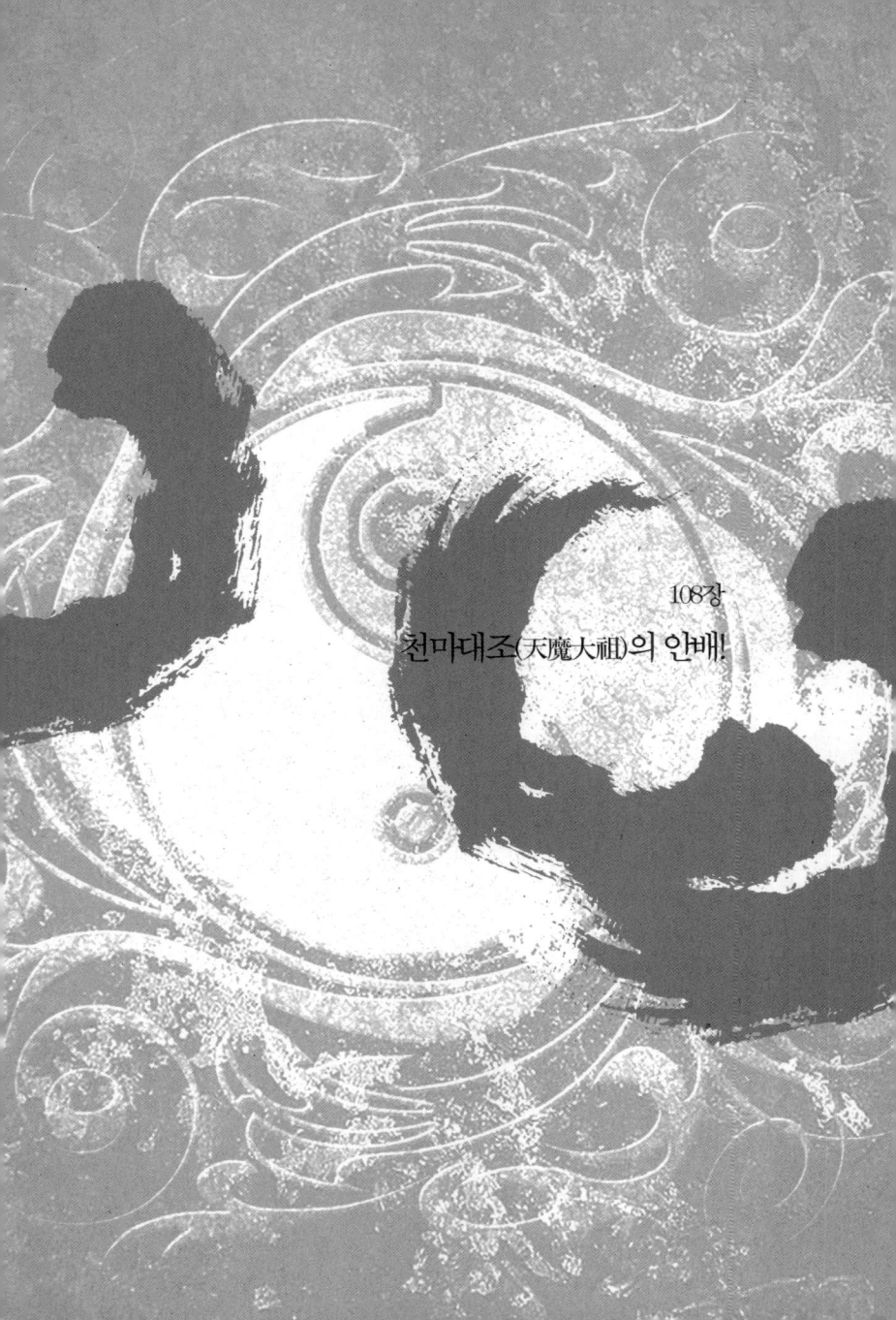

108장

천마대조(天魔大祖)의 안배!

[미친 놈!]

철무정과 헤어져 저자로 걸음을 옮기는 소진엽의 어깨로 담대광이 툭 떨어져 내렸다.

방금 전 철무정과 나눴던 대화를 하나도 빠짐없이 들은 터.

배꼽을 잡으며 데굴거려 놓고, 첫 마디는 소진엽에 대한 욕설이다. 비난이었다.

소진엽은 전혀 개의치 않았다.

'저는 미치지 않았습니다.'

[그럼 지랄이라도 난 것이냐?]

'그럴 리가요? 곧 사부님이 앉았던 천마대전의 신마좌에 도전할 사람이 그런 병증이 있으면 곤란하지 않겠습니까?'

[흥! 그렇다면 어째서 미치지도 않았고, 지랄이 난 것도 아니면서 철무정을 이렇게 괴롭히는 것이냐?]

'철 단주가 불쌍하신 겁니까?'

[네놈 곁에 있는 자들 중엔 그나마 멀쩡하고, 충직한 자가 아니더냐? 그만한 놈도 없다!]

'없죠. 사실 사부님한테 물려받은 것 중 신마공을 제외하곤 가장 아끼고 있습니다. 뭐, 그 외엔 딱히 물려받은 것이 없기도 하지만……'

[맞고 싶냐?]

'……그럴 리가요?'

[맞고 싶다고 용을 쓰는 것 같다만?]

'오해십니다. 전혀 그런 생각은 없습니다. 하지만 사부님께서 원하신다면 기꺼이 이 한 몸을 바칠 각오는 되어 있습니다! 이미 제 목숨은 사부님한테 바쳤으니까요!'

방금 전 철무정이 했던 충성 고백을 토씨 하나 빼놓지 않고 따라하는 소진엽을 향해 담대광이 마안을 번뜩였다. 어느새 치켜 올려진 주먹에 힘이 불끈 들어가 있다. 진짜로 소진엽이 말한 것처럼 해 줄 것 같이.

하나 놀랍게도 그는 천천히 주먹을 내려뜨렸다.

습관적으로 휘두르던 폭력을 자제했다.

마치 사람이 달라진 것 같이 그런 자제심을 보였다.

물론 소진엽이 예뻐서는 아니다.

애초에 근래에야 제자로 인정한 냄새나는 사내 녀석을 예뻐할 이유는 없다.

단지 그는 소진엽의 이 같은 도발의 이유를 알고 있었을 뿐이다. 맞고 싶다고 용을 쓰는 녀석을 때려 주는 건 그의 구타 미학에 위반되는 행위였다. 어떻게든 원하는 것은 최대한 들어주지 않고 애를 태우는 게 그의 성품에 부합한다.

[흥! 근래 사마무군 녀석하고 계속 속닥이더니, 얻은 심득이 몇 가지 있는 모양이지?]

'어? 어떻게 아신 겁니까?'

[네놈이 이렇게 날 도발하는 건 자신이 얻은 심득이 옳은 것인지 확인하기 위함일 게 뻔하지 않겠느냐? 하지만 사마무군 녀석을 지나치게 믿다가 큰코다칠 수도 있다는 건 알고 있겠지?]

'제가 조심해야 할 정도입니까?'

[당연하지! 사마무군 녀석의 무학에 대한 재능은 북리사경 녀석과 비교해도 결코 떨어지지 않는다. 그동안은 가문의 비전무공의 한계에 얽매여 스스로를 구속하고 있었으나 근래 풀려났다. 아마 '천마충천, 사방마계' 상태인 네놈과 북리사경의 혈마조검경을 연속해서 상대하면서 얻은 심득 때문일 테지.]

'그렇군요.'

천천히 고개를 끄덕여 보이는 소진엽에게 담대광이 음험한 미소를 보였다.

[게다가 그놈, 근래 동정을 상실하고 받은 정신적인 충격도 한몫했을 것이다.]

'동정 상실과 무공 증진에도 관련이 있는 겁니까?'

[물론 있지. 애초에 도마사마가의 무공에 제약을 가하기 위해 초대 천마대조께서 동자심공을 전수한 것이니까.]

'예?'

소진엽이 황당한 표정이 되었다. 그러자 담대광이 태연한 표정으로 말했다.

[뭘 그리 놀라느냐? 천마신교가 무슨 소림사나 아미파 같은 불교 문파도 아니고 동자심공 따위가 필요할 리 없지 않겠느냐?]

'그렇다는 건……'

잠시 말끝을 흐린 채 고심 어린 표정이 된 소진엽이 곧 무언가 깨달은 듯 눈을 빛냈다.

'……도마사마가의 무공은 천마대조님이 남긴 신마공을 위협할 만하다는 뜻이로군요!'

[역시 바보는 아니로구나! 도마사마가의 무공이 지닌 저력은 본래 승천북리가에 못지않다. 아니, 어쩌면 더욱 대단하다고 봐야 하려나?]

'……'

[암튼 그런 거니까 사마무군 녀석에 대해선 계속 주의하는 편이 좋을 것이다. 밖에서 짖어 대는 늑대 떼를 상대하다가 집안의 호랑이한테 물릴 수도 있으니까.]

'집안의 호랑이라……'

내심 중얼거린 소진엽이 어깨를 가볍게 추어 보였다. 입가에는 특유의 미소가 머물러 있다.

'……뭐, 알겠습니다. 집안에 호랑이 한 마리쯤 키우는 것도 나쁠 건 없겠지요.'

[자신만만하구나?]

'그냥 귀여운 자신감이라고 해 주십시오. 도마 천좌라는 호랑이를 상대로 자신만만할 정도의 기량은 아직 없으니까요.'

[그 기량 커지기는 하는 거냐?]

'곧 보실 수 있을 겁니다. 앞으로 열흘 후 사신마령에게 도전할 작정이니까요.'

[자신은 있고?]

'어느 정도는 생겼습니다. 태상마군님 덕분에요.'

[카악! 그 빌어먹을 늙은이 얘기는 왜 하는 거냐? 내 복장을 뒤집어 놓으려는 것이냐?]

펄펄 날뛰는 담대광에게 소진엽이 다시 어깨를 추어 보였다. 입가에 머물러 있는 미소 역시 그대로다.

'어차피 사부님은 이번에도 직접적으로 도와주지 않으실 거 아닙니까?'

[그래서?]

'그러니 지금 제가 기댈 수 있는 건 태상마군님이 검마 천좌를 통해 전해 준 파훼법뿐입니다. 그걸 완벽하게 몸에 익히기 위해서 그동안 죽도록 고생한 거니까요.'

담대광이 펄펄 뛰는 걸 그쳤다. 표정 역시 변했다.

[거기까지 파악했다면 조금은 기대해 봐도 되겠구나…….]

'적당히만 해 주십시오.'

[적당히만?]

'예, 이번 싸움은 태상마군님의 파훼법 외에 사부님께서 전수해 주신 지존천강력과 지존성마검에 의지할 수밖에 없거든요. 그러니 적당히만 기대해 주십시오.'

[그건 무슨 의미냐?]

'생각하신 그대로의 의미입니다.'

뻔뻔한 말과 함께 소진엽이 이리저리 신형을 날리기 시작했다. 담대광이 결국 폭발해 미친 듯 쏟아 내는 손발을 피하기 위함이었다.

딱 그가 원했던 상황!

사부 담대광을 상대로 그는 근래 얻은 심득을 마음껏 발휘했다. 사신마령을 상대하기 전 마지막 예행연습을 확실하게 끝낼 수 있게 된 것이다.

*   *   *

"어랏?"

평소같이 하루 일과를 끝마친 후 반교연에게 찰싹 달라붙기 위해 달려가던 장소량이 눈을 빛냈다.

저 멀리 보이는 기괴한 그림자의 움직임!

그의 안력으론 따라잡기조차 힘들다. 그런 말도 안 되는 속도의 움직임이고, 변화였다.

그래서 한참 동안 눈에 힘을 주고 있었다.

무인의 본능이었다. 반드시 그렇게 해야 한다고 소리쳐 댔다.

하지만 세상엔 항상 능력 외란 게 존재한다. 근성이나 본능만으로 어찌해 볼 수 없는 일 말이다.

지금 장소량이 처한 상황이 그러했다.

내력을 몽땅 동공에 집중해 안력을 극단적으로 올렸음에도 장소량은 그림자의 움직임을 파악할 수 없었다. 그냥 안구가 돌출되고 핏발이 섰을 뿐이었다.

"크악! 눈알 빠지겠네!"

결국 장소량이 자신의 눈을 양손으로 감싸 안고서 동공으로부터 내력을 거둬들였다.

그러고도 통증이 수그러들지 않아 한동안 방정맞게 팔짝거렸다. 그렇게라도 하지 않고선 맹렬히 치솟는 고통을 참아낼 길이 없었기 때문이다.

　물론 그것도 잠시뿐.

　곧 안정을 되찾은 장소량이 단단히 결심한 듯 그림자 쪽으로 신형을 날렸다. 가까이 다가가서 그림자의 움직임을 확인해 보고자 마음먹었다.

　그러나 그는 곧 신형을 멈춰 세워야만 했다.

　자의가 아니다.

　퍽!

　그림자를 향해 신형을 날리던 그의 작은 몸이 타의에 의해 바닥을 나뒹굴었다. 느닷없이 다가든 또 다른 그림자에게서 튀어나온 도병에 아랫배를 찍혀 버린 거다.

　"어이구, 나 죽네!"

　"어?"

　바닥을 구르며 비명을 질러 대던 장소량을 향해 도병을 내지른 그림자가 눈살을 찌푸리며 다가들었다. 사마무기였다.

　그러자 갑자기 몸을 공처럼 말고 있던 장소량이 펄쩍 뛰어오른다.

　파팍!

　그리고 마음껏 내질러진 최심장!

거의 무방비 상태로 그에게 다가들던 사마무기가 얼른 도를 들어 자신을 방비했다. 갑작스럽게 당한 기습에 조금 당황한 것 같다.

그러나 그보다 더 당황한 건 장소량이었다.

내심 자신만만하게 펼친 기습이 가로막힌 것에 당황했고, 상대가 사마무기란 것에 또 당황했다. 정식으로 붙어서 이길 수 있는 상대가 아니란 걸 누구보다 잘 알고 있었기 때문이다.

'그러니 일단은 후퇴를 해야 하는가?'

내심 갈등 어린 표정을 지어 보인 장소량이 얼른 신형을 뒤로 물렸다.

"사마 대주, 이게 도대체 무슨 짓이오? 설마하니 소교주님의 제일 모사인 날 모살하려는 것이오?"

"모살? 그럴 리가 있겠소? 장 모사도 방금 전 내게 기습적으로 날린 최심장 공력이 장난이 아닌 것 같던데……."

"그야 갑작스럽게 공격을 당한 만큼 자위권을 발동할 수밖에 없는 일이 아니오? 설마 그냥 사마 대주한테 맞아 죽지 않은 걸 가지고 시비를 걸려는 건 아닐 테지요?"

"……어찌 내가 그러겠소?"

"그럼 그 일은 그렇게 넘어가기로 하고…… 사마 대주는 어째서 날 공격한 것이오?"

"그 이유조차 모르는 것이오?"

"어찌 내가 그걸 알 수 있겠소?"

"그럼 방금 전 소교주님의 연공을 방해하려 했던 것도 모르고 있겠군."

"소교주님의 연공? 그, 그럼 저 그림자가 소교주님이란 것이오?"

"푸핫!"

장소량의 뜨악한 표정을 본 사마무기가 너털웃음을 터뜨렸다. 갑자기 이런 장소량과 진지하게 손속을 나눌 뻔했던 자신이 우습게 느껴진 까닭이었다.

반면 장소량은 내심 울컥하고 뜨거운 것이 치밀어 오르는 걸 느꼈다.

본래 오만방자했던 사마무기다.

갑자기 성격이 변한 것도 아니었다.

그래도 그동안은 도마 사마무군에게 강력한 제어를 받아서 그리 큰 사고를 치진 않았다. 다양한 소진엽 휘하 군마들 사이에서 적당한 선을 지키고 있었다.

그러던 것이 근래 아주 고삐 풀린 망아지처럼 되었다.

몇 차례 소진엽과 함께 술자리를 가지고, 외성의 젊은 군마들의 대형 노릇을 하더니, 이젠 아예 파벌까지 조성하려 하고 있었다. 차대 소진엽 휘하 군마들의 젊은 우두머리가 되기 위해 날뛰기 시작한 것이다.

당연히 그 배후가 도마 사마무군임은 자명했다.

소진엽과 함께 연무를 하는 한편 동생 사마무기를 통해서 차대 권력의 핵심이 될 준비를 착착 진행시켜 가고 있었다. 다른 소진엽의 심복들에게 있는 대로 시비를 걸어 대면서 말이다.

'흥! 하지만 도마 천좌도 지나치게 마음이 급하군. 아직 태상마군님이 건재하신 상황에서 차대 권력 쟁탈전을 미리 시작하다니…….'

내심 코웃음을 치며 눈을 빛내는 장소량에게 너털웃음을 멈춘 사마무기가 말했다.

"장 모사, 오늘 내게 크게 술을 한잔 사야 할 것이오."

"술을 사야 한다면 사야겠지요. 사마 대주께서는 부디 가르침을 내려 주시오."

"그러지."

오만한 미소와 함께 고개를 끄덕여 보인 사마무기가 말했다.

"방금 전에 했던 말대로 소교주님께서는 지금 연공 중이시오. 아마 갑자기 어떤 심득을 얻으셔서 무아지경에 빠진 걸 거요. 한데, 장 모사는 방금 전에 그런 소교주님께 무작정 달려가려 했기에 내가 얼른 막은 것이오."

"아!"

"그러니 이제 왜 술을 사야 하는지 아시겠소?"

"알겠소이다! 아주 잘 알겠소이다!"

"아셨다니 다행이오. 뭐, 하긴 장 모사 정도의 무공으로 현재의 소교주님을 파악하긴 어려웠을 것이오. 나도 한참 동안 바라보고서야 소교주님께서 연공에 들어가신 걸 알 수 있었으니까."

"그것만으로도 대단한 일이외다! 사마 대주의 무공은 과연 십팔마군의 필두라 할 만하외다!"

"하하, 태상마군님이 있는데 그렇기야 하겠소이까?"

'태상마군님은 그래도 신경 쓰이냐?'

내심 톡 쏘아붙여 준 장소량이 헤벌쭉 웃어 보였다. 언제나 나와 마찬가지로 절대 속내를 드러내지 않는다.

그때 그렇게 겉으로 보기엔 꽤나 화기애애해진 두 사람의 곁으로 십여 명의 군마들이 모여들었다. 근래 사마무기가 규합한 술친구들이 더욱 늘어난 것이다.

그들 중 필두라 할 수 있는 천마무적대주 구천인이 눈을 빛내며 말했다.

"두 분, 이런 곳에서 어쩐 일이십니까?"

사마무기가 씨익 웃어 보였다.

"소교주님께서 연공을 끝내시길 기다리고 있네."

"예?"

의아한 기색이 된 구천인의 곁에 바짝 붙어 있던 부대주 반호가 얼른 말했다.

"대주님, 저쪽을 보십시오."

"오!"

구천인이 대뜸 나직한 탄성을 발했다. 사마무기와 마찬가지로 소진엽이 연공하고 있는 광경을 한눈에 알아본 것이다.

게다가 그뿐이 아니다.

모여든 군마 중 잔살묵검대주 천일해를 비롯한 몇 명이 비슷한 탄성을 터뜨렸다. 그들 역시 소진엽의 연공을 간파할 만한 무공을 지니고 있었다는 뜻.

덕분에 장소량의 안색이 점점 더 어두워졌다.

'망할 마도십가 출신 녀석들! 새파랗게 어린놈들이 무공만 높아서는!'

내심 욕설을 내뱉은 장소량이 가뜩이나 좁은 어깨를 더욱 축 늘어뜨렸다.

왠지 기운이 빠졌다.

자신보다 한참이나 어린 군마들보다 무공이 떨어지는 걸 깨닫자 마음이 서글펐다. 갑자기 소진엽 곁에 자신의 자리가 더 이상 남아 있지 않은 것만 같았다.

잠시뿐이었다.

곧 장소량이 특유의 표정을 회복했다.

그는 모사였다.

머리로써 세상을 사는 자였다.

천하 만물을 머릿속에 담고서 세속의 욕망과 인정을 마음대로 주물럭거리기 위해 살고 있었다.

무공이 조금 떨어진다 하여 꿀릴 건 없었다. 무엇보다도 주군인 소교주 소진엽이 그 같은 사실을 인정해 주고 있었다. 다른 누구보다도 더.

'분명 그럴 테지? 그럴 거야! 분명히!'

내심 마음을 다잡은 장소량이 여전히 소진엽의 연공에 정신이 팔린 젊은 군마들에게 호기 넘치는 목소리로 말했다.

"여러분 소교주님의 연공이 언제 끝날지 모르니까 우리 먼저 일 차를 시작하는 게 어떻겠소이까?"

"일 차?"

"먼저 적당히 주흥을 돋우자는 말이오. 내가 오늘은 전대를 화끈하게 풀 작정이니까."

"오! 그거 좋은 생각이오! 모두 장 모사를 쫓아서 가도록 합시다!"

"좋소!"

"좋아!"

젊은 군마들이 미친 듯 환호성을 터뜨렸다.

평상시처럼 술자리를 주선한 사마무기의 선동에 몽땅 넘어가 버린 것이다. 연공에 여념이 없는 소진엽은 완전히 잊어버린 것처럼 말이다.

*　　　*　　　*

톡! 톡!

반교연은 발끝을 세워 흙바닥을 연달아 두드리고 있었다.

살짝 핏대가 서 있는 이마!

만약 천사련에서 오랫동안 함께해 왔던 사형제들이 봤다면 창백하게 질려 슬금슬금 도망쳤을 터였다. 그녀가 지금 극도로 분노해 있는 상태란 걸 알았을 테니까.

단! 이곳은 천마신교의 중심인 신마성궁이었다.

평상시 철저할 정도로 속내를 숨긴 채 생활해 온 터라 반교연의 분노는 쉽사리 간파되지 않았다. 자욱한 어둠 속에 녹아들어서 자신의 본질을 숨기고 있었다.

'이 망할 늙은 염소 새끼! 감히 날 이렇게 바람맞혀? 오늘은 정말 밤에 잠을 재우지 않을 테다!'

반교연이 이렇게 화가 난 이유는 자명하다.

장소량이 중간으로 샌 거다.

그녀를 거진 한 시진이나 기다리게 한 거다. 이 차가운 겨울의 밤바람을 맞게 하면서 말이다.

당연히 그냥 넘어갈 생각은 없다.

이번 기회에 확실하게 주도권을 쟁취할 생각이었다. 혼인에 대한 약속과 함께.

한데, 그렇게 분노의 뒷발질을 계속하던 반교연이 갑자기 작은 어깨를 가볍게 떨어 보였다.

느닷없이 느껴진 오한이 원인이다.

여태까지 그녀의 전신으로 휘몰아치고 있던 밤바람이 전해 주는 추위와는 다른 종류의 찬 기운이 뒷목을 뻣뻣하게 만들었다. 마비시켰다. 그리고 주르륵 등줄기의 쭉 뻗은 홈으로 떨어져 내린 차가운 전율감!

'이 느낌…… 익숙해!'

수없이 많은 사선을 넘어온 반교연이었다.

이런 기분 나쁜 익숙함을 그냥 보아 넘길 리 없다. 그런 안이한 정신 상태로 여태까지 살아남았을 리 만무했다.

흔들!

어떤 예비 동작도 없이 반교연이 신형을 옆으로 비틀었다. 어떤 예측조차 뛰어넘는 변화를 일으킨 것이다.

당연히 그건 시작에 불과했다.

찌직!

순간적으로 몸매를 그대로 드러내 보이던 궁장의 치맛단을 찢으며 다리를 벌린 반교연이 허리춤에서 검을 뽑았다. 최고의 탄강기로 자신의 주변, 모든 곳을 초토화시켜 버릴 작정이었다. 그게 최선이란 판단이었다.

그러나 바로 그때 그녀의 예측을 완벽하게 뛰어넘는 상황이 벌어졌다.

패앵! 투퍽!

탄강기를 일으키기 직전 검이 날아갔고, 가장 공을 들여

방어하고 있던 얼굴은 반대편으로 돌아갔다. 묵직하고 강렬한 일격이 순식간에 침투경처럼 파고들어 두개골 안의 뇌를 몇 차례나 진탕시켰다.

"쿠억!"

반교연이 입에서 토사물을 토해 내며 바닥에 나뒹굴었다.

직감에 따른 방어과 반격!

그 모든 것이 수포로 돌아갔다. 전혀 힘을 쓰지 못했다. 처참한 결과를 만들어 내고 말았다.

하지만 그것도 잠시뿐.

스륵!

바닥에 얼굴을 묻고 구역질을 해 대던 반교연이 뱀처럼 유연하게 허리를 굴신했다.

또다시 반격에 나서려는 걸까?

그딴 건 없다.

오로지 도주가 목적이었다. 그 정도로 최악의 상대를 만났다는 판단을 내린 것이다.

그러나 그때 다시 그녀의 몸으로 묵직한 타격이 인정사정 없이 쏟아졌다.

퍼억!

뒤로 신형을 굴신하던 반교연의 몸이 그대로 바닥에 대자로 뻗었다.

복부로 파고든 극렬한 격통이 원인!

바닥에 널브러진 채 반교연이 입을 가볍게 벌렸다. 지독한 고통에 전신이 마비된 상태에서도 신음만은 억지로 참아냈다. 뇌리를 스쳐 간 공포가 그러길 강요하고 있었다.

'역시 익숙해! 이 고통! 이 구타 방식!'

확신이 들었다.

이젠 더 이상 의심할 여지가 없었다.

"주, 주인님, 비녀를 죽이실 작정이십니까?"

"네 태도에 따라 다르다."

'역시!'

반교연이 내심 부르짖었을 때였다.

슥!

그녀의 머리맡으로 한 명의 방립 면사녀가 모습을 드러냈다. 방립 사이로 언뜻 보이는 한성같이 차갑고 아름다운 눈빛.

한 치의 빈틈도 허용치 않을 듯 완벽한 자세.

반교연을 부끄럽게 하는 늘씬하고 매혹적인 지체.

귀영을 무색케 하는 풍마환영신을 거두고 모습을 드러낸 건 고독검마후 구양령이었다.

석 달 전 갑작스럽게 모습을 감췄던 그녀가 오늘 밤 반교연을 사뿐히 즈려밟으며 모습을 드러냈다. 복귀했다. 아주 그녀다운 방식으로 말이다.

"계속 그렇게 누워 있을 작정이냐?"

"아, 아닙니다……."

떨리는 대답과 함께 반교연이 힘겹게 일어나 구양령 앞에 부복했다. 시선을 바닥에 떨군 채 몸을 벌벌 떨었다.

그동안 지나치게 편하게 지냈나 보다.

오랜만에 접한 구양령은 정말 무서웠다.

조금이라도 수가 틀리면 아무렇지도 않게 자신의 목을 날려 버릴 것 같았다. 특화된 생존 본능이 그렇게 경고하고 있었다.

그런 반교연을 잠시 물끄러미 내려다보던 구양령이 미미하게 고개를 끄덕여 보였다.

"그동안 무공이 제법 증진되었구나. 신마성궁에서 채양보음을 하고 다닌 것은 아닐 테지?"

"어, 어찌 비녀가 그런 짓을 벌일 수 있겠습니까! 처, 천부당만부당한 말씀이십니다!"

"그렇군. 그럼 보고하도록 해라!"

"예? 무, 무슨 보고를 하시라는 것인지……."

"지난 석 달간 신마성궁에서 벌어진 모든 일을 하나도 빠-짐없이 보고하란 뜻이다. 네 사견을 배제하고 보고, 들은 사실을 객관적으로 말해야만 할 것이다."

"……예, 그리하겠습니다!"

복명과 함께 구양령이 맹렬히 머리를 굴리기 시작했다.

구양령의 이 같은 태도!

평상시와 다름없으나 왠지 신경 쓰였다. 다시 생존 본능을 맹렬하게 자극해 왔다. 현재로선 어찌해 볼 수가 없지만.

같은 시각.

평상시처럼 독군각의 최상층에 위치한 집무실에서 독술의 연구로 밤을 지새우고 있던 만사독군 엽고진의 눈매가 슬쩍 가늘어졌다.

번뜩이는 녹색 광채!

오 척을 간신히 넘긴 신장, 검게 타 있는 피부와 어우러져 사뭇 음산한 분위기를 자아낸다. 실제로 이때 집무실 내부는 지독한 독기로 가득 차 어떤 자도 쉽사리 다가들 수 없는 절대독지나 다름없게 변해 있었다.

분위기만 그런 게 아니란 뜻.

그러나 그것만으론 엽고진을 만족시킬 수 없었던 것 같다.

후들!

뒤이어 그가 상반신을 한 차례 흔들었고, 곧 무수히 많은 녹색 독강이 집무실 전체로 퍼져 갔다. 스치는 것만으로도 천인을 즉사시킬 위력의 만독시강(萬毒屍罡)!

엽고진이 어느 누구에게도 내보인 적이 없던 비장의 절초였다. 구명절초(求命絕招)를 아낌없이 펼쳐 낸 것이다.

하나 곧 상황이 급변했다.

엽고진의 전신에서 뻗어 나왔던 만독시강이 갑자기 자취를 감춰 버렸다. 아예 존재하지 않았던 것처럼 말이다.

그리고 터져 나온 기침!

"쿨럭!"

엽고진의 입에서 녹색 핏덩이가 터져 나와 집무실 바닥을 녹여 버렸다. 그의 구명절초인 만독시강보다 오히려 더 강력한 독기가 깃든 피를 견뎌 낼 수 없었던 것이리라.

그때 엽고진 앞에 한 명의 여인이 모습을 드러냈다.

언제나와 같이 백색 궁장 차림인 멸천마후 천기신혜였다.

머리에 자리한 은빛의 관, 얼굴을 가린 은색 주렴에도 불구하고 손색이 없는 경국지색의 미모는 평생을 만독문 재건에 바친 엽고진조차 단숨에 매혹시킨다.

잠시 엽고진을 바라보고 있던 천기신혜가 말했다.

"만독시강의 위력이 더욱 강해졌군요. 독중지성(毒中之聖)의 경지가 이젠 그리 멀지 않은 것이겠죠?"

엽고진이 천기신혜에게 고정된 채 넋을 잃은 표정 그대로 천천히 고개를 저어 보였다.

"지나친 과찬이시오. 아직 독중지성의 길은 멀고도 험하다오."

"그런가요?"

"그렇소."

"그럼 그건 그렇다 치고…… 어떤 변명을 하는지 들어 보고 싶군요."

"변명?"

엽고진이 의아한 표정을 지어 보이자 천기신혜의 은색 주렴이 가벼운 흔들림을 보였다.

"과연 엽 독군이로군요. 이런 상황에서도 자제력을 유지할 수 있는 점을 높이 사서 변명할 기회를 한 번 더 주겠어요. 이건 엄청난 특혜란 걸 아셔야만 해요. 나는 근래 자제력이 거의 바닥을 드러낸 상황이니까요."

"……"

엽고진이 침묵 속에 천기신혜를 바라보다 문득 고개를 끄덕여 보였다.

"하긴 특혜는 특혜이겠군. 직접 자신의 손으로 배신자를 처리하러 왔으니까."

"인정하는 건가요?"

"본래 고래 싸움에 끼어든 새우는 등이 터지는 법. 태상마군과 교주의 후계자가 함께 움직이기 시작했으니, 멸천마후는 이후 만전을 기해 대비해야만 할 것이오."

"고마운 충고! 내일 아침 독군각에서 빠져나갈 관은 하나면 족할 거예요."

"멸천마후의 은정에 감사드리겠소."

그 말과 동시였다.

후들!

다시 상반신을 흔든 엽고진의 전신에서 예의 만독시강이 맹렬한 기세로 폭발해 나왔다. 더욱 진하고 강렬한 녹광을 머금은 채 천기신혜를 향해 수백 발의 화살처럼 쏘아져 갔다.

그러자 순간 천기신혜의 얼굴에서 치워진 은색 주렴!

"헉!"

엽고진이 짧막한 단말마와 함께 바닥에 무너져 내렸다. 평생에 걸쳐 연마해 온 만독시강의 위력을 채 발휘해 보지도 못한 채 생을 마감하고만 것이다.

치익!

그래도 의지만은 천기신혜에게 닿았던 걸까?

엽고진의 만독시강에 녹아내리기 시작한 은색 주렴 한 조각을 바닥에 떨군 채 천기신혜가 천천히 신형을 돌려세웠다.

오랜만에 돌아온 신마성궁이다.

이제부터 방문해야 할 자들이 제법 많았다. 만사독군 엽고진과 비슷하거나 다른 방식으로 말이다.

*　　*　　*

'응?'

소진엽은 문득 정신을 차리곤 주변을 둘러보다 어깨를 으쓱해 보였다.

어느새 환하게 밝아오기 시작한 주변 풍경.

초저녁에 시작한 담대광과의 연무가 하루 저녁을 꼬박 날려 버렸음이 분명하다.

그래도 아쉬움이 남았는가?

그가 하늘에 떠 있는 담대광을 다시 도발했다.

'사부님, 근래 기력이 많이 떨어지신 게 아닙니까?'

[뭐라?]

'사부님의 손발에 담긴 기력이 예전 같지 않으시니, 제자 마음이 무척 아픕니다.'

[진정 네놈의 간이 배 밖으로 나왔구나! 진정 죽기가 소원이라면 내 확실하게 들어주도록 하마! 나중에…….]

'예?'

그답지 않게 갑자기 꼬리를 내린 담대광의 태도에 소진엽이 의아한 표정이 되었다.

이런 태도, 사부 담대광에겐 전혀 어울리지 않는다.

아주 이상했다. 마치 딴사람인 것 같다.

퍽!

잠시뿐이었다.

느닷없이 담대광이 날린 주먹이 전해 주는 친근한 통증에 소진엽이 내심 고개를 끄덕여 보였다.

'사부님, 맞군.'

[인석, 무슨 헛생각을 한 것이냐! 단지 지금은 내가 좀 바쁜 일이 생겨서 겁대가리를 상실한 네놈을 손봐 주는 걸 잠시 뒤로 미뤘을 뿐이니라!]

'예, 알겠습니다. 그럼 바쁜 일 잘 보고 오십시오!'

[이놈이!]

다시 소진엽에게 주먹을 불끈 쥐어 보인 담대광이 인상을 쓴 채 접속을 끊었다. 정말 급한 일이 생기긴 생긴 모양이다. 소진엽이 잠시 고개를 갸웃해 보이곤 천천히 기지개를 켰다.

밤새 미친 듯 움직여 댄 여파 때문인지 찬 공기에도 불구하고 몸에는 활력이 가득하고, 훈훈한 기운 역시 감돈다. 밤새 운기행공을 한 것이나 다름없는 몸 상태였다.

그러니 아쉬움이 더한다 할까?

'그나저나 술 약속…… 완전히 날려 버렸군. 다들 기다렸을 텐데…….'

사부 담대광과의 연무로 얻은 것이 제법 많지만 뒷맛이 조금 쓰다.

물론 아쉬움의 원인이 음주가무인 건 아니다.

오히려 그런 쪽에는 관심조차 가지 않았다. 어렸을 때부터 낙양의 색주가를 주름잡아 온 터라 신마성궁 저자의 기루 정도는 눈에 차지도 않았기 때문이다.

다만 그는 근래 신마성궁의 젊은 군마들과 어울리는 시간이 무척 좋았다. 창천검무대와 함께하던 때가 떠올라서 좋았고, 계속되는 연무로 지친 심신의 피로 역시 풀 수 있었다. 그에겐 적당한 이완거리였다.

한데, 그 같은 아쉬움을 뒤로하고 신형을 돌려 춘홍루로 돌아가려던 소진엽의 안색이 가볍게 굳었다.

점차 밝아오고 있는 여명의 저편!

저자의 반대편으로부터 한 명의 방립 여인이 모습을 드러냈다. 빠르게 소진엽을 향해 파고들어 왔다. 마치 헤어졌던 연인의 품속으로 달려드는 것 같이.

스으—팟!

'구양…….'

반사적으로 소진엽이 내심 미치도록 그리워했던 여인의 이름을 떠올리려다 더욱 안색을 굳혔다.

그럴 수밖에 없었다.

방립 여인의 손!

어느새 차가운 한광을 머금은 검이 쥐어져 있었다.

모습을 드러내자마자 소진엽을 향해 파고드는 속도를 더한 초극의 검을 펼쳐 낸 것이다. 마치 그러기 위해 여태까지 살아온 것처럼 말이다.

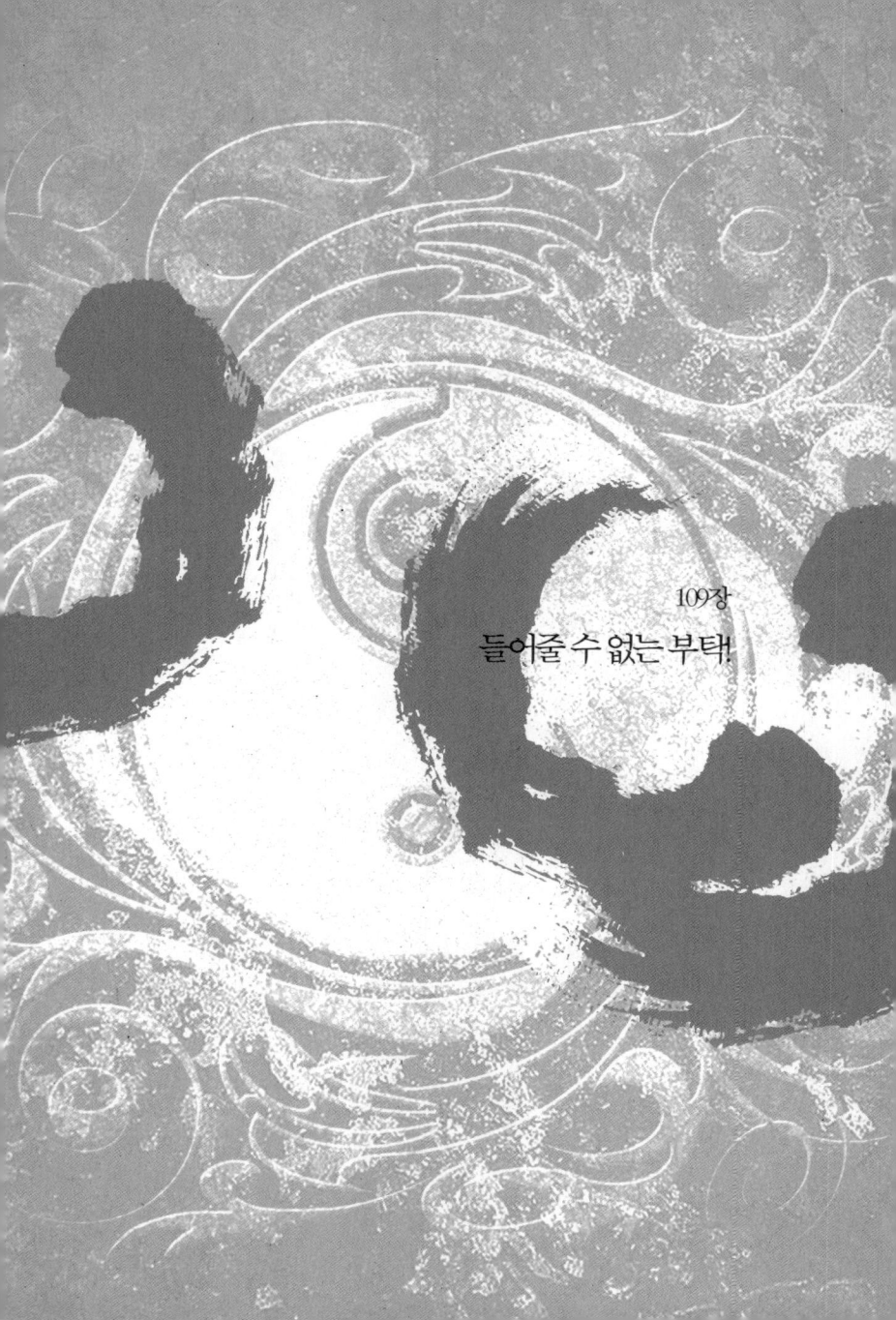

109장
들어줄 수 없는 부탁

일촌광음!

더할 나위 없을 만큼 익숙한 쾌속의 검초와 맞닥뜨린 소진엽은 잠시 몸을 경직시켰다.

공포 때문은 아니다.

오히려 희미한 안도감이 그런 미세한 변화를 만들어 냈다.

똑바로 자신을 향해 파고들어 오는 구양령과 그녀의 애검 한령마검의 차가운 검기!

그가 아는 대로의 일촌광음이다.

전혀 위력이 떨어지지 않았을뿐더러, 오히려 속도 자체

는 더욱 빨라졌다. 못 본 새 구양령은 연무를 쉬지 않았고, 특별한 부상도 없었던 것이 분명하다.

그러면 이제 관찰은 그만이다.

더 이상 여유를 부리다가는 목에 구멍이 뚫릴 터였다.

그만한 기세를 품고 한령마검은 곧바로 소진엽을 향했다. 순수한 살의를 품은 채 쏘아져 왔다.

스륵!

소진엽이 한쪽 어깨를 무너뜨렸다.

그렇게 정확하게 일촌광음의 첫 번째 일격을 피해 냈다. 서늘한 검날을 귀밑머리로 스쳐 보냈다.

당연히 그것만으로 끝일 리 없다.

번뜩!

일촌광음이 이번엔 광음여류로 변했다. 번개가 무색할 만큼의 속도로 변화를 일으켜 자세를 무너뜨린 소진엽의 척추를 따라 강력한 일격을 가해 왔다.

하지만 이 역시 소진엽에겐 익숙하다.

뻔한 변화였다.

토옥!

자세를 무너뜨린 상태에서 소진엽의 왼발이 구양령의 오금을 건드렸다.

강한 타격이 아니다.

그냥 가볍게 견제를 하는 동작 정도다. 그것만으로 광

음여류의 일격을 상대하는 데는 충분하다는 판단!

과연 구양령의 자세가 흐트러졌다.

미묘하나 검과 완전히 하나가 되어 있던 검신합일이 깨졌다.

그러자 그 찰나의 순간을 빌어 소진엽이 일보회산경을 일으켰다.

패애앵!

맹렬한 회전!

순간적으로 소진엽의 척추를 노리며 파고든 광음여류의 검기를 밖으로 튕겨 내 버린다. 웬만한 호신강기나 금강불괴지체조차 일도양단할 수 있는 검기를 가볍게 무력화시켜 버린 것이다.

그러자 또다시 변화한 구양령의 한령마검!

주춤거리며 뒤로 몇 걸음 물러서더니, 미간 사이로 검극을 추켜올린 채 돌진해 온다.

일검촌광(一劍寸光)!

찌르기다.

일촌광음과 달리 극단적으로 좁은 간격에서 펼치는 치명적인 빠르기의 검격이었다.

'허!'

소진엽이 내심 가볍게 탄성을 발했다.

못 본 새 구양령의 무공이 크게 상승했음을 깨달은 거

다. 과거 이렇게 좁은 거리에서 타격을 입은 상태로 일검촌광을 펼칠 순 없었으니까.

하나 그사이 무공이 상승한 건 그녀뿐이 아니다.

소진엽 역시 과거와는 비교할 수 없을 만큼 무공이 상승했다.

오랫동안 막혀 있던 벽을 깨끗이 허물어 버리고, 새로운 무학의 영역에 일찌감치 발을 들여놓은 상황이었다.

틱!

곧바로 자신의 미간을 노리며 파고든 구양령의 한령마검을 향해 소진엽의 지도풍이 직격했다.

검극!

그 첨단을 그대로 찍어 버렸다. 일촌광음을 뛰어넘을 만큼 빠른 일검촌광을 최소한의 힘으로 분쇄해 버린 것이다.

휘청!

그로 인해 구양령의 신형이 크게 비틀거렸다. 완벽한 검신합일이 또다시 깨져 버린 때문이다.

그리고 이번에는 소진엽도 거기서 그만두진 않았다.

이미 구양령의 무위가 문제없다는 건 확인이 끝난 터.

계속 이 무의미한 싸움을 끌 이유는 없었다.

스으!

앞서와 달리 뒤로 물러나지 않고 앞으로 발을 내디딘

소진엽이 아직 자세를 제대로 갖추지 못한 구양령을 향해 돌진했다. 그리고 만근 거암과 같은 무게와 파괴력을 쏟아냈다.

쾅!

일보파산경!

근래 들어 완벽에 가까워진 그 압도적인 돌진기에 구양령의 신형이 실 끊어진 연처럼 뒤로 날아갔다. 완전히 끝장이 난 것처럼 어떠한 저항조차 보이지 못하고 그리되었다.

그러자 더욱 빨라진 소진엽의 일보삼장세!

피잉!

순간적으로 궁신탄영의 심득까지 담아서 신형을 날린 소진엽이 얼른 구양령을 낚아챘다. 품안에 포옥 안아 들었다. 어미 새가 새끼 새를 보호하는 것처럼.

깜빡!

구양령이 눈을 떴다가 다시 감았다.

잠시뿐이다.

곧 그녀는 슬그머니 눈을 뜨고 자신을 안고 있는 소진엽을 올려다봤다.

얼마나 정신을 잃었던 것일까?

찰나일 수도 있고, 꽤 오래 시간이 지난 것 같기도 하다. 일검촌광이 파훼된 것과 함께 달려든 소진엽의 일보파산경에 휘말려 완벽한 붕괴를 경험했기 때문이다.

그래도 이런 부끄러운 꼴이라니!

자신이 소진엽에게 안겨 있다는 걸 깨달은 구양령이 낯을 가볍게 붉혔다. 눈가가 촉촉해졌다.

"……소교주, 그만 날 내려 주세요."

소진엽의 얼굴이 환해졌다.

"구양 소저, 온전한 정신이었군요?"

"내가 제정신이 아니었다고 생각했던 건가요?"

"그렇진 않았소. 하지만……."

잠시 말끝을 흐린 소진엽이 입가에 부드러운 미소를 매달았다.

"……구양 소저는 풍마환영신을 펼치지 않고, 오로지 한령마검으로만 날 공격했소. 그게 봉황선부 시절을 떠올리게 해서 좀 걱정하고 있었소."

"봉황선부 시절이라면…… 제가 교주님의 마왕침법에 의해 실혼인이 되었던 때를 말하시는 건가요?"

"그렇소. 그때 구양 소저는 오늘처럼 풍마환영신을 펼치지 않은 상태로 내 연무를 도와주곤 했었다오. 아침부터 저녁까지…… 단 한 순간도 쉬지 않고서 말이오."

"그랬군요."

"구양 소저는 그때의 기억을 아직 전혀 떠올리지 못하

고 있었던 것이오?"

"아니, 그렇진 않아요……."

묘한 여운이 느껴지는 말과 함께 다시 낯을 붉혀 보인 구양령이 한 차례 몸을 비틀어 소진엽의 품에서 벗어났다. 그와 잠시 대화를 나눈 그 짧은 사이에 그녀는 자신의 몸 상태가 정상임을 확인한 것이다.

슥!

그러자 자연스럽게 뒤로 신형을 물려서 간격을 벌린 구양령을 향해 소진엽이 한령마검을 내밀었다.

"구양 소저, 이것도 가져가시오."

"……."

구양령이 침묵 속에 한령마검을 받아 챙겼다.

검객이 검을 빼앗기는 수치를 당했음에도 그리 큰 표정의 변화는 보이지 않는다. 방금 전 몇 차례나 낯을 붉혔던 사람이 맞나 싶을 정도로 무덤덤한 태도다.

소진엽이 그 점에 주목할 때 구양령이 말했다.

"소교주님은 진정 천마대전의 사신마령과 맞대결할 성 각이신 건가요?"

"그럴 작정이오. 사부님의 신마좌를 다른 자에게 넘길 수는 없으니까."

"그건 천마대제전을 열기 위함인가요?"

"그렇진 않소."

"아니라고요?"

"그렇소. 아직 사부님께서 생존해 계시는데 어찌 새로운 교주를 뽑는 천마대제전을 개최할 수 있겠소? 나는 오히려 사신마령을 제압해 천마대제전의 개최를 막을 작정이오!"

"……"

잠시의 침묵 끝에 구양령이 입을 열었다.

"소교주님께 묻겠어요. 전날 내게 했던 말은 아직 유효한 것인가요?"

"구양 소저와 혼인하겠다던 약속을 말하는 것이오? 내 마음은 여전히 변함이 없소!"

"그렇군요……."

말끝을 살짝 흐린 구양령이 면사로 가려진 입가에 씁쓸한 고소를 매달았다.

"……그럼 제 부탁을 하나만 들어주세요."

"말하시오."

"사신마령에 대한 도전을 포기해 주세요! 신마좌를 포기하고 지금 당장 신마성궁을 떠나 주세요!"

"그건……."

"그래 주신다면 저는 그 순간부터 죽을 때까지 소교주님과 함께할 거예요! 죽을 때까지 절대 소교주님의 곁을 떠나지 않고 성심성의를 다해 모실 거예요!"

이 냉혹한 여인에게 이런 면이 있었던가!

소진엽은 갑자기 한 덩이 불꽃, 그 자체가 된 것처럼 자신에게 소리치는 구양령을 새삼스레 바라봤다.

이건…… 첫 경험이다.

구양령과 만난 후 처음으로 그녀에게 부탁을 들었다. 간절한 애원을 듣게 되었다.

하지만 하필 자신이 절대 들어줄 수 없는 부탁이었다.

가슴이 아프지만 거절해야만 했다.

"구양 소저, 미안하지만 그 부탁은 들어줄 수 없소."

"정녕 그러실 수밖에 없나요?"

"그렇소!"

"……."

소진엽의 단호한 대답에 구양령이 입을 다물었다.

더 이상의 질문은 필요 없다. 변하지 않는 의지를 이미 느꼈으니까.

그래도 미련이 남은 듯 잠시 더 소진엽에게 맑은 눈빛을 던지고 있던 구양령이 곧 신형을 돌려세웠다.

슥!

그리고 펼쳐진 풍마환영신!

여전히 최고다.

이미 주변이 환해진 시간임에도 오고 감을 알 수 없고, 어떠한 흔적도 남기지 않는다.

갑작스런 이별!

구양령은 그대로 소진엽의 곁을 떠나갔다. 다시 보자는
기약조차 남기지 않고서.

"구양 소저……."

소진엽은 언제나처럼 그녀를 붙잡지 않았다. 쫓지도 않
았다. 그냥 망연한 시선을 한 채 서 있었을 뿐이었다.

예전과 달라진 점은 더 있다.

그는 풍마환영신을 펼친 구양령의 움직임을 하나에서
열까지 정확하게 파악했다. 어떤 동선으로 움직이는지 알
았다. 자신을 떠나기 전 잠시 보였던 그녀의 머뭇거림까지
손에 잡힐 듯 알 수 있었다.

그래서 그는 참았다. 자신을 억눌렀다.

구양령을 쫓아가 그녀를 다시 끌어안고 싶은 격렬한 본
능으로부터 눈을 돌린 채 한 조각 한숨만을 입가에 매달았
다. 그게 바로 그녀에 대한 사랑이라 생각했기 때문이다.

멸천마후 천기신혜에게 포로가 됐던 구양령!

갑작스럽게 신마성궁에 나타나 무작정 검을 휘둘렀던
구양령!

자신에게 사신마령과 맞대결해 천마대제전을 개최할 것
이냐 묻던 구양령!

신마좌를 포기하고 자신과 함께 신마성궁을 떠나자고
애절하게 외치던 구양령!

소진엽의 거절에 신형을 돌려세웠던 구양령!

그리고 풍마환영신을 펼친 상태에서야 비로소 자신을 향한 머뭇거림을 내보였던 구양령!

모든 것이 소진엽을 억눌렀다.

사랑에 빠진 사내의 가슴에 무거운 돌을 얹었다.

폭발할 것 같은 격정을 참아 내게 했다.

"……그래도 나는 절대 포기하지 않을 것이오! 그동안 구양 소저에게 어떤 일이 있었든지 간에 반드시 모든 걸 되돌려 놓고 말 것이오! 어떤 대가를 치른다 해도!"

소진엽은 굳이 '그래서 지금 구양령을 보내 주겠다.'는 말을 덧붙이진 않았다. 생략했다.

다른 누군가를 위한 게 아니다.

바로 자기 자신을 위한 맹세였다.

굳이 속내를 있는 그대로 다 내뱉을 이유는 없을 터였다.

*　　　*　　　*

뇌극봉.

과거 천마신교의 미래라 할 수 있는 소악마들이 대량으로 양성되던 마굴이 위치했던 장소는 몇 개월 만에 완전히 탈바꿈해 있었다.

험악한 산악 지형에 맞춰 만들어진 몇 십 개나 되는 진지.

무수히 많은 방책과 기관진식이 그야말로 살풍경한 광경을 연출하고 있었다.

그중에서도 압권은 포대였다.

뇌극봉으로부터 얼마 떨어지지 않은 신마성궁을 향해 무려 수십 개나 되는 포열이 늘어서 있었다. 언제든 마음만 먹으면 수백 발이 넘는 포탄을 쏟아부을 수 있게끔 말이다.

당연히 이런 걸출한 작품을 만든 사람은 뇌왕진천가 가주 화천마군 진강이었다.

그는 마성궁을 떠날 때 데려온 뇌왕진천가의 인재들을 총동원해서 단 두 달여 만에 이런 대역사를 이룩해 냈다. 마도는 물론이거니와 무림 전체를 통틀어도 굴지라고 할 수 있는 화기와 요새 구축의 재능을 마음껏 드러낸 것이다.

그러나 본래 뛰는 자 위에는 나는 자가 있다던가?

완전히 동이 터서 눈을 멀게 할 정도의 설광(雪光)으로 뒤덮인 뇌극봉의 포대는 지금 진강의 통제로부터 완전히 벗어나 있었다. 새벽이 되기 전 느닷없이 들이닥친 일단의 무리에게 별다른 저항조차 하지 못하고 하나도 빠짐없이 제압당했다.

그리고 환하게 밝아진 이때, 어이없을 정도로 아무것도 하지 못하고 제압당한 자들은 경악하고 있었다. 자신들의 허를 완벽하게 찔러 포대를 빼앗은 침입자들의 정체가 바로 같은 뇌왕진천가의 정예 뇌왕열화병단임을 알았기 때문이다.

"너, 너희들은……!"

"뇌왕열화병단? 너희들이 어찌 우리를 공격한 것이냐?"

"같은 가문을 공격하다니! 네놈들이 미쳤구나!"

자신들을 향해 분노해, 삿대질해 대는 가문 사람들을 향해 뇌왕열화병단 무인들이 인상을 확 써 보였다.

"씨발! 거 말 많네!"

"우릴 사지로 몰아넣고 지들끼리 마성궁을 탈출한 배신자들 주제에!"

"입 닥쳐! 진마성교를 배신할 때 너희들은 우릴 생각했냐? 확 그냥 아가리를 찢어서 죽여 버릴라!"

짜증과 당혹!

그리고 그걸 뛰어넘는 분노가 뇌왕열화병단을 지배하고 있었다. 믿고 있던 가문 사람들에게 배신당하고, 진마성교에 귀순한 후 받은 모욕적인 대접이 그들을 거칠게 했다.

그래도 혈연으로 이어진 가문 사람들이다.

곧 뇌왕열화병단을 이끌고 이번 뇌극봉 포진지 강탈 작전을 지휘한 일화신장이 진중하게 말했다.

"모두 입을 다물라!"

"하, 하지만……."

"상황이 이렇게 되긴 했으나 모두 한집안 사람들이다! 후일 후회할 언동은 삼가는 게 옳을 것이다!"

"……예."

분기탱천해 있던 뇌왕열화병단이 복명과 함께 입을 다물자 포로가 된 뇌왕진천가 사람들 역시 따라 욕설을 멈췄다. 그들 중 누구도 사패호위신장의 우두머리인 일화신장의 권위에 도전할 수 있는 자가 없었기 때문이다.

그렇게 침묵이 감돌기 시작한 포진지!

다른 포진지로 떠난 나머지 세 명의 호위신장들을 떠올리며 일화신장이 내심 눈살을 찌푸려 보였다.

'나는 이미 소가주님께 충성을 맹세했다. 그분의 선택을 따르다 목숨을 바친다 해도 후회는 없을 것이야. 하지만 다른 형제들도 그러할지는 모르겠구나. 가주님은 우리 형제한테 항상 잘 대해 주셨으니까…….'

이번 뇌왕진천가 내전의 주동자!

다름 아닌 얼마 전 사패호위신장과 뇌왕열화병단 모두의 의지로 주군이 된 뇌운의 철사자 진여상이었다. 그녀의 탁월한 진두지휘하에 전광석화같이 뇌극봉의 모든 포진지를 장악하는 데 성공했다.

당연히 일화신장을 비롯한 사패호위신장의 역할은 절대적이었다. 그들이 최선두에 나서서 단호하게 작전을 지휘했기에 뇌왕열화병단의 피해를 최소화할 수 있었다.

하나 일화신장의 내심처럼 아직 불안 요소는 남아 있었다.

진여상에 대한 굳은 믿음을 뛰어넘을 만큼 가주 진강에 대한 충성심이 깊은 자들도 분명 존재할 터였다. 어쩔 수 없이 떠밀려서 진여상의 밑에 남아 있었던 그들에게 잔혹한 선택을 강요해야 할 때가 빠르게 다가오고 있었다.

강제적인 세대교체! 과연 가능할 것인가?

여기까지 생각한 일화신장이 천천히 고개를 저어 보였다.

이미 그는 결정을 내렸다.

확신했다.

그러니 이젠 스스로 선택한 주군 진여상을 믿는 수밖에 없었다. 그렇게 뇌왕진천가가 미래를 향해 나아갈 것을 믿는 수밖에 없었다.

＊　　　＊　　　＊

"그동안 꽤 성장했구나……."

진강이 자신을 암습했다가 마신마강기에 부딪쳐 삼 장 밖으로 튕겨져 날아간 진여상을 향해 고개를 끄덕여 보였다.

이곳은 과거 마굴이 위치했던 뇌극봉의 석굴.

그중에서도 가장 은밀한 장소로 진강이 몇 가지 기관을 손본 후 그동안 자신의 집무실로 사용해 왔다. 제아무리 뛰어난 은신법을 지닌 자객이라 해도 포진지를 모두 접수하지 않고선 침투할 수 없는 장소인 것이다.

부친 앞이라선가?

진여상은 더 이상 만년한철로 된 철가면을 착용하지 않고 있었다. 화상 자국이 남아 있는 진면목을 그대로 드러낸 채 그녀는 진강의 말 속에 담긴 저간의 의미를 읽곤 파식 미소 지었다.

"아버지는 정말 변함이 없으시군요."

"변할 이유가 있느냐?"

"그 점이 싫은 거예요! 아주 싫다고요!"

"……."

"옛날부터 저는 아버지의 그 비인간적인 면모가 싫었어요. 다른 사람들은 겉모습에 깜빡 속아 넘어갔지만, 저는 다 알고 있었어요. 아버지가 어떤 상황에서도 감정 자체를 느끼지 못한다는 걸요."

"……언제부터지?"

"어머니가 돌아가신 그날! 제가 폭발 사고를 당했던 그날!"

"……."

"아버지는 평상시처럼 업무만을 수행하셨어요! 다른 날과 하나도 달라진 것이 없는 것처럼……."

"……그랬군."

"그랬군? 단지 그뿐인가요!"

"내 실수를 있는 그대로 인정한 것이다. 너는 그 외에 다른 게 필요한 것이냐?"

"……."

갑자기 말문이 막힌 것처럼 입을 벌린 진여상이 손으로 화상 자국을 긁으며 어깨를 들썩였다. 묘하게 신경질적인 키득거림이 그 뒤를 따른다.

"아하하! 나도 진짜 모자란 년이네! 이런 사람인 걸 뻔히 알고 있었으면서도 병신 같은 기대를 품고 있었으니……."

"알았으면 이 이상 시간을 끌지 말고 끝을 보자! 나는 이제 포진지를 둘러보러 가야 하니까."

"……포진지? 그 포진지가 아직도 무사할 거라 생각하시는 건가요? 제가 아버지를 기습하러 이곳까지 왔는데도!"

"네게 예전에 한 가르침 중 모든 일은 끝나기 전까진 정말로 끝난 게 아니란 말이 있었다. 지금 역시 그 생각에는 변함이 없구나."

"……."

진여상이 경각심을 느낀 것과 동시였다.

쾅!

갑자기 화신탄으로 그녀를 기겁하게 만든 진강이 한 줄기 바람으로 변해 석실을 빠져나갔다. 애초부터 그럴 작정을 했던 것처럼 한 치의 망설임도 없이 그리했다.

그러자 진여상이 아랫입술을 깨문 채 얼른 그 뒤를 따랐다.

그가 한 말대로다.

아직 뇌극봉에서의 상황은 종결된 게 아니었다.

어쩌면 이제 시작이라고 해도 무방하다. 그만큼 진강이 뇌왕진천가 전체에 미치는 영향력은 대단했다.

그런데 그녀가 막 진강을 쫓아서 마굴을 벗어날 때였다.

퍼퍽! 퍽!

느닷없이 다가든 두 명의 고수, 이화신장과 삼화신장이 진여상을 기습했다. 마치 진강을 노리는 것처럼 하다 진여상 쪽으로 공격 방향을 바꾼 것이다.

"악!"

진여상이 비명과 함께 바닥에 나뒹굴었다.

부친 진강에게만 신경을 집중하다가 부지불식간(不知不識間)에 벌어진 이화신장과 삼화신장의 기습을 허용하고 말았다. 그녀의 무공이 지금보다 두 배 더 뛰어났다 한들 결과는 달라지지 않았을 터였다.

그러자 진강이 자신 앞에 부복하고 고개를 숙인 두 호위신장을 향해 말했다.

"포진지의 상황은 어찌 되었지?"

이화신장이 기다렸다는 듯 보고했다.

"뇌왕열화병단에 의해 모든 곳이 장악당한 상태입니다. 하지만 가주님께서 명을 내리신다면 지금 당장 절반 이상은 회복이 가능합니다."

"그렇습니다! 지금 당장 명령을 내려 주십시오!"

진강이 눈매를 살짝 가늘게 만들었다.

"제일 먼저 해결해야 하는 건 일화신장이겠군. 그가 있는 곳은 중앙 포대겠지?"

"그렇습니다. 아마 조금 더 시간을 끌면 곧바로 이곳을 향해 공격해 들어올 겁니다."

"흠! 그럼 어쩔 수 없군."

턱에 손가락을 댄 채 잠시 고심하는 표정을 지어 보인 진강이 진여상에게 다가갔다.

상황은 자명하다!

그는 방금 전 자신을 암습했던 딸을 인질로 삼아서 일

화신장과 그가 이끄는 뇌왕열화병단을 투항시킬 작정이었
다. 그게 가장 적은 희생으로 싸움을 끝낼 수 있는 방법이
란 판단이었다. 세인들에겐 필시 크게 욕을 먹을 방법이었
지만.

한데, 바로 그때다.

피를 게워 내며 바닥에 쓰러져 있던 진여상이 피식 웃
어 보였다. 조소다.

"끝까지 그런 식으로 나오셨겠다?"

"……."

"그럼 저 역시 더 이상 아버지를 봐 드릴 이유는 없겠지
요? 절 원망하지 마세요!"

"……."

진강이 안색을 굳혔을 때였다.

여전히 그의 뒤에 부복해 있던 이화신장과 삼화신장이
갑자기 절규에 가까운 비명을 터뜨렸다.

"크악!"

"으아악!"

그와 함께 하늘로 치솟아 오른 피분수!

순간적으로 바닥에 나뒹군 두 호위신장의 수급이 잘려
나간 부위에서 맹렬하게 핏물이 솟구쳤다. 주변을 온통 피
바다로 만들어 버렸다.

당연히 그것만으로 끝일 리 없다.

슥!

단숨에 두 호위신장의 목을 뜯어낸 산맥 같은 덩치에 얼굴을 비롯한 전신이 검붉고, 굵직한 혈관으로 뒤덮인 외팔 괴인이 진강을 향해 달려들었다. 파고들었다.

그러나 진강은 여전히 침착했다.

자신의 심복들이 참살당한 상황에서도 외팔 괴인의 돌진 시기를 정확히 맞춰서 마신마강기를 일으켰다. 얼마 전 진여상을 튕겨 냈던 때와 같은 방법으로 그의 돌격을 상대한 것이다.

하나 이번엔 그의 예상대로 되지 않았다.

콰득!

극한에 이른 마신마강기에도 불구하고 진강은 외팔 괴인의 돌진력을 모조리 반탄시킬 수 없었다.

잠시의 머뭇거림밖엔 이끌어 내지 못했다.

이후 더욱 강력한 기세에 떠밀려 뒤로 주르륵 밀려났다. 흉부 쪽에서 일어난 격심한 통증과 함께.

'갈비뼈…… 대여섯 개 정도가 부러진 것 같군.'

빠르게 자신의 현 상태를 파악한 진강이 양손 가득 화신탄을 일으켰다.

목표는 외팔 괴인의 잘린 팔 부위!

"크오!"

진강의 예상대로 외팔 괴인이 비명과 함께 무지막지하

던 돌진력을 잠시 늦췄다. 아직 완벽하게 아물지 않은 상처 부위에 집중된 화신탄의 폭발을 견디기 어려웠으리라.

그 틈을 타서 진강이 외팔 괴인에게서 빠져나왔다. 그러고자 했다.

하나 그때 그의 예상을 뛰어넘는 상황이 다시 벌어졌다.

콰득!

외팔 괴인에게서 완전히 벗어난 순간, 진강의 머리 위로 한 명의 회의 괴인이 떨어져 내렸다.

백짓장처럼 하얀 얼굴에 감정이 전혀 드러나지 않는 표정!

마치 아무것도 없던 공간에서 불쑥 튀어나온 것 같은 회의 괴인은 단숨에 진강을 바닥에 처박았다. 더 이상 어떤 생각도 하지 못하게 만들었다. 몇 개의 환영과 함께 발로 짓밟아 정신을 잃게 한 것이다.

그러자 힘겹게 신형을 일으킨 진여상이 갑자기 하늘을 향해 버럭 소리 질렀다.

"멸천마후님! 약속을 지켜 주십시오!"

"……."

순간 거짓말처럼 회의 괴인이 진강을 짓밟던 동작을 멈췄다.

외팔 괴인 역시 마찬가지다.

자신의 잘린 팔을 공격한 진강에게 광포한 분노를 드러내며 달려들려던 그 역시 갑자기 얌전해졌다. 마치 진여상의 말 속에 특별한 마력이라도 담겨 있는 것 같이.

착각이었다.

전혀 그렇지 않았다.

두 괴인을 진정시킨 건 진여상이 아니었다. 그녀의 말과는 전혀 관계가 없었다.

슉!

문득 하늘에서 떨어져 내린 한 떨기 백합!

멸천마후 천기신혜의 갑작스런 등장에 두 괴인이 하늘을 향해 포효를 터뜨렸다.

"크오!"

"크아아!"

생긴 모습만큼이나 괴기하다.

그렇게 울부짖은 두 괴인이 얼른 천기신혜에게 달려가 그녀 앞에 엎드렸다. 고개를 땅에 댄 채 주인을 만난 개처럼 헉헉거렸다.

그러나 천기신혜는 그닥 관심을 보이지 않는다.

사랑을 갈구하는 두 괴인에겐 시선조차 던지지 않고 그녀는 진여상에게 다가갔다.

"부상을 당했구나!"

"그리 심하진 않습니다."

"하긴 그 정도 부상은 당하는 게 도리일 테지. 약속대로 진강의 목숨은 네게 넘겨주겠다."

"감사합니다."

"그럼 부상을 치료한 후 이곳에서 대기하고 있거라."

"한 가지 질문이 있습니다."

"허락하마."

진여상이 입가에 묻은 핏물을 소매로 훔치곤 말했다.

"멸천마후님께서는 진정 신마성궁을 공격하실 작정이십니까? 아니, 그게 진짜로 가능하다고 생각하십니까?"

"안 될 이유라도 있느냐?"

"……."

입을 가볍게 벌린 채 놀란 표정을 지어 보인 진여상이 문득 미소를 지어 보였다.

"정말 멸천마후님께서는 그리하시려는 거로군요!"

"물론 그리할 작정이다. 그들이 감히 끝까지 내게 대항하려 한다면!"

"저는 이 순간부터 죽을 때까지 성심성의를 다해 멸천마후님을 따르겠습니다!"

"마음대로 하려무나."

"예?"

"네 충성 따윈 바라지 않는다는 거다. 너는 지금까지 그래 왔듯 네게 유리한대로 행동하면 된다. 물론 그로 인한 대가 역시 스스로 책임져야 할 테지만."

"……."

그렇게 진여상의 가슴에 서늘한 두려움을 심어 준 천기신혜가 천천히 신형을 돌려세웠다.

"크오!"

"크오오!"

두 괴인이 기다렸다는 듯 그녀를 따르려다 움직임을 멈췄다. 문득 그녀의 눈 속에서 일어난 차가운 기운에 제압되어 버린 것이다.

"너희들은 이곳에서 대기하도록 하거라!"

"헉! 헉!"

"크오! 헉! 헉!"

천기신혜가 고개를 저어 보였다.

"그런 눈을 해 봐야 소용없다! 나는 이곳에서 대기하라고 명령했다!"

"……."

"……."

천기신혜의 냉담한 명령에 결국 두 괴인이 고개를 숙여 보였다. 굴종했다.

잠시 후.

과거 귀마 매종경이었고, 마굴의 소마주 종리철극이었

던 두 마호(魔護)와 헤어져 뇌극봉을 내려가던 천기신혜가 문득 걸음을 멈췄다.

슥!

그러자 순간적으로 풍마환영신을 거둔 구양령이 그녀 앞에 소리 없이 떨어져 내렸다.

"그래, 소교주는 너와 함께하기 위해서 천마신교의 신마좌를 포기하겠다고 하더냐?"

"……."

천기신혜의 질문에 구양령이 고개만을 숙여 보였다. 그저 침묵할 뿐 어떠한 대답도 없다.

천기신혜가 천천히 고개를 끄덕여 보였다.

"역시 생각대로군. 사내들이란 본래 똑같지."

"아닙니다! 그분은……."

"아직도 헛된 미망이 남았더냐? 정말 고집스런 아이로구나. 뭐, 그것이 여인네의 애끓는 마음이란 것이겠지. 하지만 네가 그런 마음을 보이면 보일수록 나는 소교주란 자에 대한 증오가 끓어오른다."

"……."

"여전히 그건 두려운 모양이로구나? 그렇다면 내 비녀노릇을 계속하거라. 그러다 보면 혹시 아느냐? 날 죽이고 네가 그렇게 사랑하는 소교주를 구할 수 있는 기회를 잡을 수 있을지 말이다."

"……."

여전히 침묵을 고수하는 구양령을 향해 천천히 고개를 저어 보인 천기신혜가 다시 걸음을 옮기기 시작했다.

자박! 자박!

그와 함께 한 달쯤 전부터 하루가 멀다 하고 내리다 새벽녘 잠시 멈췄던 눈발이 다시 떨어져 내렸다. 그렇게 금세 시야를 어지럽힐 만큼 굵어졌다. 마치 오늘 뇌극봉에 모습을 드러낸 두 여인, 천기신혜와 구양령의 한 치 앞도 예측할 수 없는 앞날과 같이.

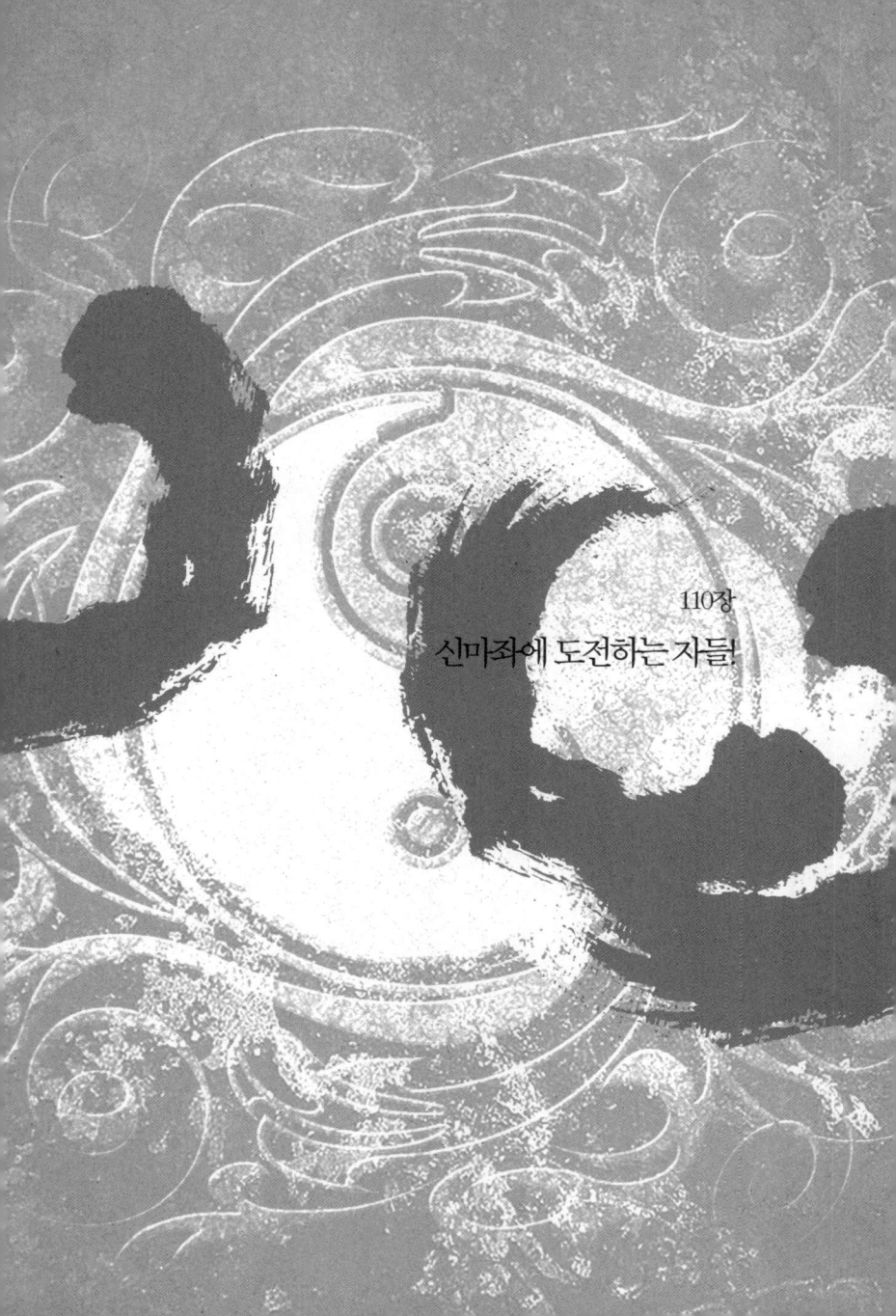

110장
신마좌에 도전하는 자들!

마뇌각.

평상시처럼 은은한 다향에 젖어서 시간을 보내고 있던 태상마군 소리산을 향해 진리가 조심스럽게 헛기침을 터뜨렸다.

"어험!"

"응?"

소리산이 다향에서 신경을 끊고 눈앞의 진리를 바라봤다. 그녀가 이런 식으로 나이에 어울리지 않는 짓으로 자신의 관심을 끈 합당한 이유가 있으리라 생각한 것이다.

과연 그랬다.

탁!

갑자기 다탁을 손바닥으로 가볍게 내려친 진리가 소리산에게 불쑥 얼굴을 들이밀었다.

예쁜 얼굴에 혜지가 반짝이는 예쁜 눈이다.

"태상마군님, 이제 그만 움직이셔야 할 때예요!"

"움직여? 내가?"

"그래요! 곧 있으면 정오란 말이에요!"

"정오?"

짐짓 고개를 갸웃해 보이는 소리산의 태도에 진리가 손을 이마에 가져다 댔다.

머리가 지끈거리며 아프다.

이런 식으로 구는 소리산은 무척이나 귀찮은 상대였다.

그러자 소리산이 슬쩍 입가에 미소를 담고서 다구에 남아 있던 찻물을 후르륵 마셨다.

이런 진리의 행동을 보고 싶었다.

소기의 목적을 이뤘으니 더 이상 그녀의 작은 머릿속을 복잡하게 만들 필요는 없을 터였다.

"그럼 움직여 보도록 할까?"

"어? 진짜 움직이시려고요?"

"소성녀가 이렇게까지 말하는데 계속 마뇌각에 틀어박혀 있는 것도 예의는 아니지 않겠는가?"

진리의 눈이 반짝 빛을 발했다.

"그럼 드디어 계책을 내신 건가요?"

"계책?"

"우마령 말이에요! 그녀가 수일 전부터 움직이기 시작한 걸 아시고 계시잖아요!"

"흐음……."

다시 소리산이 고개를 갸웃해 보였다. 듣도 보도 못한 얘기를 진리가 하고 있다는 태도다.

그러나 이번엔 진리도 넘어가지 않았다.

그녀가 얼굴을 본래대로의 자리로 되돌린 후 팔짱을 끼었다. 표정이 살짝 차가워졌다.

"장난은 그만 치세요! 자꾸 그런 식으로 절 놀리시면 확 우마령에게 붙어 버리고 말 거예요!"

"어이쿠, 그건 무섭구만!"

"정말 그런가요?"

"아무렴! 이미 소성녀는 내 모든 걸 속속들이 다 알고 있는데, 멸천마후한테 가 버리면 정말 곤란해지거든."

"살인멸구(殺人滅口)는 생각하지 않으시나 보네요?"

"예쁜 입으로 그런 무서운 말은 하지 마시게. 그런 식으로 말하면 이 늙은이는 슬퍼지니까 말이야."

"그럼 그만 속내를 말씀해 주세요."

"그 전에 내게 말해 줄 게 있을 텐데?"

"……."

드디어 속내의 한켠을 허락한 소리산을 잠시 바라본 진리가 작은 어깨를 한 차례 추어 보였다. 얼굴에는 어쩔 수 없다는 표정이 떠올라 있다.

"지금 당장 확인해야 할 곳은 뇌극봉이에요."

"어째서지?"

"진 가주는 물론 훌륭한 인재이긴 하나 우마령을 상대하기엔 역부족이에요. 그리고 태상마군님의 의견대로 우마령이 진짜 대단한 인재라면 신마성궁을 제압하기 위해서 반드시 뇌극봉을 먼저 찾을 거예요."

"그렇다면 나는 어찌해야 할까?"

"그게 바로 난제예요."

"난제라……."

"만약 태상마군님이 뇌극봉에 검마 천좌를 비롯해 현재 가용할 수 있는 모든 병력을 보낸다면 신마성궁이 텅 비어 버려요. 어쩌면 그로 인해 애지중지 하시는 마뇌서고의 정보를 우마령에게 털려 버릴지도 모르죠."

"……그렇다고 해서 뇌극봉을 그대로 놔두면 신마성궁에 앉은 채로 포격을 당해서 폭사당하게 되고 말이지?"

"그래요. 그 난제를 태상마군님은 어찌 해결하실 작정이신가요?"

"꼭 해결해야 하나?"

"예?"

짜증을 내려는 진리를 향해 갑자기 파안대소(破顔大笑)를 터뜨린 소리산이 스윽 자리에서 일어섰다.

"소성녀, 그만 천마대전으로 가 보세나."

"예?"

"정인이 사신마령의 연수합격을 뚫고 신마좌에 도전할 수 있는 권리를 쟁취하는 걸 직접 확인하고 싶을 것 아닌가? 아니면 그냥 이곳에 남아서 차나 끓이고 있으려는가?"

"절대로 따라가겠어요!"

진리가 있는 힘껏 소리를 지르고 얼른 자리에서 일어섰다.

얼굴이 발갛게 상기되어 있다.

여태까지 백 년이 넘게 천하 무림을 좌지우지해 왔던 소리산과 지모 대결을 했던 사람답지 않다. 완전히 사랑에 빠진 소녀의 표정이 되었다.

잠시 후.

마뇌각을 의좋은 조손지간처럼 함께 빠져나온 소리산과 진리가 천마대전에 도착했다.

벌써부터 인산인해(人山人海)를 이룬 천마대전!

전날 혈혈단신(孑孑單身) 경외마문을 넘어 외성 삼부대를 제압하고, 신마천문을 돌파한 소진엽이 이곳을 방문했을 때보다 더욱 많은 인파다. 신마성궁의 곳곳에 숨어 두

문불출(杜門不出)하던 마두들까지 몽땅 모습을 드러낸 까닭이었다.

그들 중 상당수가 소리산과 진리를 알아봤다.

곧 작은 소란이 일어났다.

"태, 태상마군님!"

"옆에 계신 분은 성녀님이 아니신가!"

"태상마군님과 성녀님이 함께 오셨다고?"

"두 분을 함께 보게 되다니! 이런 영광스러울 데가……!"

마두와 군마들이 나이와 신분에 관계없이 있는 대로 소리를 질러 댔다.

개중에는 억지로 인파를 뚫고 두 사람이 있는 쪽으로 다가오려다 사람들에게 떠밀려 병장기를 뽑아 드는 자들도 있었다. 더러운 성질을 드러내며 억지를 부리다 안 되니 평상시대로 무력에 호소하려 한 것이다.

그러나 그건 나쁜 선택이었다.

참 바보 같은 선택이었다.

퍼퍽! 퍼퍼퍽!

그들이 병장기를 뽑아 들자마자 주변에서 기다렸다는 듯 무수히 많은 손발이 날아들었다. 온갖 종류의 마병(魔兵)과 기병(奇兵) 역시 등장해서 화려한 초식을 펼쳐 냈다. 절대 다수에게 감히 엉긴 자들에게 확실한 응징을 가했다.

"우왁!"

"우아아악!"

삽시간에 먼저 병장기를 뽑은 자들이 피투성이로 변해 질질 밖으로 끌려갔다. 내동댕이쳐졌다.

그리고 끝이다.

어느 누구 하나 그들의 상처를 치료해 주거나, 걱정해 주거나, 관심을 기울이지 않았다. 생사(生死)를 천의(天意)에 맡기고 다시 소리산과 진리에게 온통 관심을 집중시켰다.

진리가 소리산의 옷자락을 살짝 잡아당겼다.

"태상마군님, 이래도 되는 건가요?"

"응?"

"이렇게 대놓고 등장해도 되냐는 거예요. 이 사람들 졸대 우리 앞에서 비키려 하지 않을 것 같은데요?"

"허허, 소성녀는 정말 걱정이 많구나!"

'내가 걱정이 많은 게 아니라 당신이 너무 뻔뻔한 거예요! 굳이 이런 식으로 오지 않아도 되잖아요!'

진리가 내심 소리산에게 불평을 터뜨렸을 때였다.

사삭! 사사사삭!

갑자기 소리산과 진리 앞에 잔뜩 모여들어 있던 마두와 군마들이 분분히 좌우로 물러났다. 마치 하늘에서 거대한 칼날이 떨어져서 그들을 쪼개 낸 것 같은 광경이다.

"어?"

진리가 놀라 눈을 동그랗게 뜨자 소리산이 장난스럽게

미소 지어 보였다.

"봤는가?"

"저 모르는 새에 무슨 짓을 하셨군요?"

"어떤 수법인지 알아채지 못했다면 그냥 감탄이나 하시게나!"

"쳇!"

진리가 가볍게 혀를 차면서도 소리산에게 더 이상 뭐라하지 않았다.

그의 말이 맞다.

이적과 같은 눈앞의 광경은 진심으로 감탄을 절로 나오게 했다. 어떤 방법을 사용했건 존중해 줄 만했다. 최소한 어떤 수법을 사용한 것인지 알아챌 때까진.

그렇게 두 사람은 마두와 군마들의 경이 어린 시선을 받으며 천마대전을 향했다. 방금 전까지 인산인해나 다름없던 곳을 산책하듯 여유롭게 걸어가기 시작한 것이다.

그리고 바로 그때, 갑자기 천지가 뒤흔들리는 함성이 천마대전 안에서 터져 나왔다.

움찔!

소리산이 걸음을 멈췄고, 진리의 눈이 빛을 발했다.

*　　　*　　　*

검마 주진모는 지금 안색이 썩 좋지 못했다.

냉정해 보이는 표정에 깃들어 있는 경악!

그것은 공포에 한없이 근접해 있었다. 소리산의 명에 의해 경외마문 앞을 지키던 중 맞닥뜨린 좌마령 북리사경에게서 평생 본 적이 없는 무학의 신경지를 느낀 까닭이었다.

그러나 그는 칠마의 일좌다.

평생을 검과 함께한 마도일세의 대검호였다.

"큭!"

이를 사려물며 공포에 젖은 기백을 되살린 주진모가 전력을 다해 무형마벽검강기를 일으켰다.

그러자 더욱 강력해진 압박감!

순간적으로 심맥이 진동되어 목구멍에서 치솟아 오른 핏덩이를 그는 억지로 삼켰다. 그게 내상을 더욱 심화시키리란 걸 모르지 않으나 현재로선 어쩔 수 없는 선택이었다. 자신의 현 상황을 적에게 들킬 순 없었기 때문이다.

북리사경이 피식 웃어 보였다.

"이거 정말 놀랄 만한 일이로군. 경외마문 앞을 검마 주진모가 지키고 있다니……."

"북리사경! 신교를 배반한 배교자 주제에 경외마문을 넘으려 하다니 진정 겁도 없구나!"

"……배교자?"

북리사경이 반문과 함께 어깨를 한 차례 추어 보였다. 뽑히지도 않은 황룡혈마검이 나직한 울음을 토해 낸다. 주인에게서 일어난 압도적인 패도에 감응하기라도 한 것 같다.

"크으……."

그게 주진모를 더욱 괴롭게 만들었다.

비검(比劍)을 한 게 아니다.

그냥 북리사경에게서 자연스럽게 일어난 기파에 주진모의 무형마벽검강기는 빠르게 소모되어가고 있었다. 마치 거센 파도에 부딪친 모래성처럼 마구 허물어져 갔다. 외벽이 깎이다 못해 금세 속살을 드러냈다.

그렇다면 이대로 버티는 건 바보짓이다.

그냥 죽음을 기다리는 것이나 다름없었다.

번뜩!

주진모의 두 눈에 일순 심원한 기운이 담겨졌다. 순간적으로 진원지기까지 아낌없이 쏟아부었다. 목숨을 걸고서 북리사경과 건곤일척의 승부를 펼치려 한 것이다.

아니다.

그럴 수가 없었다.

"헛!"

갑자기 북리사경이 무지막지하게 쏟아 내던 패도를 거둬들인 탓에 주진모는 다급한 경호성을 터뜨려야만 했다.

진원지기까지 끌어 올려 만전을 기했던 반격이 단숨에 흐트러져 버린 까닭이었다.

당연히 작은 틈이 발생할 수밖에 없다.

당했다는 생각과 함께 주진모가 얼른 신형을 경외마문 안으로 이동시켰다.

그러는 게 마땅했다.

곧바로 북리사경이 계책으로 만들어 낸 무형마벽검강기의 허점을 노리며 강력한 공격을 가해 올 테니까.

그러나 곧 주진모는 자신이 착각했다는 걸 깨달았다.

미동조차 없는 북리사경!

그가 비웃음이 깃든 표정으로 주진모를 바라봤다. 자기 혼자 공격하려다 틈을 보이고, 다급하게 경외마문 안으로 물러나는 일련의 과정을 아주 재밌게 관전한 듯한 태도다.

화끈!

주진모의 얼굴이 달아올랐다.

평생 느낀 것보다 월등히 심한 모욕감에 전신이 열에 들떴다.

"북리사경! 내게 모욕을 주려는 것이냐!"

북리사경이 고개를 저어 보였다.

"그럴 리가?"

"하면 어째서 방금 전 내 허를 노려 공격하지 않은 것이냐?"

"공격을 하지 않은 게 아니라 못 했다고 하는 게 옳겠지."

"못 했다고?"

의혹 어린 표정이 된 주진모에게 북리사경이 시선을 옆으로 살짝 움직여 보였다.

힐끔.

주진모로서도 따르지 않을 도리가 없다.

본능적으로 한쪽 눈알을 움직여 북리사경의 시선 방향을 쫓았고, 곧 그가 한 말의 의미를 깨달았다.

두 사람의 시선이 향한 장소:

경외마문으로부터 상당한 거리를 둔 커다란 외성의 첨탑 위에 익숙한 얼굴의 도객이 어느새 모습을 드러내고 있었다.

도마 사마무군.

당금 마도제일도인 그가 자신의 애도인 암천흑룡등천도를 빼 들고 있었다. 정확하게 북리사경을 향해 도첨(刀尖)을 고정시키고서 말이다.

'그런데도 내가 인식조차 못했단 말인가!'

주진모가 내심 경악했다. 당황스러운 기분이었다.

소진엽의 연무를 돕는 동안 사마무군의 무위가 자신보다 우위에 있음은 짐작했으나 이 정도까지 차이가 있을 줄은 몰랐다. 눈앞의 북리사경에 이은 충격이라 할 수 있었다.

그나마 다행이랄까?

그의 등장으로 인해 북리사경과의 생사투는 면하게 되었다. 목숨을 걸고 경외마문을 막을 필요가 없어진 것이다. 제아무리 북리사경이 강하다 해도 두 명의 칠마를 상대할 수는 없을 테니까 말이다.

한데, 갑자기 사마무군이 내심 안도하고 있던 주진모를 다시 경악케 했다.

"좌마령 좀 늦으셨소이다."

'좌마령? 좀 늦어? 설마 사마무군 녀석! 북리사경과 내통하고 있었던 것인가!'

주진모의 안색이 검붉게 변했을 때였다.

북리사경이 황룡혈마검의 검갑을 손가락으로 한 차례 퉁겨서 맑은 소리를 내곤 말했다.

"날 좌마령이라 말하는 건 배교자가 아니라 천마신교의 교도로 인정하겠다는 뜻인가? 도마 천좌!"

사마무군이 고개를 끄덕여 보였다.

"그렇소. 좌마령은 천마대제전에 참가하기 위해 신마성궁에 오신 것 아니오?"

"그야 그렇지."

뻔뻔스럽게 고개를 끄덕여 보인 북리사경이 시선을 주진모에게 던졌다.

"도마 천좌가 그렇다는데…… 검마 천좌는 어찌할 작정

이오?"

"나, 나는……."

"뭐, 나는 이 자리에서 검마 천좌를 베어 버리고 경외마문을 통과해도 큰 상관은 없소. 어차피 오늘 천마대전으로 가는 동안 앞을 가로막는 모든 자를 베어 버릴 작정을 하고 왔으니까."

'……북리사경 놈! 소교주처럼 외성 삼부대를 박살 내고 천마대전에 가려 했구나!'

내심 소리를 지른 주진모가 갑자기 피식 웃어 보였다. 여태까지와는 달리 조소를 입가에 매달았다.

"제법 멋진 생각을 했다만 북리사경, 한 발 늦었다!"

"한 발 늦어?"

"네가 생각했던 걸 이미 몸소 실천한 사람이 있거든."

"그건…… 소교주를 참칭하는 신마무적성이란 애송이를 말하는 것이냐?"

"잘 아는군. 소교주는 이미 외성 삼부대를 이끈 채 천마대전으로 향하고 있다."

"……."

북리사경이 처음으로 안색을 굳혔다. 소진엽이 자신보다 한 발 앞서 신마성궁에서 이룩한 업적에 완전히 짜증이 폭발한 것이다.

잠시뿐이었다.

곧 평상시 신색을 회복한 북리사경이 다시 황룡혈마검을 퉁기곤 말했다.

"그렇다면 더 이상 이런 곳에서 시간을 끌어선 안 되겠군. 검마 천좌, 검을 뽑아라!"

"내 어찌 좌마령에게 검을 뽑을 수 있겠는가?"

"뭐?"

"도마 천좌와 내가 천마대전까지 좌마령을 안전하게 호위하도록 하겠네."

말을 마친 주진모가 입가의 조소를 더욱 짙게 만들었다. 북리사경의 속을 더욱 긁어 놓겠다는 심산일 터!

그러자 북리사경이 다시 사마무군 쪽에 시선을 던지곤 황룡혈마검에서 손가락을 떼어 냈다.

소진엽이 천마대전으로 향했다고 한다.

이런 곳에서 헛된 싸움을 하며 시간을 보내고 있을 슨 없었다. 외성 삼부대를 힘으로 깨부수는 위업은 빼앗겼지만 천마대전의 사신마령을 뚫고, 천마대제전을 개최할 자격까지 놓치고 싶진 않았기 때문이다.

슥!

그렇게 북리사경이 경외마문 안에 발을 내디뎠다. 명목상이나마 도마 사마무군과 검마 주진모의 호위를 받아들이기로 한 것이다.

한데, 바로 그때 세 거마의 안색이 가볍게 변했다.

초인의 경지에 도달한 그들의 오감을 급격하게 자극해 온 신마성궁 내성의 소란이 원인!

'천마대전?'

'천마대전에서 벌써?'

'과연 소교주님은 항상 날 놀라게 하시는군! 이렇게 빨리 사신마령과의 승부를 낼 줄은 몰랐거늘!'

내심 눈을 빛낸 세 거마가 신마천문 너머에 위치한 신마성궁의 중심, 천마대전을 향해 바람같이 신형을 날려갔다. 더 이상 한가롭게 낭비할 시간은 없었다.

*　　　*　　　*

천파봉(天破峰).

멀리 보이는 뇌극봉을 새벽부터 살피고 있던 패마 종리곽이 갑자기 불만에 찬 욕설을 내뱉었다.

"이런 개 같은! 빌어먹을! 엿 같은……."

자신이 알고 있는 모든 종류의 욕설을 쏟아 내는 종리곽에게 그의 모사 백면낭심 서자후가 조심스레 말했다.

"군마각주님, 이곳은 뇌극봉에서 그리 멀지 않은 장소입니다. 자칫 본각의 군세가 눈치채일 수도 있으니 언사를 좀 자제해 주십시오."

"들키면 뭐가 어때서? 뇌왕진천가의 계집이 감히 이쪽

을 향해 포격이라도 가할 거라고 생각하는 것인가!"

"그럴 가능성도 배제할 수는 없습니다. 뇌운의 철사자 진여상은 당최 속을 짐작할 수 없는 면이 있으니까요."

"흥! 신교를 배신한 배교자에 아비를 배신한 패륜녀가 아닌가! 그런 년의 속내를 짐작할 수 없는 건 당연한 일이지!"

"그런 진여상의 수중에 현재 종리철극 소가주가 억류되어 있습니다. 그 점을 잊으신 건 아니시겠지요?"

"억류는 무슨! 멸천마후, 그 요녀의 사술에 빠져 있는 것뿐이다!"

울컥한 표정으로 소리친 종리곽이 천천히 안색을 누그러뜨렸다.

패도의 정점에 도달한 자!

칠마의 우두머리인 일대거마에게도 부정(父情)은 있었다. 가장 총애하는 아들이자 후계자인 종리철극이 걱정되지 않을 리 만무했다.

그러자 서자후가 내심 안도하며 말했다.

"그때는 어쩔 도리가 없었습니다. 우마령의 대법이 아니었다면 종리철극 소가주는 필경 목숨을 잃었을 테니까요."

"못난 놈! 차라리 그렇게 되었다면 내 속이나 편했을 것을……"

"본래 하늘이 대기(大器)를 내렸을 때엔 반드시 먼저 고난을 내려서 심지(心志)를 굳게 한다고 합니다. 종리철극 소가주의 경우가 그렇지 않겠습니까?"

"서자후, 자네는 다 좋은데 항상 철극이 놈을 지나치게 편애하는 게 흠이야. 그놈의 어디가 그렇게 좋은 건가?"

"그야……."

잠시 말끝을 흐렸던 서자후가 입가에 흐릿한 미소를 담았다.

"……각주님을 꼭 빼닮은 점이 아니겠습니까?"

"푸하핫!"

결국 대소를 터뜨린 종리곽이 갑자기 화제를 돌렸다.

"그래서 태상마군 늙은이는 어떤 약속을 하던가?"

"……."

잠시 움찔한 표정을 지어 보인 서자후가 얼른 고개를 숙여 보였다.

"과연 각주님이십니다! 어찌 제가 태상마군님의 비선과 계속 줄을 대고 있었던 걸 눈치채신 겁니까?"

"그야 뻔한 일이잖아? 서자후 자네같이 뛰어난 모사가 그동안 계속 무명(無名)으로 지내다가 갑자기 튀어나왔으니 말이야. 내가 다른 건 몰라도 태상마군 늙은이가 천마신교의 인재를 파악하고 관리하는 능력만은 인정하고 있거든."

"그러니 각주님께서 신마성궁으로 돌아오는 이때, 제가 태상마군님과 의견 조율을 하는 것이 당연하다고 판단하신 것이군요?"

"뭐, 그렇지."

무덤덤한 종리곽의 대답에 서자후가 마음 깊이 감탄한 표정을 한 채 다시 고개를 숙여 보였다.

"그렇게까지 파악하시고도 저를 죽이지 않으신 것에 먼저 감사드립니다."

"감사할 것 없어. 그동안 자네한테 신세진 것도 많으니까."

"예, 그럼 태상마군님의 제안에 대해 말씀드리겠습니다."

"말해 봐."

"태상마군님께서는 패천종리가와 군마각에 속한 모든 자들의 목숨과 명예를 보장해 주시겠다고 하셨습니다."

"제법 후한 조건이로군. 원하는 바가 클 것 같은데?"

"그렇지는 않습니다."

"그렇지 않다?"

처음으로 종리곽의 시선이 서자후를 향했다. 그러자 서자후가 살짝 고개를 든 채 대답했다.

"태상마군님이 원하시는 건 각주님께서 이곳, 천파봉에 그냥 있으시는 것입니다."

"단지 그뿐이라고?"

"예, 그것만이면 족하다 하셨습니다. 그리고 각주님께서는 원하실 경우 천마대제전에 참가하실 자격 역시 있으십니다."

"그건…… 됐어."

"예?"

"나는 멸천마후는커녕 북리사경도 이길 수 없다. 그걸 태상마군 늙은이도 알고 있기에 이런 제안을 한 거지 않나?"

"……."

"흥! 서자후, 자네도 알고 있었던 게군? 하긴 마성궁 앞에서 그런 한심한 꼴을 보였으니……."

말끝을 흐리며 종리곽이 씁쓸한 표정을 지어 보였다.

그 역시 야심이 있는 자였다.

교주 신마대제 담대광이 없는 천마신교를 한 손에 틀어쥔 채 마도제일인이 되고픈 마음이 없지 않았다. 그럴 만한 실력 또한 갖췄다고 여겼다.

하나 마성궁 대전에서 북리사경을 만나고, 다시 천기신혜를 접한 후 그는 그 같은 꿈을 접어야만 했다. 웅지(雄志)를 가슴 깊숙한 곳에 처박고서 고개를 떨굴 수밖에 없었다.

완연한 실력 차!

죽기를 각오해도 넘을 수 없는 간격!

두 좌우마령을 만난 후 확연하게 깨달았다. 자신이 고작해야 우물 안의 개구리에 불과했음을 말이다.

그러니 이젠 야망을 포기하고, 삶을 구해야 할 때였다.

후대를 위해 굴욕을 참고서 태상마군 소리산의 제안에 동조할 수밖에 없었다.

'철극이 놈의 재질은 날 뛰어넘는다! 그놈을 살릴 수단 있다면 패천종리가는 결국 천마신교의 신마좌를 쟁취할 수 있을 것이야!'

내심 아직 완전히 꺼지지 않은 뜨거운 웅지를 떠올린 종리곽이 서자후에게 말했다.

"……나는 이곳 천파봉에서 한 발도 움직이지 않을 거라고 태상마군 늙은이한테 전하게."

"옳은 결단을 내리신 것입니다!"

"비꼬는 것인가?"

"절대 그렇지 않습니다! 패천종리가는 종리철극 소가주에 의해 더욱 강해질 테니까요!"

"자네의 그 말, 일단은 믿기로 하지."

"믿으셔도 됩니다!"

단호한 대답과 함께 서자후가 신형을 돌렸다. 그의 진짜 주군인 소리산에게 종리곽의 결단을 지금 당장 전하기 위함이었다.

꿈틀!

그때 다시 뇌극봉에 시선을 던지고 있던 종리곽의 고리
눈에서 뜨거운 마광이 뿜어져 나왔다.

뇌극봉 저 너머, 느닷없이 격렬한 기파가 하늘을 향해
솟구쳐 올랐다. 족히 수천 명은 될 듯한 군마들이 일제히
쏟아 낸 함성이 만들어 낸 거대한 기운이었다.

'신마성궁? 도대체 무슨 일이 벌어진 거지?'

내심 의혹에 찬 중얼거림과 함께 종리곽이 천천히 고개
를 저어 보였다.

이젠 그가 상관할 바 없었다.

이미 깃발을 내린 터.

더 이상 신마성궁은 그를 위한 대지가 아니었다. 그곳
에서 벌어지는 일에서 고개를 돌려야만 했다.

                    *   *   *

천마대전.

족히 수천이 넘는 군마들이 집결해 있던 신마성궁의 중
지는 지금 엄청난 함성에 뒤덮여 있었다.

열광?

곧 광란으로 변했다.

수천이 넘는 군마들의 상당수가 열광에 가까운 함성을

터뜨린 후 곧 광기에 사로잡혔다. 있는 대로 마기(魔氣), 사기(邪氣), 살기(殺氣), 독기(毒氣)를 발산하며 끔찍한 살육극에 돌입했다. 적아(敵我)를 구분하지 않은 채 미친개처럼 싸워 대기 시작한 것이다.

"크카캇! 모두 죽어 버려라!"

"내가 교주다! 신마좌는 내꺼다! 반대하는 놈들은 모두 죽여 버리리라!"

"이런 미친놈을 봤나! 나야말로 신마좌의 주인이다! 위대한 천마신교의 교주가 바로 나란 말이다!"

광기를 번들거리며 살육극을 벌이는 자들 중 강한 무공을 지닌 마두 급들은 모두 신마좌의 주인을 자처했다. 천마신교의 교주를 주장하며 주변을 단숨에 피바다로 만들어갔다.

천마신교 사상 최악의 참변!

지독스런 혼란이 천마대전을 폭풍처럼 휩쓸었다. 천마신교 최후의 날이 도래한 듯싶었다.

아니다.

그런 일은 결코 벌어지지 않았다. 곧 혼란의 일각을 허물어뜨리며 일단의 강력한 군세가 천마대전 안으로 난입해 들어 왔기 때문이다.

―천마무적대!

—천살혈영대!

—잔살묵검대!

외성 삼부대가 하나가 되어 완전무결해진 무적십자연환
진의 위력은 무지막지했다.

단숨에 수천 명이나 되던 천마대전의 군마들을 제압했
다.

그들 중 광기에 젖어 있던 자들의 살육을 중단시켰다.

압도적인 파괴력!

극단적인 폭력으로 피로 물든 소요 사태를 강제 진압했
다. 굴복시켰다. 부숴 버렸다. 변명이나 이유 같은 것 따
윈 묻지도 따지지도 않았다. 그냥 보이는 족족 때려잡았
다. 반발 자체를 허용치 않았다.

그렇게 삽시간에 정리된 천마대전!

유혈 사태가 벌어진 대지로 소진엽이 천천히 걸어왔다.
주변을 완벽하게 제압한 외성 삼부대의 무적십자연환진
속에서 태연하게 빠져나온 것이다.

그 순간, 어디에선가 터져 나온 우렁찬 외침!

"신마무적성!"

곧 연호(連呼)가 된다.

"신마무적성! 신마좌에 도전하는 자! 위대한 천마신교
의 소교주!"

"신마무적성! 신마좌에 도전하는 자! 위대한 천마신교의 소교주!"

"신마무적성! 신마좌에 도전하는 자! 위대한 천마신교의 소교주!"

슉!

소진엽이 손을 들어서 열광에 가까운 연호를 중단시켰다. 그리고 서늘한 목소리로 명령한다.

"천마무적대, 천살혈영대, 잔살묵검대는 지금 당장 두적십자연환진을 해진하고 천마대전에서 물러나도록 하라!"

"존명!"

"존명!"

"존명!"

각기 다른 복명과 함께 외성 삼부대가 자신들에게 제압된 핵심 마두들과 함께 천마대전 밖으로 물러났다.

그동안 매일같이 술자리만 한 게 아니었던가!

그들의 움직임은 세 개의 머리에 한 몸통을 가진 고대(古代)의 거인(巨人)과 다름없었다. 그렇게 십자무적연환진을 펼친 채 돌격해 왔을 때처럼 일사불란한 퇴장을 보였다.

그렇게 거대한 공터로 변한 천마대전의 안뜰.

그곳에 홀로 선 소진엽이 잠시 고요 속에 홀로 거하다

불현듯 지존천강력을 가득 담아 소리쳤다.

"사신마령! 신마좌에 도전하기 위해 나 소진엽이 왔다! 지금 당장 모습을 드러내시오!"

"우웃!"

"우와앗!"

천마대전 밖으로 물러선 채 소진엽을 주목하고 있던 군마들이 자신들도 모르게 비명을 터뜨렸다. 그만큼 소진엽의 일성대갈에 담긴 지존천강력은 강력했다. 어떤 천마신교 교도들도 저항할 수 없는 강제력이 담겨져 있었다.

물론 예외도 존재했다.

저벅! 저벅!

문득 군마들 사이를 헤치고 한 쌍의 노소가 모습을 드러냈다. 태상마군 소리산과 성녀 진리가 혼란 속을 뚫고 나타난 것이다.

그리고 또 한 명 있다.

천마대전 안에서 한 명의 백합을 닮은 경국지색의 미녀가 모습을 드러냈다.

자박! 자박!

긴 치맛단을 살짝 들어 올린 채 걸어 나오는 그녀의 등장에 다시 군마들 사이에서 소란이 일어났다. 제법 나이가 많은 자들 중 대부분이 천마신교 역사상 제일이라 불리는 눈앞의 절세미녀에게 상사병을 앓은 전력이 있는 까닭이었다.

"우, 우마령!"

"우마령 멸천마후가 어찌 천마대전에서 나온단 말인가!"

"서, 설마 그녀가 이미 신마좌를 차지했단 말인가? 도대체 사신마령은 어디에서 뭘 하고 있는 거야!"

그때 갈수록 난잡해져 가는 소란 속에서 몇 가지 움직임이 있었다.

방금 전 천마대전에서 벌어진 광란의 살육극!

그곳에 군마들의 시선이 온통 쏠린 틈에 몇 가지 표식을 가슴에 단 자들이 은연중 몇 가지 포진을 펼쳤다. 천마대전의 내외를 한꺼번에 포위하는 일종의 천라지망을 형성했다. 애초부터 이러기로 약속되어 있던 것처럼 말이다.

천기신혜가 소리산을 향해 살짝 미소 지어 보였다.

"태상마군, 그동안 별래무양(別來無恙)하셨나요?"

소리산이 고개를 저어 보였다.

"우마령이 하도 설치고 다녀서 한시도 편할 날이 없었다네. 이젠 그만 오래된 원한을 잊는 게 어떤가?"

"그런 말씀은 너무 이른 게 아닌가요?"

"그런가?"

"예."

천기신혜가 대답한 것과 동시였다.

쾅! 콰콰콰콰쾅!

갑자기 신마성궁 전체가 뒤흔들렸다. 천마충천사방진으로 철저하게 보호되고 있었음에도 엄청난 충격파가 연달아 전달되어져 왔다.

진원지는 뇌극봉!

굳이 그쪽에 시선을 던지지 않고도 급변한 정세를 파악한 천기신혜의 눈빛이 차갑게 가라앉았다.

"어쩐지 너무 쉽다고 생각했었죠. 하지만 마도십가 중 하나인 뇌왕진천가를 통째로 날려 버리다니, 진정 태상마군의 독심(毒心)에는 절로 고개가 숙여지는군요."

"허허, 단지 그뿐이라 생각하는 건가?"

"다른 수도 이미 준비해 놓았다? 그거 재밌군요. 어디 마음껏 사용해 보시지요!"

"과연! 우마령은 대단하군. 여인의 몸이지만 당금 마도 제일인의 자리를 노릴 만한 자격이 충분히 있음을 인정하겠네. 하지만 그 전에 자네가 처리해야 할 일이 남았다네. 그렇지 않은가 소교주?"

"……."

느닷없이 자신에게 집중된 두 불가일세(不可一世) 고수의 시선에 소진엽이 눈살을 가볍게 찌푸려 보였다.

이런식의 전개는 그다지 좋아하지 않았다. 다른 때 같았으면 어떻게든 빠져나갔을 터였다.

'하지만 지금은 그럴 수가 없군. 그런 것까지 계산하고 내게 짐을 떠넘긴 것 같긴 하지만……'

내심 쓰게 웃은 소진엽이 뒤통수를 한 차례 긁적거리고 천기신혜에게 말했다.

"나 신마무적성 소진엽이오. 당신이 멸천마후 천기신혜 선배가 맞다면 한번 싸워 봅시다!"

"……."

"뭐, 그냥 천기신혜 선배가 신마좌를 포기하면 더 좋고."

"……."

천기신혜는 대답하지 않았다.

그녀 역시 마도인!

이런 상황의 해결책은 아주 잘 알고 있었다. 힘으로 소진엽을 눌러 버리면 그만인 것이다.

『절대검해』 12권에 계속

트위터:http://twitter.com/machunru
팬 카페 광협(狂俠)!:http://cafe.daum.net/gocrazyhero
이메일:machunru3110@hotmail.com